Über dieses Buch ›Wüstenfahrt‹ ist die Geschichte vom Ende einer komplizierten Beziehung zwischen einem jüngeren und einem etwas älteren Mann, einer homosexuellen Freundschaft, die nicht nur an den Konventionen und der Unvereinbarkeit der sozialen Bedingungen scheitert, sondern auch an charakterlichen Unverträglichkeiten, individuellen Empfindlichkeiten und Widersprüchen. Eine Fahrt durch Arizona, die die Freunde für eine Weile von dem vermeintlichen Zwang, ihre Gefühle zu verheimlichen, von den Verlogenheiten ihres bürgerlichen Lebens in Bern befreien sollte, führt zu beinahe unerträglichen Spannungen: das Bild der ›Wüstenfahrt‹ wird zur Metapher der Entfremdung.
Was die Kritik einhellig bei den früheren Arbeiten Geisers gelobt hat, seine ungewöhnlich eindrucksvollen und stimmungsintensiven Naturschilderungen, das ist diesmal noch stärker durch die künstlerische Ökonomie des Romans motiviert: Indem Geiser die Erzählung gleichsam mit einem Klima der Bedrohung überzieht, wird auch das Unausgesprochene in seiner beklemmenden Qualität evident.

Der Autor Christoph Geiser, geb. 1949 in Basel, ist unter den jüngeren Schweizer Autoren einer der bekanntesten. Abgebrochenes Soziologiestudium; als Militärdienstverweigerer verurteilt. Journalist; längere Aufenthalte in den USA und Australien; 1980 Lehrbeauftragter für deutsche Literatur am Oberlin College in Oberlin, Ohio. Geiser schreibt Gedichte, Erzählungen, Romane. ›Wüstenfahrt‹ ist sein dritter Roman (nach ›Grünsee‹, 1978, und ›Brachland‹, 1980). Seine Arbeiten wurden mehrfach ausgezeichnet, u. a. 1984 mit dem Basler Literaturpreis, ›Wüstenfahrt‹ 1985 mit dem Buchpreis der Stadt Bern.

Christoph Geiser

Wüstenfahrt

Roman

Fischer Taschenbuch Verlag

Ungekürzte Ausgabe
Veröffentlicht im Fischer Taschenbuch Verlag GmbH,
Frankfurt am Main, Juni 1987
Lizenzausgabe mit freundlicher Genehmigung
des Verlags Nagel & Kimche AG, Zürich

Umschlaggestaltung: Jan Buchholz / Reni Hinsch
Gesamtherstellung: Clausen & Bosse, Leck
Printed in Germany
980-ISBN-3-596-25077-3

An der Grenze

Ich schiebe meine elektrische Schreibmaschine weg, zum Fenster, um Platz zu schaffen. Das Licht draußen ist grell, fast weiß im feinmaschigen Netz der Gardine, eine Wand aus Licht, mit dem dunklen Stamm der Zierakazie darin, wie ein breiter Riß.
Ich lege einen Stoß Schreibmaschinenpapier bereit und nehme meine Füllfeder, keinen Kugelschreiber; das Papier wellt sich unter meiner Hand, meine Finger verkrampfen sich, die Wörter zittern auf dem Blatt, ich lasse Buchstaben aus, habe mich schon wieder verschrieben, zerknülle das Blatt und fange von vorne an. Seit Tagen versuche ich es und laufe immer wieder fort, flußaufwärts, auf dem Spazierweg durch den Tierpark ins Naturschutzgebiet, zurück zu den Gehegen der Tiere.
Die Büffel stehen einfach da, ohne Bewegung, den Hauch des Atems vor den Nüstern.
Ich kehre heim und laufe wieder weg.
Mit der Schreibmaschine könnte ich wenigstens den Widerstand meiner Hand brechen, ein professioneller Trick; doch Privatbriefe mit der Maschine zu schreiben, gilt als unhöflich.
Ich muß antworten – endlich; aus Selbstachtung, ich habe ja wieder geschwiegen, habe mir bloß einen Whiskey bestellt und vor mich hingestarrt, über die schmierige Theke hinweg auf die Regale mit den starken Schnäpsen, in den grüngetönten Spiegel – ein schlammtrübes, verschwommenes Bild zwischen den Flaschen, hinter dem diffus die Lichter der Spielautomaten flimmerten.
Ich vergrub bloß das Gesicht im Kopfkissen...
Ich habe mich bloß weggedreht, im Finstern...
Ich ziele auf den kleinen Papierkorb links, bücke mich und werfe das knittrige Knäuel in den großen Papierkorb rechts.
Ich hasse dich... ich mag dich doch... ich will nichts mehr von dir hören... bitte ruf mich an...
Ich lege die offenen Handflächen, mit verschränkten Fingern, in den Nacken, lehne mich auf meinem Drehstuhl weit zurück

und spanne die Arme: Nichts – nur ein rascher Reflex meiner Bewegung im Fensterglas; ich wende mich ab, nach hierhin, nach dorthin.
Ich löse die Muskelspannung plötzlich.

Es sind große Formate – die randlosen Wechselrahmen auf Maß angefertigt, nichts Genormtes aus dem Warenhaus; auf die Rahmen hatte ich lange warten müssen, den Platz – am Rande meines Gesichtsfeldes, wenn ich am Schreibtisch sitze – brauchte ich nicht erst zu suchen.
Zunächst, als du plötzlich am späten Vormittag mit dieser unhandlichen Kartonrolle in meinem Wohnzimmer standest, wagte ich gar nicht, die beiden Bilder auszupacken, aus Angst, sie nie mehr zusammenrollen und wegstellen zu können; bei derart großen Formaten gibt es leicht einen Falz oder Knick, wenn man sie zusammenzurollen versucht und nicht besonders geschickt ist dabei. Doch du hast sanft darauf beharrt, weil du meine Reaktion wohl geahnt und selber deinen Spaß daran hattest.
Ich ging mitten im Wohnzimmer vor dir auf die Knie, blieb eine Weile lang am Boden knien und vergaß, für diesen Augenblick, alle übrigen Bilder.
Meine Vergrößerungswünsche sind richtiger gewesen, als ich erwartet hatte – überhaupt: *meine* Idee, dieses Motiv, du wärst weitergefahren, ohne zu zögern.
Doch nun fuhr ich: Endlich hattest du das Steuer mir überlassen, nach unserem späten Frühstück im »Sambos«, das es sogar in Twenty Nine Palms gab, einem Ort, der im übrigen nur aus einer Motel-Loop und einer Bar bestand: überfüllt von einem Marinekorps im Ausgang; irgendein Feiertag wohl, wir wären zum ersten Mal fast nicht untergekommen am Abend. Zu gut trainierte Boys, mit zu kurz geschnittenen Haaren, austauschbar in ihren keuschen Uniformen, traurige Kindergesichter, lärmig, betrunken, bald randalierend: abgerichtet auf den Nahkampf. Vor der Bar lagen sie schon auf dem Trottoir, ohnmächtig ineinander verkrallt, die beiden Polizisten standen ratlos daneben. Einige noch halbwegs nüchterne Billardspieler, der Rest hing in Trauben rund um die Theke aus schwarzem, schmieri-

gem Holz. Auch du bliebst im ersten Moment verschüchtert stehen; doch wir sind, wo wir unterwegs auch einkehrten, nie einfach umgekehrt.

Wenn du einmal sitzt, auf einem Barhocker, dann sitzt du fest.

Ich muß mich doch akklimatisieren, sagst du.

Die einzige Frau hier war eine Belgierin, Mitte Vierzig etwa, wie du, füllig, verschanzt hinter ihrer quadratischen Festung aus massivem Holz, die Herrscherin über den Alkohol; ich weiß nicht, wie du herausgefunden hast, daß sie Belgierin ist, du hattest dich rasch in den small talk gerettet, ich hatte nicht darauf geachtet, beschäftigt mit vorsichtigem Beobachten: doch es sind mir keine Einzelheiten in Erinnerung geblieben, nur eine uniforme militärische Masse im schummrigen, verrauchten Licht; es schien auch mir besser, hier keine Aufmerksamkeit zu erregen, durch allzu direkte Blicke, inmitten dieser spannungsgestauten Kraft. Allein hätte ich mich wohl kaum hierher getraut; doch neben dir, die Arme auf die Theke gestützt, abwechselnd vor einem Glas Jack Daniels oder Southern Comfort, fühlte ich mich einigermaßen sicher, wie überall, wo du mich unterwegs hingeführt hast: abgeschirmt, durch deine Gestalt.

Was hätte ich allein in Twenty Nine Palms gemacht?

In unserem Dialekt, eine garantiert unverständliche Geheimsprache hier, konnten wir einander schamlos zeigen, was wir einzeln entdeckt hatten, mit allen Kommentaren.

Ein belgisches Urweib – »Urweiber« nennst du diese Art Frauen; du wirst ihrem Amerikanisch den fremden Akzent angehört und sie einfach gefragt haben. Du magst diese Komplizität über die Schranke der Theke hinweg, Wortwechsel wie Pingpong, halblaut, am liebsten auf amerikanisch, mit kalifornischem Akzent, den du besser imitieren kannst als ich, wie alle Sprachen, Dialekte und Vogelstimmen; Gespräche, die meist nur aus knappen Fragen und Antworten bestehen, locker, immer wieder unterbrochen durch die Wünsche der anderen Gäste, ein wenig anzüglich manchmal, vertraulich und distanziert zugleich: ein Spiel, das man wohl schon in der Schweizer Armee lernt, aus Verzweiflung, als vereinzelter Offizier gelang-

weilt an der Bar, umgeben von der volltrunkenen Einheit – die Situation war dir nicht so fremd.
Ein bißchen deplaciert siehst du auf *jedem* Barhocker aus – zu groß und zu schwer für das hochbeinige Stühlchen, unnahbar mit dem finsteren eckigen Bärtchen, das doch bloß dein Bubengesicht kaschieren soll. *Du* mußtest anfangen – doch hier kam *sie* sich wohl nicht weniger deplaciert vor. Ihr durftet euch beide furchtbar erwachsen und erfahren fühlen, dieselbe Generation, aus der Alten Welt, mehrsprachig und urban, jeder auf seine Art ein erratischer Block inmitten dieses monolingualen, arglosen amerikanischen Kindergartens.
Sie hängte schon ihren gewaltigen Busen über dein Glas, während ich unbestimmt lächelnd daneben saß, ohne zu verraten, was ich verstand und was mir entging: unfähig, hier mitzuspielen; mich fangen deine »Urweiber« höchstens an zu bemuttern, allzu rasch, noch immer.
Doch auch dir kam sie offenbar, aus Verzweiflung, zu nah...
Dein plötzliches Gelächter habe ich schon immer gefürchtet, in der Öffentlichkeit vor allem, weil du damit jedesmal die Aufmerksamkeit auf uns ziehst – gegen deinen Willen, es ist nicht gespielt, eine Eruption, die aus dir hervorbricht und sich in einer langen dröhnenden Kadenz über alles hinwegsetzt, als müßtest du die ganze Welt auslachen, erschütternd.
What can you do in Twenty Nine Palms?
Sie hatte dir in ihrer Sprache geantwortet: Boire de l'alcool et faire l'amour.
Avec quoi donc?!
Höllisch, entsetzt – der andere hat ausgespielt, nachher. Wir waren beide am Ende nicht viel nüchterner als der Durchschnitt dieser Eliteeinheit, die auf einer Basis stationiert war, irgendwo im Dunkel der »Desert Area«, die diese Alkoholoase umgab.
Wir hatten das letzte Zimmer erwischt, das in Twenty Nine Palms an diesem Abend noch frei war. Die Smoke Tree Lodge lag am Ende der Loop, etwas außerhalb des Ortes, das letzte Motel, die Wirtin war schon besoffen gewesen, als es noch hell war: Du hast schließlich mit ihr verhandeln müssen, meine Sprachkenntnisse hatten rasch nicht mehr genügt, sonst erfüllte ich meine Aufgabe seit Jahren ziemlich routiniert.

Mir fährt es, sagst du, über das Steuerrad gebeugt, als würdest du es umarmen, die Augen geschlossen, die Stirn auf die Hände gelegt, nach zehn Stunden Autofahrt, ich muß warten, bis es aufhört zu fahren: Frag du.
Ich kannte unsere Wünsche; ein Doppelzimmer mit Dusche; *diese* Scheu hatte ich längst überwunden.
Wäre nicht alles besetzt gewesen, sie hätten dieses Zimmer wohl gar nicht mehr vermietet. Die Dusche funktionierte nicht, die Klospülung war kaputt, einzig aus dem Hahn über dem Waschbecken floß noch kaltes Wasser; darunter stand ein Papierkorb aus gelbem Blech, den man als Wasserkübel zum Spülen des Klos verwenden konnte: Darauf war ich gekommen, ein plötzlicher praktischer Einfall – angesteckt von deinem Übermut, während wir uns beide eine Weile fassungslos umsahen, benommen noch von den überwundenen Höhendifferenzen und den Kinobildern der Landschaft: die lockeren Wälder aus Joshua trees im Abendlicht – die grauen Ebenen der Hochplateaus, leergefegt vom Wind – plötzlich das enge Labyrinth aus nacktem, verwaschenem, blank weißem Fels, unerwartet in einem verwinkelten Seitental.
Trostlos, wäre man allein hier – für eine Nacht wird es schon gehen, zur Not, versicherten wir uns gegenseitig. Das Bett war nur Queen Size, kein King Size wie in den anderen Motels, gerade eine Spur zu schmal, findest du: man müsse einander im Schlaf auch vergessen können. Doch wir hatten uns, unterwegs, allmählich wieder aneinander gewöhnt.
Der sanfte Druck einer Hand, behutsam, wie früher; ich wehrte mich nicht mehr – während schon die Sonne durch die Gardinen grell auf das kümmerliche Mobiliar fiel und die anderen Gäste, unsere Nachbarn, über die Holzgalerie an unserem Fenster vorbei die Treppe hinunter stapften: verschwommene Schatten, die mich nicht störten – im Gegenteil.
Ich ließ mich jetzt gerne wecken.
Ich hatte, im Halbschlaf, mit geschlossenen Augen, darauf gewartet.

Tu veux? Du strecktest mir deine Autoschlüssel hin, in der Sonne neben dem kleinen, staubigen, verbeulten Honda ste-

hend, als wir am späten Morgen, nach unserem gewohnten ausgiebigen Frühstück, mit Hashed Browns, Spiegeleiern und Toast, schließlich von Twenty Nine Palms aufbrachen: Der Ort war still, wie reingefegt nach dieser Nacht.
Ein unmögliches Auto eigentlich, viel zu eng und klein für dich, aber hier gibt es nichts anderes: ohne Automatik.
Wir hatten, seit jener steilen, schmalen Paßstraße im Atlas-Gebirge, vor Jahren, nie mehr den Versuch gemacht, unsere Rollen zu tauschen: Wir hatten es schnell aufgegeben – damals hatte ich noch zuviel Respekt vor *deinem* alten, diffizilen, pneumatischen Schlitten, du vor meiner Fahrunsicherheit, doch jetzt war ich schließlich kein Kind mehr, und Auto gefahren war ich auch schon auf diesem Kontinent – allein. Ich fühlte mich sicher genug, in dem Kleinwagen mit der gängigen H-Schaltung. Die Strecke, die vor uns lag, ein dünner, gerader roter Strich durch weißes Gebiet mit einem auffälligen Zacken darin, der kalifornische State Highway Nr. 62, durchgehend asphaltiert, war ideal als Testgelände für meine Fahrtüchtigkeit und deine Navigationsfähigkeiten. Fast achtzig Meilen lang nichts, kein Ort, keine Tankstelle, keine Raststätte, kein Indianerreservat, kein National Monument, nicht einmal mehr eine Marine Corps Base, keine Kreuzung, keine Abzweigung, keine spürbaren Kurven; silbriger Wüstenboden zu beiden Seiten der Straße, der Goldstaub verdorrter Gräser, staubige Sträucher; graue Gebirgsketten am Horizont, die wuchsen, wieder schrumpften, sich verloren. Kein Verkehr in unserer Fahrtrichtung, selten Gegenverkehr: von weitem schon sichtbar, im vibrierenden Licht, päckchenweise drei, vier Wagen zugleich, dicht aufgeschlossen, als hätten sie Angst, allein in der Leere; eine rasche, heftige Berührung der Luft, wenn die Fahrtwinde zusammenprallten, dann wieder nichts.
Manchmal flitzte ein kleines, ockerbraunes Erdmännchen über die Fahrbahn, ein Antilope Squirl, und ich mußte aufpassen, daß ich es nicht überfuhr.
Da kannte ich die Highway-Hypnose noch nicht – ich war wach, ausgeruht.
Gelegentlich drehtest du an den Knöpfen des eingebauten Ra-

dios, aber da kam nichts, nur Rauschen, einer jener funktoten Räume, wo die Urantransporte verschwinden, Alptraum aller Sicherheitsbeamten und Politiker – deine Krimi-Phantasie: du liest zu viele Kriminalromane; ich weiß – der heimliche Traum vom großen Verbrechen, mit dem auch du kaum zu tun hast: Einmal wenigstens möchtest du, statt solche kleinen Freaks wie mich gratis zu verteidigen und im übrigen, für ein stattliches Anwaltshonorar, die letzten Familienbetriebe an den Meistbietenden zu verschachern – einmal möchtest du für einen richtigen Mörder plädieren: und zwar so, daß man das Opfer noch posthum zum Tode verurteilen müßte...

Ich mag *diese* Spannung nicht.

Langweilst du dich?

Die Augen halb zu, mit angezogenen Knien eingezwängt in diesem Auto...

Doch diesmal stellte ich keine Fragen mehr.

Für mich war es, als würden wir fliegen – bei gleichmäßiger Geschwindigkeit, ohne schalten zu müssen, den Fuß auf dem Gaspedal, die Hände locker am Steuer, zurückgelehnt, entspannt und aufmerksam zugleich. Nahtlos fließende Zeit, Gegenwart, ein Film, keine photographischen Bilder, anders als auf dem Beifahrersitz: wenn man ab und zu aus dem Seitenfenster schaut und sich orientiert, oder mitzufahren versucht und nichts tun kann; Freiheit, nach diesen Monaten des Wartens – ich war zum Bestandteil der Landschaft geworden, in Bewegung spürte ich sie, beim gleichmäßigen Rauschen des Fahrtwindes und der regelmäßigen Vibration des Motors, nicht allein dies, ich durfte mir sogar nützlich vorkommen, unentbehrlich.

Wo wir ankamen, dafür warst jetzt du verantwortlich. Überland haben wir uns immer wieder wortlos verstanden.

Nur mit dir kann man in die Wüste gehen – zärtlich, voreilig, ganz am Anfang schon, nach unserer ersten Reise in ein Wüstenrandgebiet. Ich war stolz darauf.

Ab und zu vergewisserte ich mich, aus den Augenwinkeln herüberschielend: doch du schienst mir zu vertrauen, wie ich jeweils dir vertraut hatte, vor dich hindösend, den Ärmel des Leibchens zurückgeschoben, den nackten Ellbogen im offenen

Fenster, die Augen verhangen von den schweren Lidern, den Feldstecher, am Bändel, auf dem Bauch.

Du hattest es längst aufgegeben, einen Sender zu suchen. Die Straßenkarte, im Handschuhfach, brauchtest du noch lange nicht. Manchmal drehtest du faul den Kopf zum Fenster.

Kein Raubvogel – weder Geier, noch Adler, noch Bussard.

Kein stiller Begleiter mehr, hinter uns auf dem Notsitz, wunschlos und anhänglich wie ein Schatten. Nichts schien sich zwischen uns geändert zu haben – als könnten wir endlos so weiterfahren.

Und dann, plötzlich, nach achtzig Meilen... wir sahen zunächst nur die Tankstelle, weil wir sie brauchten: ein Säulentempel für die schweren Fernlaster; ein Eiskasten daneben, eine niedrige lange Holzbaracke für den Tankwart, mit einem verdorrten Wüstengärtchen davor, in der prallen Sonne.

Nicht einmal ein Abfallhaufen hatte, wie sonst, die Siedlung angekündigt; es war gar keine Siedlung, eine Tränke bloß, aber eingezeichnet auf der Straßenkarte mit einem kleinen Kreis und einem Namen: Das also war Rice.

Hier mußte man anhalten, auftanken, den Durst löschen, weiterfahren. Wir standen eine Weile im Schatten des Säulentempels herum, abkühlend wie unser Auto, das leise vor sich hin knisterte, beide ein wenig enthirnt, jeder eine Cola-Büchse in der Hand: dieser Geisterbahn gegenüber.

Woher kommen eigentlich die Schienen? Wir hatten sie beide, neben der Straße, nicht auftauchen sehen.

Ich war schon angefahren, verlangsamte wieder nach wenigen Metern: Sollte man das nicht photographieren?

Die lange Fahrt hatte dich entscheidungsunfähig gemacht, träge, untätig als Mitfahrer zum ersten Mal: Soll ich?

Sonst warst immer du es gewesen, der die Motive sah, kein aufdringlich besessener Photograph, bloß ein ruhiger, zuverlässiger, diskreter Chronist unserer Reisen, der nebenbei rasch festhielt, was typisch war. So sind auch mir, nachträglich, *deine* Bilder geblieben, vergrößert gelegentlich, eine Auswahl, als Erinnerung.

Soll ich umkehren oder nicht? Entscheide dich –

Ich war bis jetzt nie auf die Idee gekommen, dir vorzuschlagen,

was du photographieren könntest, oder gar Motive für dich zu suchen: als Nicht-Photograph, der folglich nie ans Photographieren denkt.
Du hast dich etwas spät entschieden, an einem recht ungünstigen Ort. Darf ich hier überhaupt wenden?
Es war uns schon lange nichts mehr entgegengekommen, ich konnte nichts hören, aber auch nichts sehen; todesmutig machte ich meinen ersten U-Turn: kurz vor einer Bodenwelle, einem »Bump«, blindlings, volleingeschlagen, mit Vollgas, wie du es mir oft vordemonstriert hast, mitten auf dem Hollywood- oder dem Sunset-Boulevard, im Abendverkehr dieser mörderischen Stadt: jedesmal erschreckend, kurzentschlossen und plötzlich – *deine* Spezialität.
Blindface, sagst du.
Vorsichtig, mit gesenktem Kopf, hast du dich über die steinige Böschung unserem Motiv genähert, wie einem Gegner zum Zweikampf – als könnte es plötzlich losfahren oder einen langgezogenen Hupton ausstoßen, aus der golden glänzenden Posaune auf dem Dach.
Der Motor lief, doch der Führerstand schien leer, die Güterwagen waren abgekoppelt.
Ich war am Steuer unseres Autos sitzen geblieben. Dunkel, breitbeinig und aufrecht standst du zwischen den vertrockneten Strauchbüscheln im winzigen Fleck deines eigenen Schattens vor dem gewaltigen schwarzen Denkmal in der Wüste, ratlos eine Weile, als versuchtest du, mühsam die große, gelb leuchtende Schrift auf der schwarzen Wand zu entziffern: *Santa Fé*.

Die Bergkette aus nacktem Fels, weit entfernt im Hintergrund, scheint sich, schrumpfend, am Horizont zu verlieren; so sieht es aus, als zöge die Lokomotive in voller Fahrt durch die ockergelbe Steinwüste, unter dem leichten Himmel, mit dem vereinzelten, ausgefransten Wölklein darin, genau über dem trompetenförmigen Horn auf dem Dach, wie das Rauchzeichen eines Hupsignals, das sich gleich auflösen wird, im Wind.
Nirgends mehr die Spur von einem Schatten – nur die Strauchbüschel im Vordergrund.

Fast zu schön, ein Werbeplakat aus einem Reisebüro: Meine gelegentlichen Besucher, die jedesmal bewundernd davorstehen, wollen mir zunächst nie glauben.
Mich hast du selten photographiert.
Eigentlich nur in der Wüste, bei irgendeiner praktischen Tätigkeit, bei Pannen auf einer Piste am Sahararand etwa, während ich, mit den untauglichsten Instrumenten, *dein* Auto, unser Gefährt, wieder flott zu machen versuchte: oder manchmal rasch zum Größenvergleich. Bleib einen Augenblick so stehen –
Meine Besucher fragen immer, unsicher: Ich würde mich selber, wüßte ich es nicht, kaum wiedererkennen, das Gesicht im Halbschatten, den Oberkörper nackt, den Arm ausgestreckt zu einer vorsichtigen Berührung, die Haut von der Wüstensonne gefärbt – ein »illegal alien« eher, der die Grenze von Mexiko her hier heimlich überquert hat.

Gelegentlich mußte man anhalten, um den eigenen Augen wieder trauen zu können – die Wüste anfassen, spüren, riechen zum Beweis. Es ergab sich meist von selber, bei der erstbesten Gelegenheit, wo der Straßenrand breit genug war: eine kleine Ausweichstelle, übersät mit Bierdosen und Colabüchsen, wie jeder, noch der kleinste Rastplatz in diesem Land.
»Saguaro National Monument«: Ein versteckter Wegweiser auf der Interstate 10, den du entdeckt hattest, als Mitfahrer nun an das Lesen von Wegweisern gewöhnt, ein Abstecher von der großen Straße, auf unserem langsamen Weg nach Süden, aber wir hatten ja Zeit; es war egal, wo wir am Abend ankämen, wir fuhren einfach, solange wir fahren mochten, nur die Richtung stand ungefähr fest und, wie auf all unseren Reisen, irgendein noch ungenaues, südliches Ziel: unser südlichster Punkt, wo man dann allmählich umkehren und, ebenso langsam, zurückfahren konnte.
Wir waren uns schnell einig gewesen.
Jedesmal wenn sie auftauchten, immer unerwartet, in kleinen, lockeren Gruppen meist, auffällig nur in der prallen Sonne: lange Schatten werfend, schriest du, oder ich schrie: oder wir setzten beide gleichzeitig dazu an.

Jedesmal wieder mit dem gleichen Erstaunen.
Sie stehen einfach plötzlich da, aus dem Boden geschossen, auf einem Haufen – Erektionen der Wüste, sagte ich: das gefiel dir nicht besonders, zu vulgär.
Die Elefanten des Westens, hast du sie genannt.
Wir wollten die »Wälder« sehen – ein eigentümliches Wort in diesem Zusammenhang. Doch es stand in deinem botanischen Führer.
Wie definiert man eigentlich einen Baum, fragte ich, im Vertrauen auf deine naturkundliche Allwissenheit; ich habe schließlich alles, was ich weiß, die Namen der Vögel, der Blumen und der Sträucher in den Wüstengebieten des amerikanischen Südwestens, in Mitteleuropa, Osteuropa und im nordafrikanischen Raum allmählich von dir und deinen Bestimmungsbüchern gelernt.
Einen Baum? Mit dem Stamm und den Ästen allein, wie du es zunächst versuchtest, geht es nicht – es war wieder wie das »phlogion« damals, auf jener griechischen Paßstraße, die es laut Straßenkarte eigentlich gar nicht gab, auf dem direkten Weg über das Parnongebirge: ein Maultierpfad eher; ich weiß nicht mehr, wie wir auf »phlogion« kamen, es hatte sich plötzlich in unser Gespräch, mit dem wir uns ein bißchen von den topographischen Schwierigkeiten abzulenken versuchten, eingeschlichen: Du hattest es gebraucht, und ich kannte das Wort natürlich, hatte aber vergessen, was »phlogion« heißt; das, was leuchtet im Feuer, der leuchtende Rand des Feuers, hast du versucht, es ist die Aura um das Feuer herum, die Entzündung des Feuers, une inflammation – bis dir plötzlich das banale deutsche Wort einfiel... so einfach, so naheliegend, daß es auch mir, fast gleichzeitig, eingefallen war.
Aber du warst doch noch schneller gewesen.
»Holzgewächs mit Stamm und Krone«, muß die Definition richtig heißen: ich habe eben in meinem Lexikon nachgeschaut. Unterwegs waren wir uns nicht schlüssig geworden: Ist zum Beispiel ein Joshua tree ein Baum? – Sieht aus danach, ist aber vor allem ein Liliengewächs: ein Lilienbaum, könnte man sagen, eine Baumlilie. – Und ein Ocotillo: Ist das nun ein Baum, ein Strauch oder ein Kaktus? – Ein Kaktus sicher nicht,

denn ein Kaktus darf keine Blätter haben. Um ein Baum zu sein, fehlt ihm der Stamm... ein Strauchgewächs wohl: jedenfalls blüht er schön.
Du hattest plötzlich genug von Definitionen, genug von meiner Pedanterie – so, wie dich die feinen Bestimmungsunterschiede zwischen den verschiedenen Arten der Rohrsänger, der Laubsänger, der eigentlichen Grasmücken und anderer zu kleiner, zu ähnlicher Vögel auch nicht mehr interessieren: Nur den Zaunkönig, den hast du mir gleich gezeigt, ganz am Anfang schon, auf einem Spaziergang am Ufer der Aare – der ist so klein und knickst so hübsch, den muß man einfach kennen; ein rührender Vogel – ich erzähle es dir jedesmal, wenn ich, am Ufer der Aare, wieder einem knicksenden Zaunkönig begegnet bin.
Doch um mein Problem, wie man ein Gewächs nennt, das Blätter und Stacheln zugleich hat, mochtest du dich bald nicht mehr kümmern: »Dornen« natürlich; aber weder dir noch mir war das Wort »Dornbusch« eingefallen, angesichts eines blühenden Ocotillo auf einer Hochebene in der grauen Steinwüste der Mojave Desert.
Definitionen, Bestimmungen, Klassifizierungen, sagst du, das ist letztlich nichts als die Hilflosigkeit des Menschen der Natur gegenüber, der er fremd geworden ist: der klägliche Versuch zu ordnen. Wenn du dich eine Weile ernsthaft damit befaßt hast, merkst du, wie weit du damit kommst – höchstens bis zu den Sternen: und was willst du dort. Glaubst du, ein Cereus giganteus kümmert sich darum, wie du ihn nennst?
Ich wollte dann doch wissen, warum ausgerechnet Elefanten...
Die Elefanten stehen auch so in der weiten Landschaft – groß, alt und traurig, sagtest du: ehrwürdige Wesen, schon lange auf der Erde, die letzten Überlebenden aus einer anderen Zeit; langsam gewachsen; friedlich und genügsam, ohne Feinde in der Natur, darum wehrlos und bedroht: ihr Mörder ist der Mensch.
Ein Plädoyer – du schienst dich mit den Saguaros und den Elefanten zu identifizieren; mein Interesse hingegen war Neugier, eine kindliche Neugier, die du mit deinen Bestimmungsbüchern geweckt hattest.
Noch immer überließ ich es dir, dich zu informieren; ich schaute

mich bloß um und fragte. Du hattest dir gleich am Visitor's Center des Saguaro National Monument Material beschafft, schmale, schlecht geleimte Bändchen mit teilweise fast unscharfen Farbphotos auf billigem Papier – technisch nicht perfekt, aber liebevoll gemacht: ein bißchen erschütternd, fandest du, eines dieser Büchlein in der Hand, wenn man die technischen Möglichkeiten, die aggressive Effizienz der wirtschaftlichen Machtträger in diesem Land kennt; das ist das *andere* Amerika, sagtest du, das sind die, die mit ihren Rucksäcken, Feldstechern, Bestimmungsbüchern in die Wüste gehen und ihren Zivilisationsmüll zuhause lassen, wie wir.
Auf einem der farbigen, verschwommenen Bildchen walzt eben ein böser Cowboy mit seinem Trax grinsend einen über hundertjährigen Riesenkaktus um.
Hundert Jahre Leben zerstört – von einem Menschen, der noch nicht einmal halb so alt ist, bloß viel zu rasch wächst und sich viel zu rasch vermehrt, sagtest du; dabei geht ein ganzes Biotop kaputt – die Saguaros sind Lebensspender, eine ganze Fauna lebt davon, die Spechte, die darin brüten, die Elfeneule, die in den verlassenen Bruthöhlen der Spechte nistet, eine Taubenart, die den Nektar der Kaktusblüten trinkt, und das wächst nicht mehr nach, jedenfalls nicht so rasch: ein Saguaro braucht dreißig Jahre, bis er zum ersten Mal blüht.
Doch auf meine Frage, nach welchem System die Saguaros ihre Äste treiben, wußten auch deine Büchlein keine Antwort: dort wird die Frage nicht einmal gestellt; dabei ist diese launische, scheinbar zufällige Asymmetrie doch auffällig.
Ein *Wald* jedenfalls ist es nicht, eher eine *Lichtung*, in der Wüste – eine *Oase* ohne Wasser und Palmen, ein *Hain* ohne Schatten: mit dem Warngeschrei der brütenden Buntspechte darin und dem harzigen Geruch der gelb blühenden Creosot-Büsche, der sich mit dem süßlichen Melonenduft der Kaktusblüten vermischt, gegen Mittag, wenn die Sonne schon senkrecht steht.
Kaum waren wir in den Hain der Säulenkakteen eingetreten, konnten wir die Straße und unser Auto nicht mehr sehen; und doch ist überall Licht, gelb gefiltert durch das Geäst der Sträucher. Die Spechte ließen sich nicht stören, ihre Aufregung galt

gar nicht uns, einzig damit beschäftigt, ihre Bruthöhlen in den Kaktusstämmen keifend vor anderen Spechten zu verteidigen – als sprächen sie ein langes, kompliziertes Losungswort, bevor sie sich getrauten, ihre Jungen zu füttern.

Wir standen zunächst da wie Andächtige in einer Kathedrale, als wäre dieser Wüstengarten ein Ort, wo Menschen nichts zu suchen haben; schließlich verzogen wir uns, hierhin und dorthin, trennten uns, begegneten einander wieder zwischen den Sträuchern, als wollten wir uns voreinander verstecken und liefen einander doch nach, als hätten wir uns in dieser Nische verlieren können und warteten beide nur darauf, daß etwas geschähe.

Eine alte Gewohnheit schon: Akrokorinth, im kniehohen Klatschmohn, mit den schwarzen Schwärmen der Erdbienen – das Trümmerfeld von Olympia, zwischen den von irgendeiner Urgewalt umgestürzten Säulenfragmenten – oder der Basar in den nordafrikanischen Städtchen, im Gewühl der Käufer und Verkäufer: auf all unseren Reisen gab es diese Nischen, in denen wir uns, über Mittag oft, eine Weile lang vereinzelten, jeder für sich auf Entdeckungen aus; meist hatten wir einander nachher gar nichts zu erzählen.

Die Spechte blieben die einzige Erscheinung, aufgeregt flatternd, leuchtend, heftig miteinander schimpfend.

Dann war Stille – eine Stille, die knisterte; ich hörte nichts mehr, roch nichts mehr, spürte nur noch die Wärme auf der nackten Haut: ein Gefühl, das alle anderen Sinneswahrnehmungen auslöschte.

Ich hätte lange so dastehen können.

Der ist genau so alt wie du und darf erst jetzt anfangen zu blühen...

Er ist dreimal größer als ich, der kleinste; die anderen haben sich schon verzweigt. Siebenarmige Leuchter ragen sie, olivegrün leuchtend, in die Blauzonen des Himmels und treiben an jedem Ende Blüten, Kränze aus weißen Kelchen.

Einer schießt kerzengerade über den Glasrahmen hinaus; vom Rand her greift ein gelbblühender Strauch schützend ins Bild, als wolle er es verbergen.

Doch du wolltest dann plötzlich weg aus diesem Biotop, unge-

duldig, wie immer nach einer Weile; die Wüste kannst du ja doch nicht beschreiben...
Versunken in deiner Körperfülle, auf dem sogenannten Todessitz, eingezwängt zwischen dem Handschuhfach und dem Wagendach, den Arm aus dem offenen Fenster gehängt, erklärtest du die Landschaft, durch die wir fuhren, für unbeschreiblich.
Die schönste Landschaft meines Lebens, du hast es gleich mehrmals wiederholt. In dieser Landschaft hat man endlich Platz zum Atmen –
Aber du verlangtest, daß ich »düse«, als wolltest du am liebsten vom Boden abheben.
Ich kämpfte, zehn Meilen über der erlaubten Höchstgeschwindigkeit, mit den Bodenwellen, den Bumps und den Dips, und raste, das Steuerrad mit beiden Händen umklammernd, während der böige Wüstenwind immer wieder heimtückisch in der Flanke angriff, durch die graue Ebene, in der silbern die Smoke trees glitzerten; manchmal flog am Straßenrand ein Schwarm unbestimmter Geier auf, immer zu früh, schwarze Silhouetten, doch du wolltest sie gar nicht mehr bestimmen.
Ein Matterhorn, schau dort – du hattest bestimmt einen Wüstenstich. Es war bloß ein Tafelberg; endlos fuhren wir auf diesen zart rötlichen Tafelberg zu, der nicht näher zu kommen schien. Plötzlich waren wir daran vorbeigefahren, und nichts hatte sich geändert. Eine weitere Ebene mit Smoke trees, unbestimmten Geiern, im müden Nachmittagslicht.

Ich fürchte, ich habe etwas zuviel gesehen.
Es klang fast wie eine Entschuldigung, am nächsten Tag; auch ich hatte genug. Doch meine Neugier war wieder erwacht, als ich auf einer Tafel am Straßenrand »International Boundary« las. Was willst du dort? Da hattest du nur noch Durst und bliebst verständnislos sitzen, als ich anhielt und ausstieg.
Ein mannshoher Maschendrahtzaun, eine Landstraße jenseits, auf der gelegentlich ein Lastwagen vorbeirumpelte, Sandwirbel in der Ebene, vor rostroten Bergen, kleine Sandhosen, die sich noch vor der Grenze wieder auflösten.
Der Grenzstein – du hast diesen Grenzstein nicht gesehen: eine weiße Stele gleich hinter dem Zaun, reliefartig herausgemei-

ßelt eine Inschrift – ich mußte ganz nahe an den Maschendraht herangehen: ein seltsames Gefühl, die paar Meter abseits unserer Straße, auf dem kahlen Wüstenboden, allein dicht am Zaun, angesichts dieses Steins, der aussah wie ein Grabmal, und den man weder versetzen noch entfernen durfte.
Ich kehrte rasch um.
Was ist?
Es gilt als Kriegsgrund, diesen Grenzstein auch nur zu beschädigen.
Erschöpft, zusammengesunken, die Augen halb zu, ohne jedes Interesse, hast du den Sinn, die Absurdität dieses eingemeißelten Vertragstextes, den ich dir zitierte, wohl gar nicht mehr begriffen: Natürlich kannst du nicht einfach eigenmächtig Grenzen verschieben... Du wolltest nur noch, möglichst rasch, etwas zu trinken.
So fuhr ich eben nach Lukeville zurück, weil das der kürzeste Weg zu einer Raststätte war.
Der staubige Platz lag leer in der Sonne, die Tankstelle schien geschlossen: kein streunender Hund mehr, kein Zöllner – nichts als die weißgetünchten Betonbauten eines zu großzügig angelegten Grenzübergangs, funktionslos in der flauen Zeit, wie am Vortag, als wir angekommen waren.
Welche Völkerwanderungen werden hier erwartet?
Daß es *Why* gibt, hatte ich dir nicht glauben wollen: Doch wir mußten sogar daran vorbeigefahren sein; *Why* stand auf dem kleinen Wegweiser, der dorthin zeigte, wo wir herkamen. Auf dem großen Wegweiser stand nur noch, summarisch: *Mexico.*
Da wollten wir nicht mehr nach Mexiko – du hattest ohnehin Angst vor Montezumas Rache.
Wir hatten unseren südlichsten Punkt erreicht.
In Bebas Bar wäre es wohl schön kühl gewesen, doch dir grauste schon beim Gedanken an den Geruch von Alkohol, und auch ich ließ diese Tür jetzt lieber links liegen: unauffällig, in der langen Zementwand des niedrigen Bungalows, unter der erloschenen Leuchtschrift. An der Theke des gläsernen Coffeeshops, gleich vis-à-vis, waren, still essend, ein paar Durchreisende übriggeblieben; wir setzten uns an einen der runden,

weißen Tische beim Eingang; ich bestellte mir einen dieser Steakburger, es gab nichts anderes: weiches Brot, wäßriges, süßliches Hackfleisch, zu große, fade Salatblätter – du mochtest dich nicht vergiften und trankst bloß dein Cola, hastig, kurz vor dem Verdursten. Es war ruhig und schattig hier: friedlich und trostlos wie in all diesen Coffee-shops. Doch es war besser, nicht zu rasch weiterzufahren, in der heißesten Zeit.
Plötzlich, als die Cola-Flasche leer war, kaum waren deine Lebensgeister wieder erwacht, fingst du an, von diesem Muskel zu reden – den verhangenen Blick über meinen Kopf hinweg in die Ferne gerichtet, als würdest du halluzinieren: Diesen Muskel, sagtest du, dürfte man doch eigentlich gar nicht sehen – ist dir gestern abend auch aufgefallen, daß da anatomisch einiges zuviel war? Darauf habe ich nicht mehr geachtet, behauptete ich, ausweichend, zögernd. Oft, wenn du, wiederbelebt, zu reden anfängst, ohne äußeren Anlaß, erwartest du zunächst gar keine Antwort: bloß einen Zuhörer für ein Plädoyer meist – als wolltest du zuerst dir selber etwas erklären, versuchsweise, von weither argumentierend.
Doch diese Muskelpäckchen schienen dich tatsächlich zu beschäftigen – kompakt, vom Hals an abwärts, mit diesem Extra-Muskel und den einfältigen Gesichtern dazu: ihre Gesichter entsetzten dich noch immer.
Ich weiß – sagte ich schließlich, irritiert, satt, schläfrig geworden in der Wärme, bloß diese grell beschienene Betonwand vor Augen: Daß die Gesichter oft nicht zu den Körpern passen, daß die Körper eine andere Sprache sprechen, daß man enttäuscht ist, wenn man sich, diskret, nach den Gesichtern umschaut, in Schwimmbädern zum Beispiel – du warst nicht zum ersten Mal entsetzt: manchmal wünscht man sich, die Knaben trügen Masken –
Damit hast du mich schon früher erschreckt.
Ich kann auf das Gesicht nicht verzichten.
Doch eigentlich, fand ich, waren ihre Gesichter gar nicht so schlimm – ich sah sie nicht mehr genau, nur noch das Haar. Mir jedenfalls, sagte ich, ist nichts Störendes aufgefallen – im Gegenteil, eigentlich.
Bei normalen Leuten, beharrtest du, sieht man diesen Muskel

nicht – soviel verstehe sogar ich von Anatomie. Was ist denn das für ein Muskel?
Es ist einer der Rückenmuskeln, an der Flanke, vom Hals an abwärts eben – den Namen wußtest du natürlich nicht, eigentlich hören ja auch *deine* genaueren naturwissenschaftlichen Kentnisse bei der Zoologie und der Botanik auf: Aber schau dich doch um – ist das noch normal?
Dein Bärtchen deutete mir an, wo zu sehen war, was du mir zeigen wolltest: knapp hinter meiner Schulter.
Nichts als ein kräftiger, blondflimmernder Oberschenkel in meinen Augenwinkeln, nach einer reflexartigen, halben Kopfbewegung.
Ich mochte mich doch jetzt nicht so ostentativ umdrehen und, in unserer Geheimsprache, einen Dritten bewundern.
Aber du wolltest, daß ich hinsah: als hätte der letzte Nachzügler aus der vergangenen Nacht, der hier hängengeblieben war und nun verschlafen auf seinem Plastikstühlchen hockte, irgend etwas erklärt.
Zuviel Kraft, nichts Knabenhaftes mehr, knapp zwanzig; höchstens einundzwanzig, vielleicht.
Was fängt man mit all den Muskeln an?
Ich kann es mir vorstellen, sagte ich, betont détachiert: *Diesen* Schock habe ich längst hinter mir.
Ich hatte doch andere Bilder im Kopf.

Es war, als hätten sich uns in der Abenddämmerung alle Wüstenbewohner noch rasch zeigen wollen, bevor es ganz finster würde.
Schau, die hat versucht, außerhalb des Reservates zu wachsen – eine verkümmerte Organ Pipe, deren spärliche Stacheln niemandem weh taten: knapp vor der Einfahrt zum Park, genau neben der Tafel, die das Schutzgebiet ankündigte: »Organ Pipe National Monument«.
Das Wahrzeichen – ein typischer Fall von Wildwuchs, sagtest du, gerührt fast, wie von allem, was ein bißchen über das erlaubte Maß hinaus wächst und ausflippt.
Eine Grenzüberschreitung, aber es ist ihr nicht sonderlich gut bekommen.

Wir standen eine Weile herum, auf dem Parkplatz des Visitor's Center, das schon geschlossen war, und warteten – als tatsächlich, zum Auftakt, ein Geier erschien: langsam und tief über uns weggleitend präsentierte er sich, kreisend, um uns Zeit zu lassen, ihn in Ruhe zu bestimmen – der treue Begleiter unserer Reisen.

Ich hatte Geier höchstens aus Büchern und den zoologischen Gärten meiner Kindheit gekannt, zerzaust, mit gestutzten Flügeln, traurig herumhoppelnd: Karikaturen dieses mythischen Vogels, den es in Freiheit, für mich, nicht gab – bis plötzlich die Wolke am Himmel auftauchte, über der schwarzen Steinwüste am Rand der Sahara: Schmutzgeier, hast du sie genannt – da ist irgendwo ein Tier verendet; seither haben sie uns verfolgt, und du hast sie jedesmal bestimmt. Meist waren es zunächst nur verräterische Schatten – die großen, verschwommenen Schatten auf den gelben Felswänden der griechischen Berge – bis wir im Gegenlicht, mit dem Feldstecher, die Vögel ausgemacht hatten, perfekt getarnt, knapp vor dem hellen Hintergrund segelnd. Gänsegeier – du warst sicher. Hätten sie keine Schatten geworfen, wir hätten sie übersehen.

Doch das Aas, über dem sie kreisten, haben wir nicht gefunden, weder am Rand der Sahara noch am Fuße der griechischen Berge.

Eigentlich warteten wir ja noch immer darauf, daß uns ein Kondor begegnete, der größte von allen, wir hätten es verdient; aber du mochtest nicht in jenes nordkalifornische Reservat fahren, wo sich die verschiedenen Naturschutzorganisationen um die letzten Brutpaare streiten – meilenweit: um den Kondor dann womöglich doch nicht gesehen zu haben.

Er sollte uns zufällig begegnen, wie die Zeichen über der Sahara, die Schatten über den Felswänden, wie der kleine Truthahngeier, der sachte im letzten Licht aufstieg, bis er sich in der Dämmerung verlor, nachdem wir ihn bestimmt hatten.

Ein sanfter Schrecken jedesmal – die Ungeduld beim Anpassen der Optik an unsere unterschiedlichen Sehschärfen, ich ließ dir, dem Fachmann, den Vortritt, dann nahmen wir uns jeweils gegenseitig das Fernglas aus der Hand.

Natürlich sind es jedesmal Offenbarungen, wenn plötzlich erscheint, was es nicht gibt. Der Roadrunner ist schließlich eine Comic-Figur aus dem kalifornischen Fernsehen: Als hätte er nur auf den Abgang des Truthahngeiers gewartet, flitzte er aus der Kulisse der Jumping Chollas, wetzte über den Parkplatz, hierhin und dorthin, stoppte plötzlich, den Kopf erhoben, hüpfte auf eine der Rastbänke, hüpfte von dort, nach einem Seitenblick zu uns, auf den Tisch, auf dem unordentliche Touristen einen halbleeren Becher Kaffee vergessen hatten, steckte den Schnabel hinein, verschmähte den Kaffee, drehte vor uns eine Ehrenrunde und spurtete schließlich, nach vollendeter Show, ab in die Smoke trees.

Seinen Verfolger aus der Fernsehserie hast du zunächst verpaßt. Du studiertest, vor dem Bungalow des Visitor's Center, mit dem Rücken zu mir, die ausgehängten Informationen, warst dann einen Augenblick außer Sichtweite – ich stand allein in der zunehmenden Dämmerung am Rande des Parkplatzes, wo ein Holzschild, von Hand in roten Buchstaben beschriftet, vage vor der Tollwut warnte.

Zunächst hatte ich ihn für einen verwilderten Hund gehalten – eine Art Wolfshund, hochbeinig, mit ockergelbem Fell, zwischen den lockeren Büschen: Er starrte mich an, von unten her, ich starrte ihn an und rührte mich nicht – eine Weile lang reglos einander gegenüber, mißtrauisch lauernd beide.

Vorsichtig und langsam, ohne ihn aus den Augen zu lassen, zog ich mich rückwärts zu unserem Auto zurück, fluchtbereit – ich war nicht sicher, ein unbestimmtes Raubtier.

Als du wieder auftauchtest, war er schon weg – lautlos, spurlos, ich hatte ihn nicht wegrennen sehen, zwischen den Büschen, in der zunehmenden Dämmerung.

Doch es war kein verwilderter Hund gewesen – *du* warst sicher; ich hatte am Straßenrand abrupt gebremst, und du bist ihm noch viel näher gekommen als ich. Während ich im Auto sitzen blieb, gingst du langsam, aufrecht und ruhig auf ihn zu, über das offene Gelände, im grauen, schon trüben Licht beim Einnachten, bis er sich allmählich abwandte, seitwärts, zögernd, geduckt, mit eingezogenem Schwanz.

Er war plötzlich weg, im trüben Licht, ohne daß wir hätten sehen können, wie er flüchtete – er flüchtete nicht; kurzsichtig

habe er dich angeschaut: dann trollte er sich, der Schwächere.
Er stiehlt sich weg; friedlich und feige, ungefährlich für den Menschen, ein Kulturfolger, sagtest du.
Wie unser Wüstenfüchslein – genügsam und anpassungsfähig, ein stiller Begleiter?
Wir wollten eigentlich die Kojoten heulen hören...
Füchse bellen, richtig – es stimmt eben nicht: Deine unpassenden zoologischen Vergleiche und die Stilisierung in der Comic-Serie des kalifornischen Fernsehens hatten mich verwirrt; hätte ich schon am Rande des Parkplatzes, neben dem roten Schild, gewußt, daß die Kojoten zur Familie der Wölfe gehören, wäre meine Angst noch größer gewesen – ebenso unberechtigt, natürlich.
Nur das Fluchtverhalten ist das gleiche – plötzlich weg, wie Stevy.
Aus dem Geheul der Steppenwölfe wurde nichts; wir warteten am Rande einer Piste, bei offenen Wagenfenstern, ausgeschaltetem Motor, gelöschten Scheinwerfern, bis die Umrisse der Riesenkakteen allmählich aus der mondlosen Nacht auftauchten und die Augen sich zu gewöhnen anfingen. Doch nichts als das dumpfe Brausen der Autos war zu hören, von der Hauptstraße her.
Wir hatten noch ein bißchen in der Nacht herumfahren wollen, just cruising, sagtest du, wie die Piloten, wenn sie nicht landen können und eine Weile über den verstopften, amerikanischen Flughäfen kreisen müssen; doch auf der Hauptstraße wurde ich über jede noch tolerierte Höchstgeschwindigkeit hinaus gehetzt. Findet hier eigentlich ein Rallye der Wohnmobils statt? Auch du warst irritiert: Lauter überlange Wohnwagen, die mit aufgeblendeten Scheinwerfern dicht aufschlossen und mich erst im letzten Moment überholten, bis ich nichts mehr sehen konnte und mich, blindlings, auf eine Ausweichstelle rettete: Wir stiegen aus und flüchteten in die Dunkelheit, in die Stille.
Es war angenehm kühl geworden, ein leichter Abendwind ging, der Boden knisterte unter unseren Schritten – unsichtbares, dürres Zeug.

Paß auf, du zündest noch die Steppe an –
Ich erschrak, ich hatte gar nicht daran gedacht, ein blöder westeuropäischer Städter aus einem regnerischen Land; mit schlechtem Gewissen trat ich sofort meine angerauchte Zigarette aus, verärgert über mich selber, bis nichts mehr glimmte im Dunkeln.
Du hattest es nicht *so* ernst gemeint – eigentlich braucht es ja, für einen richtigen Steppenbrand, beruhigtest du mich, eine geschlossene Grasbodendecke, damit das Feuer springen kann: Dann allerdings genügt ein Funke; hier war der Boden wohl zu karg bewachsen.
Doch ein Rest des schlechten Gewissens, über meine Sorglosigkeit gegenüber der Natur, blieb: Angst, sie könnte sich rächen, mit Bränden, Feuersbrünsten – ich fürchtete mich wieder vor dem springenden Funken, wie es sich gehört.
Plötzlich standen wir vor dem dunklen Rumpf eines Saguaros, der sich über uns verlor. Unter uns blitzten die Wagenscheinwerfer vorbei und streiften, für Augenblicke, das Geflecht der Sträucher ringsum; ganz nah, vor dem Hintergrund des gedämpften Straßenlärmes, war ein leiser Ton zu hören – ein hohes, gleichmäßiges Summen, wie von Insektenschwärmen: aber es waren die Stacheln, in Schwingungen versetzt vom Wind, als wären es Saiten; der ganze Kaktusrumpf sang – hypnotisch, elektrisierend, fremd.
Wir hörten beide verwundert zu – dann gaben wir es auf; abseits wurde es immer finsterer, die Klapperschlangen fürchteten wir beide, und weiterzufahren war sinnlos: Der Sinkflug, gegen die rasenden Lichter, nach Lukeville zurück, war schon lebensgefährlich genug; ganz langsam fuhr ich am äußersten rechten Straßenrand, bereit, jederzeit in die Wüste auszuweichen, während ein Wohnmobil dicht hinter dem anderen, mit Anhängern noch, auf denen die sperrigen Umrisse unförmiger Gegenstände schwankten, an uns vorbeiraste, ohne abzublenden.
Das Innere der Wohnwagen war hell beleuchtet, voller Leute, deren Schatten in den Fenstern tanzten.
Das sind die Bewohner von Phoenix, sagtest du – als würde das alles erklären; das verlängerte Wochenende, daran hatten wir

schon einmal nicht gedacht, die kommen jetzt alle vom Surfing, von den Stränden am Golf, und kehren heim in ihre steinernen, heroischen Türme. Nicht gläsern, leicht und unwirklich, wie Downtown L. A., sondern rotglühende Stelen aus Beton, Befestigungsanlagen oder Tempelbauten, kultische Standbilder mit funkelnden Augen, ägyptisch oder indianisch, vergoldet von der untergehenden Sonne: ein Phoenix, soeben auferstanden, fast erschreckend unzerstörbar, fandest du im Vorbeifahren, von den hohen Rampen der Umfahrungsautobahn aus, gottverlassen, nichts Menschliches mehr: keine Bewohner.

Wie sehen wohl *die* aus?

Da standen sie – mit ihren Surfbrettern, Motorrädern, Go-Carts, Segelschiffen und Hochseejachten auf den Anhängern – im Flutlicht der Tankstelle: breitbeinig und stämmig vor den Zapfsäulen, neben der offenen Wagentüre, in weiß leuchtenden Badehosen, mit blond leuchtenden Haaren.

Ich war noch halbblind, als wir endlich in Sicherheit waren; wir stolperten beide auf die niedrigen Bungalows zu, über den großen Platz, der sich plötzlich belebt hatte: neugierig streunende Hunde, rund um die Straßenlampen schwirrten im Lichtkegel Nachtschwalben.

Laute Flügelschläge, helle, zirpende Rufe – ich hatte noch nie Nachtschwalben gesehen. Was ist das? Ziegenmelker, die gibt's auch bei uns, nur sieht man sie kaum mehr. Aber du konntest dich noch gut an das Bild erinnern: Nachtschwalben im Lichtkegel der Straßenlaternen am Stadtrand, nichts Ungewöhnliches, vor noch gar nicht so langer Zeit.

Die Bar war düster und leer; monoton blinkten im Hintergrund die Spielautomaten, die Musicbox war abgestellt. Wir saßen nebeneinander an der Theke, die einzigen Gäste, Beba hielt uns für Vater und Sohn.

Ich korrigierte den Irrtum.

Das hätte *ich* nicht getan –

Habe ich etwas falsch gemacht?

Du hattest auch das nicht so ernst gemeint – es wäre bloß einfacher gewesen, zu lügen, fandest du.

Ich habe dich nicht gefragt, wovor du hier plötzlich Angst hat-

test; meine Antwort war simpel gewesen, ein einziges Wort, harmlos, neutral, ohne zu überlegen: es war mir herausgerutscht.
Friends.
Sie hat es jedenfalls verstanden – du beruhigtest mich: wahrscheinlich ist es ihr ohnehin vollkommen egal; eine imposante, alte mexikanische Frau, kräftig geschminkt, in einem langen, lockeren himmelblauen Kleid, weit dekolletiert – Opernsängerin, war uns beiden fast gleichzeitig eingefallen; am trüben Spiegel zwischen den Flaschen steckte eine Photographie, die wohl sie zeigte, in jüngeren Jahren, festlich schwarzgekleidet, vor einem brennenden Christbaum.
Ein Urweib, ja, aber keine Komplizin: stolz und mißtrauisch am Anfang – herablassend, widerwillig fast, mischte sie uns eine erste, wie mir schien ziemlich schwache Margarita, während sie uns aufmerksam musterte: als spürte sie, daß auch wir sie beobachteten. Doch die Fragen hier stellte sie – ich weiß auch nicht, warum sie sich dabei immer an mich wandte, mit einem Seitenblick jeweils, fast so, als traute sie dir noch immer nicht ganz: zu unnahbar auf deinem zu schmalen Thron; Finnland hatte ich verstanden, aber sie hatte wohl eher Phinix gemeint, ein Hörfehler...
Switzerland.
Auch das nahm sie gelassen.
Du wolltest nicht anfangen, und ich bin es nicht gewöhnt, in einer Fremdsprache über uns Auskunft zu geben; so machte sie uns zu ihrem Publikum.
Jedesmal, wenn sie mit dem zu hohen, wackeligen Turm aus Winstons, auf dem zu hohen Regal neben dem Spiegel, nicht zurechtkam, warf sie uns über die nackte Schulter einen Blick zu, mit theatralischer Verzweiflung: wir wußten ja schon – bevor sie tief Luft holte und anhob, ihren schmächtigen Sohn aus den offenbar weitläufigen hinteren Räumen zu rufen: Semi...
Sie hatte nur Winstons, und so gab es nur Winstons.
Sie schrien alle nach Zigaretten und Bier, plötzlich hereinbrechend, ungeduldig und gierig; sie schrien überhaupt: einander nach, durcheinander, grundlos, knapp, hoch, mit kippender,

rauher Stimme. Zappelig, dicht neben uns, hingen sie eine Weile an der Theke und griffen, übereinander hinweg, an unseren Gesichtern vorbei, hungrig in das große grüne Glas, in dem grausige Würste in einer schlammtrüben Essigsoße schwammen.

Eine Horde, zum Riechen nah, halbnackt, feucht noch von der Hitze der Autofahrt; vibrierende, nasse Flanken, glänzende Torsos, die Brustwarzen fleischig und steif, die knappen Slips prall gefüllt, mit halben Erektionen.

Du wußtest nicht mehr, wo hinsehen – stumm, mit einem Lächeln, von oben herab, nach hierhin, nach dorthin, in den Spiegel an der Wand: eingekreist – die Ellbogen auf die Theke gestützt, mit eingezogenen Schultern, hast du schließlich versucht, dich klein zu machen, geduckt, damit sie dich nicht von deinem Stuhl kippen.

Monoton blinkten im Spiegel die Flipperkästen; eine Lücke klaffte im Regal, dort, wo der Turm aus Winstons gewesen war; sie waren abgezogen, braune Papptüten voll Proviant in ihren Armen.

Eine Weile lang hörte ich noch das Geschrei draußen, das Aufheulen der Motoren.

Wir waren sitzengeblieben, in der dumpfen Schwüle, im Dunst aus Bier und Schweiß, plötzlich wieder allein nebeneinander, bei Southern Comfort, wie oft am Ende – den »südlichen Trost«, hast du ihn genannt.

War das bißchen Tequila am Anfang oder war der Jack Daniels dazwischen zuviel gewesen?

Du spieltest schon mit deinem Ehering auf dem Holz der schmalen Theke Kreisel – kein gutes Zeichen, das letzte, was ich noch sah, verschwommen im trüben Spiegel.

Du wolltest nichts mehr sehen.

Es war einfach, nachträglich dem Alkohol die Schuld zu geben.

Während ich schon auf der Kochplatte im Badezimmer des Motels Wasser kochte, nach einem kurzen Tiefschlaf, hattest du, noch im Bett liegend, geweckt wohl durch das Brodeln, um einen Kaffee gebettelt, fragend, als hätte ich mich nun weigern können, dir eine Tasse Instant-Coffee ans Bett zu bringen.

Du schlugst vor, gleich aufzubrechen, ohne etwas zu essen: Es war wohl das beste, vorerst einfach weiterzufahren. So brauchten wir nicht zu reden.

Am Steuer wieder, mußte ich achtgeben: auf die Bodenwellen, die Sandverwehungen in den Kurven, auf die wüstenfarbenen Erdmännchen, die über die Fahrbahn flüchteten, auf die spitzen schwarzen Steinchen, mit denen der goldgelbe Boden übersät war – wie Gesteinssplitter nach einem Meteoritenaufprall. Ich fürchtete vor allem für unsere Pneus; ein Sträßchen in der Art der Sahara-Pisten, gewunden, schmal, Einbahn 55 Meilen lang: »No turn after entry«, warnt ein Schild vor der Einfahrt.

Kein Verkehr. Wir waren die einzigen Besucher im Organ Pipe National Monument und hatten nicht einmal daran gedacht, Wasser mitzunehmen; wir sind ohnehin immer nur mit einem Reserverad in die Wüste gefahren.

Doch bald war es mir egal, hier steckenzubleiben, zu stranden, verlorenzugehen; ein endloser Wüstengarten im blauen Licht des Vormittags, ohne Schatten – locker standen die Riesenkakteen da; scheu kamen die Tauben und tranken den Nektar; Buntspechte flogen vorbei, die schwarzen Schopfwachteln flitzten, immer in Grüppchen, nickend über die Piste, ein Roadrunner; zwischen den Sträuchern verschwand lautlos der buschige Schwanz eines kleinen Wüstenfuchses.

Sie wollten sich nicht zeigen, wir scheuchten sie bloß auf.

Gelegentlich hielten wir an, stiegen aus, du machtest eine Photographie: Organ Pipes, Saguaros; die Tauben hielten nie lange genug still; du hast dich schließlich ganz auf die Flora, als Motiv, beschränkt.

Ich stand benommen zwischen den leuchtenden Kakteen herum, in der dunklen Lache meines eigenen Schattens, der immer mehr schrumpfte, während die Sonne rasch höher stieg.

Du hast versucht, den zarten Melonenduft der Kelche von nahem zu riechen, doch selbst beim kleinsten der Saguaros, der noch keine Äste angesetzt hatte, lag der Blütenkranz sogar für dich schon zu hoch: Der ist jetzt ebenso alt wie du ...

Die Tränen zuvorderst, eine Explosion im Kopf.

Doch am Steuer, auf die Fallen in der Piste achtend, um nicht mit dem Öltank auf Grund zu laufen, konnte ich es ganz gut verbergen.
Die Hitze nahm ständig zu, der Boden schien bald zu glühen. Auch du schwiegst, zusammengestaucht auf deinem zu kleinen Sitz, widerstandslos gegen die Erdstöße, brütend.
Ich suchte doch noch immer den Funken...
Plötzlich sattes Grün, richtige Laubbäume, ein Dickicht aus Unterholz, durch das ein Wildwechsel zu einem Teich führte; Quito-ba-Quito, eine natürliche Tränke für die Wüstentiere: auf einer Holztafel am Rand waren sie alle abgebildet, englisch und lateinisch beschriftet, eine Legende darunter, die Auskunft gab über ihre Lebensgewohnheiten; rührend, fandest du, wieder erwacht für einen Augenblick, rührend, wie es seine Nationalparks hegt und pflegt: das *andere* Amerika...
Auch hier hattest du, noch am Morgen, beim Visitor's Center, gleich die liebevoll gemachten Bändchen gekauft, über die Organ Pipes – wie die anderen, die in die Wüste gehen und ihren Zivilisationsmüll zuhause lassen, ja?
Ich mochte sie nicht mehr ansehen, deine Büchlein.
Unter dem ältesten Baum, mit der üppigsten Krone – einer Linde? – stand, im Halbschatten, am Ufer, eine Holzbank; schwarzes, schlammiges Wasser, in dem sich das Dunkelgrün der Umgebung spiegelte, Lichtreflexe der Sonne auf der ruhigen Oberfläche, manchmal der dunkle Schatten eines großen Fisches, der langsam wegglitt; Schilfinselchen, wie gemalt; das Dickicht am anderen Ufer verdeckte fast ganz den hohen Maschendrahtzaun der Grenze, über dem, im weißen Licht, der Sand wirbelte.
Aber du wolltest dich nicht auch hinsetzen und warten, ob ein Kojote zur Tränke käme: aus Angst, nie wieder aufstehen zu können.
So haben wir sogar, herumirrend, die Quelle gefunden, zufällig; abseits, in der Sonne wieder, noch im saftigen Gras, aber schon am Rand, wo der Boden rasch versteppte und nach ein paar Metern in Wüste überging, lag ein kleiner Hügel, eine Geschwulst aus Gräsern eher, mit einer Holztraufe darin, über die, gleichmäßig und faul, ein faustdicker klarer Wasserstrahl

sich vor unsere Füße ergoß – ein Brunnen, aber auf Kniehöhe. Ich bückte mich; wusch mir die Arme, den Nacken, das Gesicht; das Wasser, weich und geruchlos, war auf meiner Haut wie kühle Hände.
Handwarm, sagte ich, als ich mich erhob.
Doch du wolltest nicht davon trinken – lieber verdursten, aus Angst, dich zu vergiften; du hast gelitten, stumm, als ich noch einmal anhielt und ausstieg: Manchmal kann ich durchaus rücksichtslos sein, egozentrisch – das war ja nicht neu.
Du mochtest nichts mehr von Kriegserklärungen hören, als ich zurückkam.
Ich wäre lieber nicht so rasch nach Lukeville zurückgefahren.

Der Dunst aus Schweiß und Alkohol hing noch in der Luft.
In meiner Erinnerung war es bloß immer dunkler geworden, während wir, allein wieder in der dumpfen Stille, plötzlich einander zugewandt auf den Barhockern saßen: jeder einen Ellbogen auf der Theke, als markierten wir unsere Reviere.
Jetzt – hatte ich dich schließlich, irgendwann, noch gewarnt: jetzt wird es irreversibel, unumkehrbar.
Was denn?
Du hattest mir doch bloß etwas erzählen wollen, von irgendeinem deiner Schützlinge daheim – mit diesem zärtlichen, vertraulichen Lächeln, wie immer, wenn dich die jungen Freaks rühren: irgendein Drögeler, mit einer Hanfplantage auf dem Balkon, eine psychedelische Zeichnung als Dank für ein gelungenes Plädoyer, für einen Freispruch oder für die bedingte Verurteilung zumindest – ich weiß es nicht mehr, nur mit den Unzufriedenen hast du deine liebe Mühe: die lassen sich nämlich nicht einfach verteidigen.
Ich hatte dich bloß ein bißchen komisch angeschaut, erschrokken: Du hast ja wieder das falsche Wort gebraucht, ein gefährliches Wort...
Stevy, my friend from Santa Monica – brauchst du eigentlich überall auf der Welt einen kleinen Schützling als Freund?
Du verstehst absichtlich alles falsch...
Du machst es doch extra...

Du schienst nur darauf gewartet zu haben: Glaubst du, du seist der einzige auf der Welt? Dich braucht man ja nicht mehr zu beschützen – du hast es lange genug ausgenützt, mißbraucht; von *mir* profitiert, *du* hast herumgehurt, monatelang weg, kaum Briefe geschrieben, und mir nimmst du diesen kleinen amerikanischen Gassenjungen übel?
Ich habe doch mitgespielt...
Als es *dir* paßte, solange *du* Lust hattest, das eben ist Mißbrauch – Verbrauch, Konsum ist das, beziehungsunfähig, rücksichtslos, egozentrisch, erotoman, wahllos... mit absoluter Treffsicherheit und mit zitterndem Bart – du wolltest gar nicht mehr aufhören.
Und du willst ein Linker sein?
Ich sah nur noch deine hochaufgerichtete sprungbereite Wut, im trüben Spiegel: nahe, eine dunkle Wand – bis der Spiegel blind wurde.
Ich weiß nicht mehr, wer bezahlt hat.
Ein schwarzes Loch in meinem Gedächtnis.
Der Garten aus üppigen Wüstenpflanzen lag finster vor unserem Fenster.
Du zogst die Vorhänge zu.
Eine Weile saßen wir einander gegenüber auf unseren Betten, doch du wolltest noch immer nicht aufhören.
Ich konnte nicht mehr antworten.
Ich gehe jetzt schlafen, erklärte ich und zog mich aus; du bliebst hocken auf deinem Bett, stumm für einen Augenblick, und starrtest durch mich hindurch, mit den traurigen Augen eines eingesperrten Elefanten.
Als ich im Bett lag, hast du dich erhoben, dich nun auch ausgezogen, aber wieder von vorne angefangen: nackt, knapp neben meinem Bett, nüchtern vor Zorn, hast du mir sogar vorgeworfen, daß ich mich nicht mehr wehrte: kalt – hast du gesagt, kalt; du kannst dieses Wort aussprechen wie niemand sonst.
So faß mich doch an: dann bin ich nicht mehr kalt – aber du standest nur da, nackt, knapp über mir, und schleudertest mir dieses Wort entgegen – riesenhaft dein Schatten, der sich, von der Nachttischlampe her, über das Bett und den fleckigen

Spannteppich ausbreitete, bis zum Fenster, wo sich dein Kopf in den Falten des Vorhanges verlor –
Faß mich ja nicht an wie diesen kleinen Stevy, sonst wehre ich mich – faß mich doch wenigstens an, dann kann ich mich endlich wehren, wie Stevy – aber ich vergrub bloß mein Gesicht im Kopfkissen, stumm; du bist ja nicht stark, bloß mächtig.
Eigentlich wolltest du unter die Dusche; aber du bist immer wieder aus dem Badezimmer zurückgekommen, als hättest du noch etwas vergessen: ein Trommelfeuer aus gewalttätigen Wörtern, scharf, verletzend, damit bloß nichts unzerstört blieb. Ich wollte nur noch weg. Ich fliege ab, ich fliege sofort heim –
Ich weiß: bei dir zuhause gingen manchmal Teller und Tassen in Brüche, ihr habt als Kinder jedesmal gezittert; bei uns klirrte höchstens leise das Meißen-Teeservice in der Vitrine an der Eßzimmerwand, wenn auf der anderen Seite des Hauses ein schwerbeladener Schleppzug flußaufwärts kroch, bei niedrigem Wasserstand.
Ich bin an Wutausbrüche nicht gewöhnt.
Du hast Übung: das beste Plädoyer ist die Anklagerede, vorgetragen mit verhaltener, aber spürbarer Emotion; du bringst es ohne weiteres fertig, notfalls ein eigentlich verfassungswidriges Sondergericht auf die Anklagebank zu setzen – ich habe es erlebt, ich war stolz. Eine gute Show – nachher kannst du grinsen; aber man nimmt deine Beherrschung ernst, weil man spürt, daß es losbrechen *könnte* . . .
Davor hatte ich immer Angst gehabt – vor diesem Augenblick – vor dieser Umkehrung – vor dir.
Vielleicht war es bloß eine List gewesen . . .
Ich hatte geglaubt, du hättest meine klägliche Drohung, unter der Dusche endlich, gar nicht mehr gehört, aber du bist noch einmal zurückgekommen, während schon das Wasser rauschte, und hast gar nicht gemerkt, wie verrückt meine Idee war, hier: Wenn du jetzt heimfliegst, dann ist Schluß, endgültig; so, als hätte am Ende ich Stevy weggeschickt, *deinen* Freund – deinen kleinen Schützling, hätte ich höhnen mögen: als seist du ausschließlich mir zuliebe meilenweit, sinnlos und schweigend ins Landesinnere gefahren.

Kann man mit dir eigentlich *nur* noch in die Wüste gehen?
Das war das letzte – dann hörte ich nur noch das Wasser.
Irgendwann, später, habe ich dich verschwommen neben meinem Bett knien sehen, das Badetuch um den Bauch geschlagen, mit zitterndem Bärtchen, traurigem Bubengesicht, wortlos: im Traum wohl.

Rußschwarze Wolken am Horizont hinter dem flachen Land – du schlugst vor: sehen wir uns das an, als müßte das nun auch noch sein. Ich bog in eine der Seitenstraßen ein, die in regelmäßigen Abständen den State Highway III rechtwinklig kreuzten. Tankwagen, Löschfahrzeuge fuhren auf einer Parallelstraße hinter dem Schleier aus Hitze in die Rauchwolken hinein, kehrten zurück und verschwanden wieder in den dichten Schwaden. Wie Zähne, die das Land auffraßen, tauchten, während wir näherkamen, die Flammen aus dem schwarzen Rachen auf, man konnte, bei offenen Wagenfenstern, schon das gefräßige Knistern hören. Das Feuer schien wirklich zu springen – es hatte bereits auf die ausgedehnten Stoppelfelder zwischen den Querstraßen übergegriffen. Ich hielt an, in sicherer Distanz noch, wir stiegen aus: ringsum verbrannte Erde.
Ich fürchte, sagtest du schließlich, an der Straßenböschung stehend, den Feldstecher vor Augen: Ich fürchte, dies ist kein Steppenbrand...
Eine altertümliche, brutale Methode, fandest du – da geht wieder einmal ein ganzes Biotop kaputt, bei uns wäre das gar nicht erlaubt.
Bei uns gibt es auch nicht so riesige Felder – darf ich mal sehen?
Zunächst war alles verschwommen, die Flammen ein einziger Brei, das Magma stelle ich mir so vor; allmählich, während ich am Rädchen des Fernglases drehte, zeichneten sich die Stoppeln ab, die brannten, und die Grenzen der Felder, an die sich das Feuer zu halten schien – bis zu den verkohlten Grasböschungen an den Rändern zur Straße hin, die noch glimmten; als ich abschwenkte, erwischte ich gerade noch einen der silbrigen Tankwagen, der sich seitlich in die Rauchwolken verdrückte – beladen mit Petrol, um das nächste Feld anzuzünden.

Das ganze Imperial Valley schien zu brennen – ringsum knatterte es wie von Schüssen; als Motiv, sagtest du und ließest den Photoapparat sinken, gibt das nichts her: Kein Vordergrund, bloß ein undeutlicher Hintergrund ohne Fixpunkte.

Fast wären wir bis Cartago gefahren, ein Stückchen zu weit versehentlich, nordwärts über die Abzweigung der 190. Straße hinaus, die vom U. S. Highway 395 wegführt: Wir waren plötzlich allein, das einzige Fahrzeug. Du hättest hier, wenn schon, eher einen Kondor erwartet – eher als das da: Eine Zweierstaffel im Tiefflug, als wollten sie die zarten Wüstenberge zerschießen – immer wieder im letzten Moment abdrehend, knapp über uns hinweg.
Ich kam mir beschattet vor – dringen wir da in militärisches Übungsgelände ein? In ein Zielgebiet oder in einen verbotenen Luftraum?
Du fandest es heimelig – Tiger wahrscheinlich, Tiger von Northrop, unsere Schweizer Luftwaffe aus dem San Fernando Valley...
Ein mulmiges Gefühl; der Wagen verlangsamt bei durchgedrücktem Gaspedal, grundlos – bis man begreift, daß die Straße tatsächlich immer stärker ansteigt, weiträumig angelegt, unsichtbar steil.
Das Signal, das warnend eine kurvenreiche Strecke ankündigte, nahm ich nicht besonders ernst; in diesem Land fürchten sie sich ja schon vor der kleinsten Bodenwelle im Gelände – endlich ein paar Kurven, ein bißchen Sport, mit Zwischengas zurückschalten, ohne Bremspedal auskommen: auch das hatte ich ja einmal gelernt; nicht schlecht, nach den langen ereignislosen Strecken, etwas Arbeit am Steuer, gegen die Schläfrigkeit und die gefährliche Versuchung, zu reden.
Du hattest es schon ein paarmal probiert, zaghaft – und dich bloß wiederholt: Ich fürchte, ich habe etwas zuviel gesehen –
Ich nahm deine verschwommene Vision schweigend zur Kenntnis. Ich wollte jetzt nichts mehr hören – aus Angst, doch noch antworten zu müssen.
Ich war auf dein Auto angewiesen – wie immer.
Doch nach der ersten scharfen Linkskurve, im zunehmenden

Gefälle, sagtest auch du nichts mehr, nichts mehr von den bedrohten Lebensräumen, traurigen Riesenkakteen, zarten Wüstengärtchen, nichts mehr von halluzinogenen Ebenen, glitzernden Rauchbäumen, heroischen Türmen und nackt hereinbrechenden Horden – du hast nur noch leise gestöhnt.
Auf meiner Seite ragten die schwarzen Felswände sperrig empor, und auf deiner Seite lag der Abgrund, ohne Leitplanken – ein painted desert im Abendlicht, tief unten, schmal, farbig, mit Sandhaufen darin, eingekesselt von Gebirgsketten.
Wir rasten mit steigender Geschwindigkeit und heulendem Motor, im zweiten Gang und durch lauter ungesicherte Linkskurven, darauf zu.
Ich mußte mich beeilen – zu jeder Jahreszeit gibt es im »Death Valley National Monument« nur bis sechs Uhr abends Zimmer zu mieten; doch der Sturzflug aus den Bergen wollte nicht enden. Ich wagte gar nicht mehr zu schalten, mißtraute den Bremsen und wurde nun auch allmählich schwindlig.
Du mußtest dich anschnallen, trotz deines maulenden Protestes: Ich weiß, es ist so schon eng genug. Aber ich beharrte; die Vorstellung, die Tür könnte sich, in einer Kurve, plötzlich öffnen und du *flögst*... trieb mir den kalten Schweiß in die Handflächen am Steuerrad: Ich klammerte mich fest daran. Keine unbedachte Bewegung jetzt. Ein kleiner Schwenker nach rechts hätte genügt, und nichts wäre wiedergutzumachen gewesen. Ein etwas größerer Schwenker, abrupt – oder gar keine Bewegung mehr, geradeaus mit Vollgas: und der Crash hätte wohl mit der Illusion begonnen, tatsächlich fliegen zu können, über den Schatten der Felswände hinaus, in das sanfte Licht hinein, einen teuflischen Augenblick lang.
Wir saßen halbnackt nebeneinander auf den Steinen, das Blockhaus im Rücken, den Talboden vor uns, fünf Fuß über dem topographischen Nullpunkt, den Feldstecher griffbereit: und warteten auf den Sonnenuntergang.
Ein Tal ohne Ausgang, so groß wie ganz Israel, hattest du errechnet, mit der tiefsten Depression der westlichen Hemisphäre darin, bei Bad Water. Weit verstreut knapp kniehohe graue Strauchbüschel, hell noch die Talsohle, die Felswände jenseits lagen schon im Schatten.

Man spürt, fand ich, das ganze Gewicht der Erdatmosphäre hier unten: den Luftdruck; die Berge ringsum strahlten die gespeicherte Hitze des Tages ab.
Dumpf, staubig, still.
Die letzten Paradiese des Westens – du hast wieder versucht, anzufangen; diese zutraulich leuchtenden Tiere – und der graue Zivilisationsmüll ringsum; zerstörerische Arglosigkeit, hast du es genannt: zu große Kinder, die nicht wissen, was sie tun, prall vor Gesundheit, nackt, grell, schreiend und unschuldig, mit ihren gigantischen Sportgeräten auf dem Wagendach, nichts anderes im Kopf – das macht dich traurig.
Auch ein Stück Natur, fand ich, nicht gar so kindlich – aber darüber hätten wir doch nicht reden können.
Natürlich, du gabst zu: es war schon ein bißchen zuviel für dich gewesen, diese mörderische Stadt, der Schock gleich nach deiner Ankunft.
Deine Geschäfte – die kann ich mir sowieso nicht vorstellen, du sprichst ja nie darüber.
Du warst noch halb im Jet Lag – ständig fielen dir die Ohren zu; benommen steht man in einem leise summenden Glashaus, auf einem schalldämpfenden Spannteppich, da grinsen sie dich schon an, mit blanken Zähnen, und strecken dir ihre Hände entgegen: shake hands – dann mußt du ins kalte Wasser springen, Jet Lag hin oder her. An einem langen Tisch, mit Aussicht auf die anderen gläsernen Banken ringsum, trickst man ein paar Minderheitsaktionäre aus; bastelt einen Vertrag; vergoldet die senilen Senioren daheim – dein einziger Auftrag: das Vergolden der Senioren, ohne daß das Management rebelliert. Et voilà. Nachher geht man chinesisch fressen und spricht vom großen Erdbeben, das diese Stadt demnächst in den Stillen Ozean kippen wird; uninteressant übrigens, Chinatown, zu touristisch. Schließlich sitzt man wieder in einem Glashaus – im obersten Stockwerk eines schwankenden Turmes, mit Rundblick auf das Bankenglühn und auf die Lichterschlangen, die, tief unten, vielspurig verschlungen durch dich hindurchzugleiten scheinen – bei einigen Margaritas zuviel eben: damit du dich am Ende überhaupt wieder in den Lift traust, außerbord. Zum Abschluß führte dich der PR-Mann der Käufer auf

den Friedhof – das macht er mit allen Gästen aus Europa, ein Erdbebenspezialist, Deutscher ursprünglich, noch immer angefressen von dieser Stadt: der fröhlichste Friedhof der Welt, Forest Lawn, eine touristische Attraktion, auch ein Paradies auf Erden – geschäftstüchtig und fromm; da kannst du dir ein Grab kaufen, auf einem sauber gemähten Grashügel, dem strahlenden David von Michelangelo zu Füßen, marmorner als der echte, mit allerdings ein paar Muskeln zuviel, von Kolibris umschwirrt – zu Lebzeiten schon: der Platz wird knapp.

Anschließend gingst du, zum ersten Mal in deinem Leben in ein Blue Movie, am Hollywood Boulevard, allein, aus Verzweiflung, dort wurde dir schlecht: zuviel Fleisch, mechanisch in Bewegung – grausig.

Selber schuld – bei *deinen* Geschäften; doch ich schwieg.

Jedesmal, wenn du am Morgen, als erstes nach dem Frühstück durch den kleinen Park vor deinem Hotel in Santa Monica gingst, unter den viel zu hohen Palmen mit den schwindelerregenden Stämmen, überkam dich an der Brüstung wieder dieses leise Gefühl von Übelkeit, beim Anblick des Pazifischen Ozeans: als wolle dich dieses Meer anspucken.

Der Ozean, fand ich, ist noch das beste an dieser Stadt – doch ich mochte jetzt nicht an die Städte in diesem Land denken, davon hatte auch ich genug.

Fahren, endlos, durch die Lichterscheinungen, bis man jedes Zeitgefühl verliert und nur noch darauf wartet, daß endlich etwas kommt, aber es kommt nichts, nur wieder Blech, Beton, Glas und Stahl, wenn man aus der Trance erwacht – just cruising...

Doch du warst süchtig darauf. Dort, wo ich herkam, in *meinem* Amerika, gab es nicht einmal einen Ozean, nur ein totes, braunes Binnenmeer am Horizont, keine Stadt mit Lichterscheinungen, bloß fette, nackte Erde mit rötlichen Bäumen an den Rändern, aufgesteckt wie Zündhölzchen.

Du hast mir ja nichts davon erzählt –

Ich mochte mich jetzt nicht rechtfertigen.

Es war ja gut, daß du mich da herausgeholt hast, aber ich hatte zu lange auf dich warten müssen –

Du warst halt zum ersten Mal in deinem Leben eine Weile lang wirklich allein –
Man kommt sich vor wie ausgespuckt, am Ende der westlichen Welt, die nicht untergehen will –
In deinem Unterleibchen, gegen den Sonnenbrand, ein Taschentuch mit verknoteten Zipfeln auf dem widerborstigen Haar, gegen den Sonnenstich, hocktest du neben mir und warfst kleine schwarze Steinchen vor dich hin, wartend: nicht bloß auf den Kondor, denke ich.
Man kann nichts tun, allein, bloß herumhängen –
Ich schwieg und schaute den Spatzen zu, die schwatzend zwischen den Strauchbüscheln herumhüpften; herumhängen, verkommen auf Zeit, die plötzliche Freiheit von den Verpflichtungen des Zusammenlebens: du hast es ziemlich ausgenützt –
Stevy – sagtest du schließlich, zögernd, weil ich einfach schwieg und bloß diese Spatzen anstarrte: das war die Rettung für mich, das *andere* Amerika eben – zum Ausgleich, eine Wiedergutmachung fast –
Nach Luft schnappt man in diesem Tal umsonst – man kann nur Staub schlucken: trocken, leer.
Willst du noch immer weg?
Nicht zu rasch jetzt –
Diese harten Schnitte in diesem Land, zwischen rührender Sanftheit und nackter Aggression, das ist ansteckend –
Das habe auch ich gemerkt –
Es tat dir leid; das wußte ich schon. Du hattest alles vergessen – ich nicht. Aber jetzt einlenken, das wäre zu einfach gewesen, billig, solange uns nichts anderes blieb, als zusammen weiterzufahren. Ich konnte ja nicht aussteigen.

Sie ließen sich nicht verscheuchen, die Spatzen; frech wagten sie sich immer wieder bis genau vor unsere Füße – gewöhnliche Hausspatzen, mitten im Death Valley. Die fühlen sich sicher in ihrer weltweiten ökologischen Nische – konkurrenzlos, wie die Ratten, wie der Mensch. Das hättest *du* sagen können; aber du hast es nicht einmal bemerkt.
Die Vögel, hattest du einmal behauptet, sind Zeichen des Über-

lebens; jetzt schossest du mit kleinen, spitzen, schwarzen Steinchen: gezielt, aber vergeblich auf die letzten Spatzen in der Wüste: ziemlich gedankenlos, ein schöner Hobby-Ornithologe – ich beobachtete es, stumm noch immer, mit heimlicher Schadenfreude.

Da kommt er –

Wer? Kein Tier, sonst hättest du nicht so geschrien.

Aufgeblasen und orangerot, so, als müsse er bei der geringsten Berührung mit den spitzen Felszacken platzen, ging knapp hinter den Kulissen der Berge der Mond auf.

Ein vernarbtes Gesicht im Feldstecher, oder verbrannt, nach einer Explosion: Just cruising – nun wollte *ich* noch ein bißchen in der Nacht herumfahren; besser als vor diesem Blockhaus sitzen zu bleiben, den ganzen Abend lang, auf Spatzen zu schießen, dem Mond zuzuschauen, nachdem aus dem Sonnenuntergang nichts geworden war: zu schnell vorüber, überraschend farblos.

Auch der Mond war rasch geschrumpft und vergilbt.

Der Bourbon, lauwarm aus dem Kofferraum, schmeckte auch mir nicht besonders, der Käse in der Plastikfolie war halb geschmolzen, Crackers mag ich sowieso nicht; vor der Schlaflosigkeit in dem engen, dumpfen Zimmer hattest du Angst. Solange wir einander noch etwas zu zeigen hatten, solange wir wenigstens noch gemeinsam auf die Pirsch gehen konnten, solange es, zumindest hypothetisch, etwas zu sehen gab, brauchten wir uns nicht sinnlos zu betrinken. Auf der kleinen Landkarte aus dem Visitor's Center waren eine Menge verlokkender Namen verzeichnet: Dante's View, Ghost Town, Bad Water, Devil's Cornfield und Devil's Golfcourse...

Den Zabriskie Point schlugst du vor, er lag ganz in der Nähe.

Trotz des Mondes war die Nacht merkwürdig lichtlos – diesig, als wäre Dunst in der Luft; es war nicht kühler geworden; die Sanddünen am Rand der Piste, auch auf der Karte eingezeichnet und beschriftet, sahen aus wie absichtlich hier abgeladen.

For Day Use Only – warnt eine Tafel am Anfang des asphaltierten Weges, der zum Zabriskie Point hinaufführt; einen

Augenblick lang zögerte ich vor den undeutlich steil abfallenden Felsen zu beiden Seiten – doch der Weg war ja breit genug: Die Warnung gilt nur für die amerikanischen Senior Citizens, erklärtest du, und gingst voraus.
Am Rande der großzügig bemessenen, asphaltierten Aussichtsterrasse, offensichtlich für Touristenmassen angelegt, setzte ich mich auf das Mäuerchen über den sanft abfallenden, erstarrten Gesteinsblasen: Fahl, matt, ohne Farbe und Glanz lagen sie im diesigen Mondlicht. Du verzogst dich, schlendertest umher, hierhin, dorthin, bliebst schließlich eine Weile am Abgrund stehen, mit dem Rücken zu mir, die Hände in den Hosentaschen, ein paar Schritte entfernt – unkenntlich, ein finster aufragender Klotz mit verschwommenen Umrissen, vor der Nacht ohne Sterne.
Nichts – kein Wind, kein Vogelruf, kein Automotor.
Wir waren wohl die einzigen in diesem Tal.
Der Mond war klein geworden, blaß, sehr weit weg: schwer abzuschätzen in dieser diffusen Dunkelheit, wie tief man stürzen würde.
Das Mäuerchen der Brüstung reichte dir knapp bis zu den Lenden.
Wie fühlst du dich? Du hattest dich umgedreht.
Merkwürdig, antwortete ich; die Stille: ich habe bis jetzt in diesem Land noch nie einfach nichts gehört.
Dagegen schreien sie doch den ganzen Tag an, dann fahren sie in ihren vollklimatisierten Autos, mit verriegelten Türen und geschlossenen Fenstern, zu »Funky Town« aus ihren Kassetten rasend schnell durch die Wüste.
Du hocktest auf dem Mäuerchen, schräg, das Gesicht dunkel; du hast mich kein einziges Mal – auch nur nebenbei oder fast zufällig: wie früher, wenn wir allein waren in der Landschaft – angefaßt.
Was war das?
Eine Fledermaus, ein kleiner Vampir.
Ein leichter Wind war aufgekommen, ein Hauch: hörbar, weil man ihn spürte. Ich wäre jetzt gerne noch einen Augenblick geblieben, aber du warst müde geworden. Es langweilte dich wohl – wir haben's gesehen.

Sachte, schwer, behutsam: um nicht aus deinen Zoccoli zu stolpern, gingst du zwischen den undeutlich steilen Felsabhängen, knapp vor mir, abwärts.
Eine seltsame Phantasie – ausgerechnet hier, in dieser Mondlandschaft aus besserem Gips...
Doch du hast den Film nicht gesehen, und ich konnte mich nur an dieses eine Bild erinnern.
Typisch italienisch, sagtest du, nachdem ich dir erzählt hatte, was Antonioni hier eingefallen war, am hellichten Tag allerdings: Die Italiener haben überhaupt ein seltsames Verhältnis zur Wüste...
Du konntest dir die Szene nicht recht vorstellen. Ich habe sie dir wohl auch zu vage beschrieben, herumredend um die eindeutigen Wörter, mit Schwierigkeiten plötzlich: als müßte *ich* mich schämen.
Worum geht es denn sonst in diesem Film?
Ich wußte es wirklich nicht mehr.
Nun hatte auch ich genug davon, in dieser staubigen Nacht herumzufahren. Inzwischen war wenigstens der Bourbon ein wenig abgekühlt.
Die Nacht im Blockhaus würde für dich qualvoll werden – hypochondrisch wie du bist: Bei eingeschalteter Klimaanlage kannst du kein Auge zutun, aus Angst, dir im Zug den Tod zu holen; stellte man die Klimaanlage ab, wurde es rasch unerträglich stickig; das Fenster konnte man nicht gut offenstehen lassen: zu ebener Erde, allein in diesem Tal, in dem sich weiß Gott was nachts herumtrieb – wir wollten keine Nachtschwalbe im Bett.
Wenigstens war es ein King-Size-Bett, breit genug um einander zu vergessen: Schade eigentlich, fandest du, im Dunkeln, nachdem wir uns auf einen Kompromiß geeinigt hatten: Die Klimaanlage summte leise, im Spargang, ich spürte den sanften Lufthauch kühlend über mein Gesicht streicheln, auf der Innenseite liegend, damit du nichts davon spürtest.
Eigentlich hatte ich mich ja nicht an dich erinnern wollen – so machte ich mich schwer, die Arme, die Beine, Blei in den Augenlidern vor Müdigkeit, mit angespannten Muskeln stellte ich mich tot: Jetzt mußte ich schlafen, nach der mörderischen Fahrt.

Doch aus dem Widerstand wurde bald ein Spiel, gegen meinen Willen – behutsam, zärtlich, hartnäckig, lautlos, stumm, mit angehaltenem Atem: ein heiteres Spiel – bei dem es keinen Verlierer gibt, am Schluß.
Nicht schlecht – gegen die Schlaflosigkeit.
Vor Sonnenaufgang allerdings werde ich nicht so rasch schon wieder wach; du wolltest zum Ubehebe-Krater, solange es im Tal noch kühl wäre.
Ich zog es vor, zunächst das Steuer dir zu überlassen, auf meinem alten Stammplatz wieder, als Mitfahrer ein Stück weit, willenlos, wunschlos in meinem Dämmerzustand.
Der große Parkplatz lag leer; graue Hügelketten ringsum, zwischen denen sich das Tal versandend verlor. Gedankenlos stapfte ich hinter dir her auf dem schmalen Trampelpfad, der sich, wie ein Rinnsal, gelegentlich verzweigte, zwischen moosartigem, blühendem Gewächs, aufwärts, am Rand des Kraters entlang, der sich wie eine große Spirale nach und nach öffnete.
Der Wüstenboden blühte tatsächlich – Aquarellfarben im lockeren Grün, wie daheim im Hochgebirge; manchmal machte ich einen Umweg, auf einem Schnörkel des Pfades, näher zum Rand – doch der Grund war noch immer nicht sichtbar – spielerisch, bevor ich wieder dicht hinter dir her stapfte.
Empedokles – fiel mir plötzlich ein, ein Traumrest wohl aus der vergangenen, zu kurzen Nacht, während auch du schweigend aufstiegst, stetig und lautlos, ein guter Berggänger, solange es nicht zu heiß wird; du trugst deine Wanderschuhe, zum Zubinden, für holprige Wege, der Schuhwechsel im Auto, auf den Parkplätzen, nach Prüfung des Geländes, war jedesmal eine langwierige Sache: Soll ich sie wechseln oder nicht?
Es war kein Traum gewesen, Empedokles hatte etwas mit Schuhen zu tun, doch ich konnte dich jetzt nicht fragen, so unvermittelt.
Die Spirale hatte sich vollends geschlossen.
Ein rührendes Biotop – mitten in der Wüste.
Keine Felsen, sanft geschwungene, zart blühende Hänge, der lehmige Boden des Kraters schien feucht: Ob auf der Holztafel, die wie ein Grabkreuz zwischen dem niedrigen Gebüsch im

Lehm steckte, etwas geschrieben stand, konnte man von hier oben aus nicht erkennen.
Eine Warnung wohl.
Du würdest nicht einmal aus deinen Zoccoli kippen – jedesmal hast du mir gleich berichtet, telephonisch, daß es schon wieder passiert war: auf einem Spaziergang mit euren Hunden meist, ein Fehltritt auf die Kanten der Holzschuhe, dann lagst du, nach einem langen, unaufhaltsamen Sturz, im Dreck, schreiend und hilflos – bloß erschrecken würdest du, stolpern, hinunterrollen vielleicht und dir ein bißchen wehtun: und ich müßte dich retten.
Der Kraterrand war nicht einmal mit einem Geländer gesichert, jenseits führte ein schmaler Pfad auf den Grund; das Kräterlein gefiel dir, niedlich, als Überraschung versteckt, heimlich eingebettet zwischen die unfruchtbaren Hügel.
Ich kann dich ja nicht einmal umstoßen: gegen einen Fels anrennen würde ich ... Plötzlich war ich hellwach: Der Augenblick, der einzige Augenblick, der Folgen gehabt hätte, für uns beide freilich, der teuflische Augenblick war verpaßt.
Die Sonne hing schon am Himmel, klein und gelb. Als wir uns umwandten zum Abstieg, stand unser Auto nicht mehr allein da: Auf dem dunklen Asphalt, weit unten, funkelte ein Motorrad, eine schwere Maschine, auf Hochglanz poliert.
A lonesome wolf, sagtest du, als er uns noch nicht hören konnte: der Einzelgänger, das *andere* Amerika; einer dieser chancenlosen Boys aus dem südkalifornischen Bermuda-Dreieck.
Er kam uns entgegen, gesichtslos noch, mit hellen Haaren.
Was machen sie eigentlich mit diesen Jungen, wenn die einmal dreißig sind? Verstecken? Aus dem Verkehr ziehen? Es hatte dich schon lange beschäftigt: Danach sind sie nicht wiederzuerkennen, gewöhnliche PVC-Menschen, häßlich zum Wegschmeißen, verbraucht.
Der Junge war stehengeblieben, unschlüssig, dort, wo der Weg in den Krater hinunter abzweigt; auch er trug einen Feldstecher um den Hals. Während wir näherkamen, wandte er sich ab vom Krater, trat ein paar Schritte weg vom Pfad und schien, das Fernglas vor Augen, mit dem Rücken zu uns, die Felswände

jenseits des Wüstentales abzusuchen, wo nichts mehr wuchs.

Der wartet auch auf den Puma –

Kein Ausgang, nur Wände, die sich, immer enger ineinander geschachtelt, labyrinthisch verloren.

Wir haben uns im Vorbeigehen nicht gegrüßt, aus Verlegenheit, um einander nicht zu stören.

Nicht mehr *ganz* jung – aber noch lange nicht dreißig. Die Maschine war eine Honda, ohne die geringste Spur von Staub.

Du wolltest nun nicht mehr auf den Grund; mich hätte einzig interessiert, was auf der Holztafel stand und ob der Boden wirklich sumpfig war, aus Neugier.

Steht eigentlich auf unserer Karte etwas über die Geschichte dieses Kraters? Du konntest nachschauen, während ich wieder fuhr, zurück auf die Hauptstraße.

Nicht eben viel, nur »vulkanischen Ursprungs« –

Das sehe ich selbst –

Ich hätte lieber gewußt, wann der Ubehebe-Krater erloschen ist.

Ein großer Schatten streifte uns, glitt über den Asphalt der Straße, über unser Auto hinweg, ein Schreck im ersten Moment, als käme ein Hindernis: doch die Form war eindeutig.

Da hast du ihn, schriest du.

Ich stoppte mitten auf der Straße; wie bei einem Überfall öffneten wir vorsichtig die Türen, wagten nicht, ganz auszusteigen, und blieben eine Weile geduckt stehen, in Deckung, um ihn nicht gleich wieder zu verscheuchen.

Er dachte gar nicht daran, sich verscheuchen zu lassen: Selbstsicher kreiste er über uns, immer tiefer, neugierig und dunkel.

Der begutachtet uns – du hattest schon, im Reflex, den Arm erhoben: aber ich bin ihm wohl eindeutig zu schwer, als Frühstück.

Er war, einen Moment lang, so nah, genau über unseren Köpfen, daß man die kleinen dunklen Augen sehen konnte, die Seele des Vogels, dachte ich: bevor der Schatten abermals über uns hinwegglitt.

Das ist kein Kondor – dazu brauchtest du nicht einmal einen Feldstecher; überhaupt kein Geier, eher ein Adler.
Mir war es gleichgültig, was das war: der Urvogel, ein Seelenvogel mit erkennbarem Gesicht.
Sachte schraubte er sich wieder höher, in die zunehmende Helligkeit hinein, während sein Schatten auf dem blanken Wüstenboden rasch schrumpfte.
Du verfolgtest ihn im Feldstecher: Es muß ein Steinadler sein, nicht ihr Wappentier, das ist ein Seeadler von der Atlantikküste, und den haben sie ausgerottet, sondern ein ganz gewöhnlicher Steinadler –
Ein vollkommenes Flugbild vor der Sonne.
Was heißt hier schon gewöhnlich?

Der Souvenirladen war tatsächlich geöffnet – das reinste Warenhaus, dunkel, kühl, vollklimatisiert, ziemlich teuer natürlich.
Ich mag Souvenirläden nicht; du streifst zunächst hochnäsig zwischen den Auslagen umher, und ich laufe dir nach, zwischen Keramik, Stoffen, Tüchern, Lederwaren und Taschen, bis du von weitem dein Ziel erblickst und allmählich anfängst, darauf zuzusteuern. Dann stehst du vor dem ausgebreiteten Schmuck der Welt und kratzt dich im Bart: Das kann man auch bei uns kaufen, das ist Industrieware, das wäre nicht schlecht, aber sündhaft teuer, man müßte handeln, das ist viel zu grob... Es darf ja nicht schwer sein, sonst trägt sie es nicht.
Und die allzu zierlichen Sachen erweisen sich, an ihrem Handgelenk, oft als zu eng.
Ich stehe eine Weile stumm daneben und lächle: im Basar, vor einem Souvenirladen in Olympia oder Athen, einem Juwelier in Rom oder Ravenna – du wirst plötzlich unruhig, in einem Café am Hafen von Aigina zum Beispiel, obwohl unser Schiff noch lange nicht fährt, und ich gerne in der Sonne sitzen geblieben wäre: aber ich laufe dir nach, im Hafen von Aigina oder im Death Valley, und stehe eine Weile stumm daneben.
Ob sie Türkis mag, fragst du ausgerechnet mich...
Von Schmuck verstehe ich halt nichts, ich trage weder Siegelring noch Kettchen – so stehle ich mich schließlich weg; du

kaufst die Armspange ja doch erst ganz zuletzt, knapp vor der Abreise, oft auf dem Heimweg schon, rasch, in einem einsamen Entschluß.
Ich wollte mir kein Wüstengärtchen kaufen – winzige Arrangements echter Sukkulenten, auf Kiesboden in Glaskästen, die ihnen wohl bald zu eng werden: Organ Pipes en miniature, Saguaros in der Art japanischer Bonsais ...
Sogar einen Stein hätte ich haben können, einen richtigen Stein aus dem Death Valley.
Das konntest du gleich vergessen – mit einer ärgerlichen Handbewegung resignierend: zu touristisch – alles.

Schief stand unser Auto in der Mitte des Parkplatzes, blauleuchtend vor dem rötlichen Fels von Dante's View. Du hast ganz recht: Manchmal habe ich wirklich gewisse Entscheidungsschwierigkeiten in leeren Räumen; aber ich denke wenigstens an den Rückweg ...
Daran denkst du *nie*. – Ich nahm es gelassen zur Kenntnis, opferte lieber meine städtischen Halbschuhe und ließ dich vorausgehen, in vager Erinnerung an irgendeine Sicherheitsregel, die ich einmal, in ganz anderem Zusammenhang wohl, gelernt haben mußte.
Die weiße Kruste am Boden, zunächst noch dünn und fest, bald schon knöcheltief, kein Salz, sondern wahrscheinlich Borax, glitzerte in der Sonne. Trockene, heiße Strahlungsenergie, geballt von allen Seiten – das dumpfe Gefühl, der Druck in der tiefsten Depression der westlichen Hemisphäre, wich bald der bekannten Wüsteneuphorie.
Hast du Angst vor Gletscherbrand – in deinem Unterleibchen, das verknotete Taschentuch auf dem Kopf?
»Devil's Snowfield«, fiel mir ein: nicht Bad Water, müßte das heißen.
Natürlich wäre meine Sicherheitsregel nur sinnvoll am Seil – damit der Schwerste der Seilschaft, auf einer Gletscherbrücke einbrechend, die anderen nicht rücklings mitreißt, sondern warnt: während er zugleich gesichert ist.
Ich hätte dich nicht halten können.
Weit weg schon leuchtete das rötliche Gestein, unser blaues

Auto – und davor, hell auf dem grauen Asphalt, ordentlich nebeneinandergestellt, deine Zoccoli, unverkennbar, übriggeblieben.
Ausgespuckt vom Berg? Oder wohlweislich zurückgelassen, in schon tödlicher Voraussicht, damit sich keine Legende bilde?
Du kannst dich ja gar nicht wegstehlen, aus meinem Hirn, wie einst Empedokles in den Ätna – solange ich, in meinem Gedächtnis, das Gepolter höre auf Holztreppen, das Klappern auf dem Asphalt, mit Synkopen, im Rhythmus deiner Schritte...
Jetzt, fand ich, solltest du nicht mehr weiter hinausgehen – der Schnee war wadentief geworden, keine aperen Stellen mehr.
Wir hatten wohl beide einen Wüstenstich.
Lautlos glitt ein gelber Straßenkreuzer quer vor unser Auto; kleine Leute an der Brüstung aufgereiht: das Empfangskomitee.
Sie mußten uns von weitem kommen sehen: groß, breit und stoisch, du, über den weißglühenden Borax hinwegstelzend wie ein Storch, mit diesem winzigen Nastuch auf dem Haupt – schmächtig und halbnackt, mit zuviel Haaren auf dem Kopf, ich: ein unmögliches Paar, freundschaftlich und irr unterwegs durch dieses Meer aus Fadenkristallen.
Gschpäßig... sagte jemand hier.
Ich hatte mich wohl verhört...
Wir wagten, aus Verlegenheit, gar nicht mehr, miteinander zu reden.
Du hattest dich ins Auto verkrochen und versuchtest, dich halbwegs im Schutz der offenen Türen, diskret wieder reisefertig anzuziehen, während ich mich, abseits, über den sogenannten »Pool« beugte, den Tümpel im Schnee, der wohl diesem Ort seinen Namen gegeben hatte: Bad Water.
Den Insektenfriedhof hast du verpaßt: eine verirrte Libelle, ein staubiger Schmetterling, eine aufgequollene Raupe an den vereisten Rändern des flachen Wassers. Dazwischen wimmelten winzige schwarze Tierchen, die, wie es auf dem Schild hieß, »möglicherweise« zu den Insekten oder »ihren Verwandten« gehörten...
Unbestimmte, lebende Pünktchen.
Ich hatte mich nicht verhört: »Mir geen jetz haim«, verkün-

dete der vornehme alte Herr in Anzug und Krawatte seinen Kindern und Kindeskindern, laut, so wie man nur in den alteingesessenen Familien meiner Vaterstadt laut reden kann.
Er kam mir bekannt vor, aus irgendeiner Schulzeit, doch ich konnte mich täuschen: Sie sehen sich alle ähnlich und reden alle gleich.
Sie hatten eine Arizona-Nummer am Wagen. Das hattest du, aus deiner unzulänglichen Deckung hervoräugend, noch feststellen können; doch das besagte natürlich nichts. Ich hätte sie, eigentlich, ganz gerne mit Sicherheit bestimmt, nur um meiner Wahrnehmung wieder trauen zu können, aber ich wollte nicht, daß du dich, beim verzweifelten Versuch zu schrumpfen, womöglich zwischen Wagendach und Autotür einklemmtest.
Du giltst hier, in deinen aufgelösten Zuständen, lieber als abgewrackter Kalifornier, staubig wie meine Autonummer, sagst du; wer weiß, vielleicht habe ich auch diesen alten Herrn versehentlich vergoldet und verkauft. Und jetzt fristet er sein Dasein in Sun City, der sportlichen Greisenstadt bei Phoenix, Arizona.
Ich spreche sowieso in deiner Gegenwart nie fremde Leute an.
Der gelbe Straßenkreuzer war verschwunden, lautlos.
Die Wahrnehmung blieb unsicher – ein See, samt Uferbäumen und Schneebergen.
Das ist kein See – du hieltest dich an unsere Straßenkarte, überzeugt, daß da kein See sein konnte.
Ich halluzinierte – endlich war ich es, der halluzinierte: Natürlich war da kein See, eine Senke bloß im rissigen Wüstenboden, ein paar Sträucher am Rand, nur die Schneeberge, weit entfernt hinter den Talwänden, schienen echt.
Leider halluzinieren wir nie gleichzeitig, unser Pech; du wolltest mir nun nichts mehr glauben. Ein Roadrunner – das waren bloß Sträucher am Straßenrand, die kleinen, rosafarbenen Blümchen an der Böschung schon wieder eine Vision: Du lachtest mich aus. Ich hielt an, du mußtest unser Büchlein von Philip A. Munz über die Wildblumen der Wüste holen, es waren Munkie Flowers.
Ich hatte nicht halluziniert.

Du bist eingenickt, plötzlich wieder aufgewacht: ein See...
Ich lasse mich nicht zweimal täuschen; dieser See sah genau gleich aus wie mein See: doch auf deinem See schwammen Enten.
Du bist ständig wieder eingeschlafen; ich sah die Straße doppelt, bald vierfach. Auf einmal streifte ein unförmiger Schatten den Rand meines Gesichtsfeldes. Ich erschrak, ich hatte auf der schnurgeraden Straße kein Fahrzeug entgegenkommen sehen.
Ich sah ein Auto am Horizont auftauchen – eines: Ich umklammerte das Steuer; ich mußte einfach geradeaus fahren, kein Schwenker nach links, kein Schwenker nach rechts, dann konnte, im Prinzip, nichts passieren – doch fuhr ich wirklich noch geradeaus, und wenn ja: auf welcher der Fahrbahnen.
Sie schnitten sich auf meiner Nasenwurzel und strebten sachte auseinander ins Unendliche, aus dem mir, auf allen vier Geraden, dasselbe Auto entgegenkam.

Jenseits, am äußersten westlichen Horizont, ist noch ein schmaler Streifen des Himmels offen geblieben, orangerot, eingerahmt von den dunklen Umrissen der Wüstenberge; in den Sandverwehungen, die die Straße schon erreicht haben, steckt eine Tafel schief vor dem rötlichen Spalt im Himmel: »*Caution*«.
Dort muß die Stadt liegen.

Der Irrflug

Ich warte, im Sessel zurückgelehnt, die Arme auf der Lehne ausgestreckt, festgeschnallt, ohne Bewegung, angespannt auf den Augenblick: während mein Körper immer schwerer wird, mit einem letzten Ruck gegen die Schwerkraft schließlich, bis mir das Blut in den Unterleib schießt und die Beschleunigung steil wird, mit ungeheurem Schub aufwärts, befreit; dann klappt der Jumbo schon sein Fahrgestell ein.
Die verschlungenen Lichtschlangen der Freeways greifen unter uns hinweg ins Leere: schrumpfende Fangarme aus Licht.
Die Nursery of Lights kippt sachte weg, hinter die Finsternis des Stillen Ozeans, in den rötlichen Dunst, der noch eine Weile lang glimmt: eine falsche Galaxie – Startet man hier, ist es, als würde man in der Nacht, auf einer dunklen Piste, landen, setzt man zum Landen an, sieht es aus wie ein Start, durch die Wolkendecke, in den Sternenhimmel.
Hinter den Bullaugen des Flugzeuges war es finster. Ich kannte die Atmosphäre dieser verbilligten Nachtflüge schon, im vollbesetzten engbestuhlten Großraum. Sobald der Steigflug zu Ende ist, versucht jeder, sich irgendwie einzurichten, die Beine, so gut es geht, auszustrecken, sich ein wenig zu entspannen; Gepäckstücke werden umgeschichtet, Sitze verstellt, man entschuldigt sich halblaut und arrangiert sich mit knappen Rückfragen. Die einen, eingewickelt in ihre Wolldecken, versuchen zu schlafen, andere lesen, doch die meisten sitzen, bei gelöschter Leselampe, die Decke über den Knien, im Dunkeln vor ihrem durchsichtigen Plastikbecher mit dem eisgekühlten Drink, den Kopfhörer in den Ohren, und warten auf das Ende der Nacht.
Ich war plötzlich wieder allein; ich hatte dir noch eine Weile nachgeschaut – meine Reisetasche umgehängt, verwirrt nach der flüchtigen Umarmung, mitten in dieser blanken Flughafenhalle aus falschem Marmor: bis dein breiter Nacken, über dem abgewetzten Kragen der schwarzen Lederjacke, immer wieder auftauchend zwischen den Köpfen, aus meinem Gesichtsfeld verschwand.

Erschreckend breit eigentlich – das letzte, was ich noch sah; dann mußte ich, rasch erwachend, zu mir kommen: einen Augenblick lang einzig mit meiner Angst vor dem Fliegen beschäftigt.

Natürlich hattest du den einfacheren Rückflug als ich, schon vor der Abreise, in der Schweiz noch gebucht, bei Tag und direkt: zum Ausflugstarif. Es war uns beiden nicht gelungen, auszurechnen, wie lange ich unterwegs sein würde, durcheinandergebracht von den Lokalzeiten in Chicago, Cleveland, Boston – während mich die absolute Zeit um neun Stunden überholte, das Datum noch einmal wechselte und ich der Sonne entgegenflog.

Absurd, fandest du, als ich dir meinen Flugschein zeigte: Miß Betsy Young von der Ohio Motorist's Association hatte eben Geld sparen wollen für mich. Du wärst lieber mit mir zusammen heimgeflogen, doch das Umbuchen wäre teuer gewesen, für dich wie für mich.

So hatten wir uns verabschiedet, einen Nachmittag und einen Abend lang: Von unserer kleinen Bucht aus, die du entdeckt hattest, ein schmaler Sandstreifen, windgeschützt, versteckt unter der Straßenböschung, nackt ausgestreckt im warmen Sand, schauten wir den startenden Jumbos zu. Vom Land her auftauchend, steigen sie über die weißen Strände und die flache Brandung hinweg langsam in den offenen Himmel, so als wären sie eigentlich zu schwer für die Luft.

Die Sonne macht träge, faul, gleichgültig gegen die Flugangst – reine Strahlungswärme, nicht ungefährlich, sagtest du, dein verknotetes Taschentuch auf dem Kopf, mit untergeschlagenen Beinen auf deinem goldenen Badetuch thronend, über mir: wohlgefällig.

Bei Sonnenuntergang schlenderten wir langsam durch Venedig – Venice, eine unvollendete Kopie, die schon zerfällt, mit versandenden Kanälen, zerbröckelnden Barockpalästen, kulissenhaft, komisch und heiter; schwarze Rollschuhläufer mit großen Transistorradios auf den Schultern, halbnackte Muskelmänner, die in ihrem Käfig am Wegrand mit undefinierbaren Gerätschaften trainierten, die blutjungen Engel auf ihren Rollbrettern, mit wehendem Haar über bronzefarbenen Schultern, einem traurigen Lächeln, einem kalten Blick – da mochte ich mich nicht mehr gegen die nachlässige Versöhnlichkeit dieses Abschiedes wehren: vergeßlich und übermütig, halb auf dem Heimweg schon – als wäre es tatsächlich für lange, als wärest du *hier* daheim und als wolltest du mir noch einmal alles zeigen, bis die Sonne verglühend ins Meer sank.

Unser Jumbo lag ganz ruhig, nur an den gleichmäßigen Vibrationen spürte man, daß er flog. Lächelnd schwebten die schokoladebraunen, goldblonden Stewards der United Airlines durch die Mittelgänge, hilfsbereit, kameradschaftlich, ziemlich gay: die Abgesandten der »freundlichen Himmel«, die diese Fluggesellschaft ihren Gästen in der Werbung verspricht.
Ich ließ meine Leselampe brennen und holte mein amerikanisches Schulheft aus der Umhängetasche; ich mußte, allmählich, in *meinen* Text zurückfinden, während ich noch einmal den ganzen Kontinent überflog, damit mich der wirre Flash Back *deiner* Lichterscheinungen und Bilder nicht immer wieder überrollte.
Du wolltest ja nie hören, wo ich herkam . . .
Do you prepare for your Master, fragte mich die freundliche schwarze Dame, die neben mir im Dunkeln saß, auch allein vor ihrem Drink.
Oh no – zögernd, überrascht: das richtige englische Wort wollte mir nicht einfallen, und das war gut so; es wäre mir indiskret vorgekommen, zu verraten, was mein Schulheft ist.
Ich hätte es dir wohl einmal zeigen müssen . . . Ich trage *alle* Abschiede nach.

Ich war nicht gerne abgereist, aus dem vorzeitigen Frühling, der sich bei uns schon im Februar angekündigt hatte, mit hellblauen, plötzlich sehr milden Tagen, zurück in den Winter, nach unserem letzten abrupten Abschied in unserer Altstadtbeiz: ein Lokal mit ziemlich gemischtem Publikum; vorne, an den gedeckten Tischen, die Beamten und Parlamentarier, bei Fondue vor allem – hinten, an den dunklen Holztischen, das *andere* Bern. Es war uns nicht viel anderes übriggeblieben, als uns ein bißchen zu besaufen, nebeneinander auf der Bank hinter unserem großen Ecktisch sitzend, im Käsegeruch, den wir beide nicht leiden mögen, schweigsam im Lärm von den anderen Tischen her, während die jungen Gäste an uns vorbeischwebten und der eine oder andere flüchtig lächelnd, respektvoll, grüßte.

Du hast kaum zurückgegrüßt – du mochtest jetzt nicht Hof halten; nur wenn sich ein Herr *deiner* Welt, deines Standes hierher verirrte, auf dem Weg zur Toilette, hast du den Gruß deutlich erwidert, mit einer leichten Verneigung des Oberkörpers, förmlich, höflich, versteint. Wir blieben diesmal allein in unserer Ecke – traurig; wir wußten beide nicht recht, *wo* ich eigentlich hinflog – einzig, daß es kalt werden würde, darauf war ich gefaßt: die Winter an der kanadischen Grenze sind lang... Und was werde *ich* in dieser Zeit tun? Einmal pro Woche hier sitzen und mich abfüllen lassen mit Beaujolais, von Hanni oder Vreni: den mütterlichen Kellnerinnen.

Die Kellnerinnen werden ja nicht die einzigen sein, die sich um dich kümmern, dachte ich; der Tisch wird sich rasch füllen, wenn du dasitzt, in deiner gewohnten Ecke, unbeweglich abwartend, bis du umringt bist: Jungen mit Jutetaschen, langem Haar, Sternlein im Ohr – Verteidigte, Freigesprochene, bedingt Verurteilte und ein paar junge Kunstmaler, die, deine Möglichkeiten überschätzend, den großen Mäzen in dir wittern – am Ende schnattern sie alle am Tisch, und du, strahlend in der Mitte, schnatterst mit, während ich still lächelnd daneben sitze und mich unterhalten lasse.

Wir hatten uns schon mehrmals verabschiedet, seit Wochen immer wieder, jeden Donnerstagabend beim gewohnten Nachtessen in unserem Brückenhäuschen am untersten Ende der Altstadt, den berühmten Bären gegenüber; bei mir zuhause schließlich, für den Rest des Abends, schien es, als wäre es jedesmal das erste und letzte Mal, intensiv wieder, die paar Wochen lang, bevor ich wegflog. Doch jetzt konnte ich dich nicht mehr zu mir einladen, ich war bei mir selber nur noch zu Gast. Es wäre nicht gemütlich gewesen, viel zu eng für dich, zwischen den gepackten Koffern und Taschen. Plötzlich, als wir nur noch vor uns hinschwiegen in unserer Ecke, hast du mir den Arm um den Nacken gelegt und versucht, mich zu dir herüberzuziehen, besitzergreifend, verzweifelt – ziemlich betrunken schon und recht mutig, in aller Öffentlichkeit: Ich mußte mich losreißen, aus Angst, am anderen Morgen nicht mehr abfliegen zu können; ich ließ dich sitzen, allein an dem großen Tisch, hinter der halbleeren Flasche, den zwei halbvollen Gläsern, für recht lange.

Man sah die Piste nicht mehr, im Schneesturm, nur die schlingernden Reifenspuren der anderen Flugzeuge, als wir in Cleveland landeten, schlingernd auch wir.
Woran merken Sie, daß Sie in Amerika sind, wollte meine Betreuerin, die mich am Flughafen abgeholt hatte, schon auf der Fahrt zu meinem College wissen. Ich schaute mich um, überlegte – kein Anhaltspunkt, oder doch: die Reklamen am Straßenrand, die Markenzeichen der Tankstellen sind größer als bei uns, riesenhaft – als sollte man sie, in der Leere ringsum, schon von weither sehen.
Nichts sonst; eine Landschaft wie in Watte verpackt, still unter einem fahlen Himmel; der rote Backstein der zweistöckigen Dormitories; in der Mitte, auf dem leeren, weiten Platz, das Gehirn des Colleges, eine Festung aus Eisenbeton, labyrinthisch im Innern, die automatischen Türen mit Photozellen und einem Alarmsystem gesichert: die Bibliothek. Ringsum flaches Land, durch das der Wind von Kanada her über die großen Seen den Schnee blies – rötliche Bäumchen am Horizont, aufgesteckt wie Streichhölzer.
Eine Lehranstalt in der Leere – die schon fast mythische Station zahlreicher meiner Kollegen aus dem deutschen Sprachraum, ein literarischer Ort: einige meiner Vorgänger in der kleinen Studentenwohnung, die auch ich bezogen hatte, wurden rasch krank und reisten ab; andere wurden zu Alkoholikern auf Zeit; die robustesten, älteren Patriarchen schufen sich eine kleine, treu ergebene Gemeinde aus Studenten.
Einer fand hier eine neue Frau.
Ich brauchte als erstes wasserdichte, warm gefütterte Schuhe – ich merkte es gleich, als mich Ruth, die deutsche Hausmutter, der ich anvertraut war, durch die trockene Kälte auf unsichtbar

gewordenen Wegen über das offene Gelände des Campus führte: in meinen Halbschuhen versank ich ständig bis zu den Waden in den Schneeverwehungen.
Ich hatte wenigstens meine wärmste Lammfelljacke mitgenommen, für polare Verhältnisse.
In ihrem unförmigen dunklen Wollmantel neben mir her gehend, eine Wollmütze, wie man sie beim Jogging trägt, tief über die Ohren gezogen, die Füße durch den Schnee schleppend, als sei ihr jeder Schritt zuviel, schilderte mir Ruth meine künftigen Kollegen:
Meine Generation gab's hier offenbar nicht. Die Professoren waren alle um mindestens ein Jahrzehnt älter als ich; seit Jahren undurchschaubar miteinander verfehdet, verschanzt in ihren dünnen Fertighäuschen, warteten sie auf die Frühlingstornados, träumten von Europa und kämpften, verbissen, um jeden einzelnen Studenten: niemand wollte mehr Deutsch lernen, höchstens noch Deutsch singen.
Berühmt ist das College nämlich hauptsächlich für sein Konservatorium.
Die Studenten waren alle mindestens ein Jahrzehnt jünger als ich.
Zum ersten Mal in meinem Leben war ich Angestellter, Mitglied eines Lehrkörpers, mit einem bürgerlichen Beruf auf Zeit und einer besonderen Identitätskarte, die mich auswies als Member of Staff; doch was sollte ich eigentlich unterrichten, eine Stunde pro Woche? Es war mir freigestellt.
Benommen saß ich am kleinen Schreibtisch in meiner Studentenwohnung, mit Aussicht auf andere anstaltsähnliche Studentenhäuser, die das weite Geviert umstellten: ein verlassener, zugeschneiter Exerzierplatz, mit verlorenen Bäumen darin, in deren kahlem Geäst kleine, blaßgrüne Vögel hockten, wie Ganztöne zwischen verwirrten Notenlinien.
Ich hatte noch nichts deutlich wahrgenommen, hinter dem Schleier aus Schneegestöber, im weißen Licht der winzigen Wintersonne, über den Campus schwebend, geräuschlos in meinen neuen amerikanischen Bergschuhen aus Plastik, von meiner Wohnung ins Deutsche Haus und wieder zurück an meinen kleinen Schreibtisch hinter dem kaputten Mückengit-

ter, das im Wind klapperte, ohne meine Schreibarbeit der letzten Jahre plötzlich, ohne deinen gewohnten Telefonanruf um neun Uhr früh, ohne Antwort noch auf meine ersten Briefe: ein Reisebericht, eine Landschaftsbeschreibung...
Ich hätte wenigstens gerne gewußt, wie diese auffälligen Vögel hießen, die da plötzlich, leuchtend zwischen den anderen, im Schnee herumhüpften: fett wie Buchfinken, knallrot, wie angemalt.
Kleine Grüppchen dick verpackter junger Leute gelegentlich, die sich in ihren gefütterten Windjacken, mit ihren Rucksäcken über das weite Geviert durch die Schneestürme kämpften, wie die versprengten Haufen einer aufgeriebenen Armee, auf dem Rückzug nach einer verlorenen Winterschlacht.
Die Romanarbeit, die mich die letzten Jahre hindurch beschäftigt hatte, war abgeschlossen, die Stoffe meiner Kindheit waren aufgebraucht; auf die erste Frage, die einem hier gestellt wird: »Where do you come from?«, konnte ich antworten – doch wen interessierte *hier* der Zerfall des schweizerischen Großbürgertums, aus dem ich stamme? Ich hatte meine halbe Bibliothek mitgeschleppt, Schweizer Literatur, Robert Walsers gesammelte Werke: doch für mein Seminar, eine Stunde pro Woche, hatten sich sieben Studenten eingeschrieben, die alle im Hauptfach Gesang studierten und bloß Deutsch lernen mußten, um Deutsch singen zu können...
Schnee. Licht, das wehtat, wenn die Sonne für einen Augenblick den verhangenen Himmel vor meinem Mückengitter aufriß; meine Erinnerung, meine Vergangenheit schien aufgeräumt, was blieb noch?
Du, natürlich. Unsere gemeinsame Sprache fehlte mir; du hättest diese leeren Räume ausgefüllt – mit deinen Plädoyers zumindest, die du mir gelegentlich probeweise hältst, in den verlassenen Wirtsstuben möglichst entlegener Landgasthöfe, bei ziemlich viel Weißwein, während ich, unter dem Siegel der Verschwiegenheit, als Richterattrappe, zuhöre...
Ich erschrak – blieb, kaum fehltest du, nichts als Leere? Außer dir, meiner Gegenwart, und der Romanarbeit, meiner Vergangenheit, hatte es für mich in den letzten sieben Jahren nichts gegeben.

Nichts Wesentliches – nichts, was mich mit diesem eigentümlichen Ort hier ein bißchen hätte verbinden können?
Manchmal bekam ich Besuch; in regelmäßigen Abständen klopfte es an meiner Tür, dann stand ein hemdsärmliger, uniformierter, bulliger Beamter der Verwaltung in meiner Wohnung, immer mit derselben Frage: Do you have a thermostat in your apartment?
A what? Beim zweiten Mal verstand ich wenigstens, was sie suchten. Mein Studentenhaus schien eine Dampfmaschine zu sein, die Heizung war außer Kontrolle geraten, morgens um vier ging das Feuerhorn los – archaisch und heiser.
Ich erwachte mit Schrecken und wußte im ersten Moment nicht mehr, wo ich war, stürzte in den Hausgang – Fehlalarm natürlich, kein Rauch, nur verschlafene, verschreckte Studentlein in Pyjamas den Wänden entlang.
Seither war ich ständig alarmiert: aufgeschreckt und betäubt zugleich, gefangen im Kokon meines Dämmerzustandes, ohne deutliche Wahrnehmung, unempfindlich wie nach einer Lokalanästhesie, wartete ich schon, gelähmt und ängstlich, auf die Rückkehr des Schmerzes, an den Rändern der Haut.

Es ist der bekannte Schmerz, sobald ich wieder zu mir komme, wenn ich allein bin, irgendwo, auf der Wiese des Freibades an der Aare, in einem Flugzeug, nachts, über dem amerikanischen Kontinent, die Kopfhörer im Ohr, mein Schulheft, den Plastikbecher vor mir, während ich die beiden Jungen, neben mir, am Rande meines Gesichtsfeldes, beobachte, im Humanistischen Gymnasium in Basel, mit fünfzehn, als ich, im Schulzimmer während einer Pause, gegen den Heizkörper unter den Fenstern gelehnt, zum ersten Mal meinen langjährigen Banknachbarn sah – wahrnahm – erkannte – in der Schneewüste von Ohio, während ich mich schon fürchtete vor der Rückkehr dieses Schmerzes: der, bevor ich *dich* kannte, gelindert war durch die vollkommene Aussichtslosigkeit auf Linderung, hätte ich dir wohl, über den Atlantik hinweg, schreiben oder spätestens bei unserem Wiedersehen auf dem amerikanischen Kontinent erklären müssen.
Aber das versteht sowieso kein Mensch.

Im Deutschen Haus, zehn Minuten zu Fuß von meiner Wohnung entfernt, gab es zu essen, und zumindest einmal am Tag mußte ich richtig essen.
In der langen Schlange wartender Studenten, mein Tablett in der Hand, vor den Blechbottichen, ohne mich umzuschauen, ohne zu verstehen, was rund um mich gesprochen wurde, den Blick zu Boden gerichtet, nahm ich nur die Stimmen wahr, das eigenartig respektvolle »you«, im warmen, rauhen Klang freundschaftlicher Gespräche.
Fettriefendes, lauwarmes, süßlich-fades Hackfleisch: derart geschmacklos, daß ich schon fürchtete, im Jet Lag auch den Geschmackssinn verloren zu haben – bloß meine Verdauungsorgane merkten schon am ersten Tag, wie grausig dieses Hackfleisch tatsächlich war.
Im Eßsaal setzte ich mich zu Ruth an den Tisch, dem einzigen mir vertrauten Menschen: eine Emigrantin, als Kind aus Deutschland geflüchtet, in Südamerika aufgewachsen, vor zwanzig Jahren hier gelandet, in einem winzigen Zimmer, vollgestopft mit Plüschmöbeln – unbestimmbar alt, eben dem Alkohol entzogen.
Die ganze Sucht ist in die Zigaretten gefahren, klagte sie, während wir bei einem dünnen amerikanischen Kaffee saßen, der auch nicht viel half gegen unseren Nachmittagsdämmer, und endlich unsere Zigaretten rauchen durften – eine verpönte, üble Gewohnheit aus der Alten Welt, unter den gesunden jungen Leuten hier. Gespräche über Vertrautes, in unserer gemeinsamen Sprache...
Ziemlich anstaltsähnlich, fand ich: dieser Eßsaal, der immer im Dämmerlicht lag, während die Studentlein, die Küchendienst hatten, in ihren zu kurzen weißen Kitteln schon die Tische abräumten.
Wie die schon halbwegs entzogenen Patienten in der Klinik, fand Ruth. Der Aufenthaltsraum eines Gefängnisses eher, fiel mir ein – eine plötzliche Erinnerung aus früher Zeit.
The Draft, heißt die militärische Einberufung hier: ein Schreckgespenst wieder, erstmals seit Vietnam – die Kriegsdienstverweigerung seitdem auch am College wieder aktuell...

Militärdienstverweigerung, heißt es bei uns, oder Dienstverweigerung, oder noch einfacher: bloß Verweigerung –
Ich bin ein Verweigerer, sagte ich, und dafür muß man bei uns noch immer ins Gefängnis; drei Monate, genau so lang wie ein Semester hier –
Und was hast du die drei Monate im Gefängnis gemacht?

Wir hatten einen Morgen lang Steine aufgelesen, in einer Kolonne hinter dem Anhänger des Traktors hergehend, den der Aufseher steuerte – lauter Erstmalige: besoffene Autofahrer, Drögeler, kleine Betrüger, ein angeblich unsittlicher ehemaliger Gerichtspräsident; einer hatte seine Frau erschossen mit dem Sturmgewehr, und einer mit dem Möbelwagen ein leerstehendes Ferienhaus ausgeräumt, am hellichten Tag.
Doch danach fragt man nicht: ich hatte es rasch begriffen, nach ein paar groben Antworten; man redet von anderem, und im Nieselregen, zum Poltern der Steine im Blechkarren, redete man sowieso nicht viel – eigentlich durfte man gar nicht reden, bei der Arbeit: doch Hausi, der Aufseher, pflegte es zu überhören, er hörte überhaupt nicht gut – der schlief doch, auf seinem Traktor.
Man hatte ihn gerufen, von der Straße her – der Adjunkt des Direktors, winkend, es schien wichtig; es galt mir...
Ich hatte Hausi, wenn er, abrupt aus seiner Schwerhörigkeit erwachend, zu sprechen anfing, nie verstanden – kein Wort: ein Gebrüll, das mich gleich am ersten Arbeitstag erschreckt hatte, als er auf mich losstürzte und seinen Traktor mitsamt dem Anhänger voller Strohballen allein weiterfahren ließ: als wolle er mich zusammenschlagen.
Doch ein Mithäftling war schneller gewesen – die Heugabel in der Hand, stand er schon da und erklärte mir mit ruhiger Freundlichkeit, wie man es richtig macht: als wäre dieses brüllende Ungeheuer gar nicht da – derart freundlich, daß es nicht mehr weiterbrüllen konnte –, fluchend rannte Hausi seinem herrenlosen Traktor nach.
Das vergißt man nicht, auch Hausi hatte es nicht vergessen: Es sei halt wahrscheinlich der erste, dreißig Kilo schwere und verregnete Strohballen gewesen, dem ich, eine Heugabel in der

Hand, gegenübergestanden hätte – Es klang wie eine Entschuldigung, während er mich auf seinem Traktor zur Anstalt zurückfuhr; es schien zu eilen.
Mein Anwalt: so als käme hoher Besuch.
Ich hatte den ersten Monat hinter mir; die Appetitlosigkeit der ersten Woche, den ständigen Urindrang, kaum war ich verhaftet, in den Auffangzellen ohne Klo, zehn Stunden Erntearbeit im August – Strohballen, Heuballen, den Staub der Gebläse in der Scheune, der einem den Atem raubt – die Atemnot in der Zelle mit dem schmalen Fenster, das zu hoch lag, ohne Aussicht, sobald die schwere Tür ins Schloß fiel: Stahl und Mauern im Finstern – und die hilflose Bigotterie der Aufseher: arbeitslose Schuhmacher, bankrotte Gärtnermeister, Bauernknechte, die hier bloß eine gesicherte Existenz gesucht und plötzlich Allmacht gefunden hatten, die Macht, im entscheidenden Augenblick die Tür zuzumachen oder offenstehen zu lassen...
Schlüssel, Schlösser, Stahl, Beton, Gitterstäbe.
Da saßt du – im Dämmerlicht des Aufenthaltsraumes, an einem der langen Tische, schräg gegen die Wand gelehnt, die Beine übereinandergeschlagen: lächelnd – als säßest du in einem unserer abgelegenen Landgasthöfe, auf den Liter Weißwein wartend, und als wäre ich nur verkleidet, ein Clown, in meinen schlotternden Arbeitshosen, den zu großen, klobigen Schuhen, in dem engen blauen Jäckchen mit den zu kurzen Ärmeln. Ein Mao-Gwändli, fandest du. Der Direktor sei ein Büffel, meine Zelle ein menschenunwürdiges Loch, Landarbeit nichts für mich.
Du hattest, in einem kurzen Gespräch mit dem Büffel, schon alles geregelt.
Der Mörder wurde sowieso bald entlassen, also kam ich in den ersten Stock, in die Zelle der Langjährigen, fast ein Zimmerchen mit einem richtigen Fenster; die Gefängnisbibliothek war ohnehin in einem traurigen Zustand und der angeblich unsittliche ehemalige Gerichtspräsident ebenso ungeeignet für Landarbeit wie ich: also hatte ich sogar jemanden zum Reden, während wir Bücher einbanden.
Du hast deine Befangenheit nicht schlecht überspielt, mir gegenübersitzend im Dämmerlicht dieses Eßsaales, während du

mir schließlich von draußen erzähltest und mir die Bücher zeigtest, die du mitgebracht hattest, als gäbe es hier keine Zensur: die Pisaner Cantos, De Profundis, Marx' Frühschriften.

Natürlich – später gabst du es zu: damals warst du noch nicht daran gewöhnt, deine Klienten im Gefängnis zu besuchen, eher in den Büros der Chefetagen...

Ich hatte deinen Schock nicht bemerkt, bloß deinen Einfluß: keine Mauern und keine Gitterstäbe mehr, zumindest für die Dauer deines Besuches. Du hattest innerhalb von Sekunden meine Lage verbessert, dir *meine* Sache zu eigen gemacht, ich hatte sogar auf das Schlußwort verzichten können, bei meinem Prozeß. Du sprachst für mich, beim Gefängnisdirektor und vor den Militärrichtern, kraft dieses etwas altertümlichen Titels, den es nur noch im Kanton Bern und im Kanton Solothurn gibt: mein *Fürsprecher*.

Ruth, willst du mich nicht endlich vorstellen?

Ich hatte schon eine Weile, in meinem rechten Augenwinkel, etwas aufleuchten sehen: die Helligkeit von Haar, ein lautloses Lachen, Bewegung, eine unruhige Neugier, während ich, an diesen langen Anstaltstischen im Eßsaal, mit den Sprüngen und Kratzern im vertrauten, blaß bläulichen Lack, bei unserem dünnen Nachmittagskaffee, ausführlich, als klammerte ich mich an diese Erinnerung, von meinem Gefängnis sprach und dich, meinen Besucher, natürlich verschwieg.

Kent.

Folgsam, viel zu leise, stellte mir die deutsche Hausmutter vor, wer mir halt vorgestellt werden wollte.

Schlagartig überfiel mich das bekannte Schwindelgefühl, wenn sich, für Sekunden, der Abgrund auftut: das hatte ich nicht erwartet, nicht jetzt, nicht hier, nirgends.

Er lächelte – spöttisch, überheblich, ein blaugrüner Blick.

Ich mag zwei Tage alte Bärte, zum Spüren, an den Rändern meiner Haut.

Was unterrichten Sie hier? – Er nahm mich nicht ernst: ein noch nicht einmal ausgelernter Klavierspieler, Deutschstudent im Nebenfach – ich bin nicht nur begabt, sondern auch intelli-

gent, aus Tennessee, wie der Jack Daniels: die beste von allen Whiskeymarken.
Williams, fiel mir ein: Tennessee Williams, doch ich brauchte eine tauglichere, weniger literarische Chiffre, irgendein Losungswort, während wir einander artig ausfragten, wie man das hier als erstes immer tut, auf deutsch und per Sie, in der Höflichkeitsform.
Mit unseren Blicken sagten wir einander längst schon Du. Ein Erwachsener – unter diesen zu gut trainierten Halbwüchsigen; ich spürte, in diesem Blick, die Möglichkeit einer Rettung, wußte, daß ich diese Rettung schon gesucht hatte: und mißtraute folglich meiner Wahrnehmung. Ich war schließlich erst seit fünf Tagen auf diesem Kontinent, kannte die Spielregeln nicht, wußte nicht einmal, ob wir in diesem sektiererischen Staat legal waren – oder illegal: seine Formulierung, später.
Hier sind wir wenigstens legal –
Es fiel mir kein Codewort ein, für uns; so mußte ich mich auf die Zeichen verlassen, die er mir gab.
Er war, am nächsten Tag, überall dort aufgetaucht, wo ich eben vorgestellt wurde, obwohl er sich gar nicht für mein Seminar eingeschrieben hatte, das er natürlich nicht brauchen konnte: typisch eine Lehrveranstaltung für Studenten, die eben noch irgendeine Stunde *brauchten*.
Ich achtete auf nichts anderes mehr: Im düsteren Licht der Studentenbeiz, dem »Rathskeller«, den sie »the Rat« nennen, wo es wenigstens dünnes Bier gab – der einzige Alkohol, der hier öffentlich ausgeschenkt werden durfte –, warf er mir einen Blick zu, über den ganzen langen Tisch, über die Köpfe der anderen Studenten und Professoren hinweg, mühelos: wegen seiner beachtlichen Oberlänge, gezielt, nicht mehr lächelnd, so als wolle er meinen Blick aufspießen und als hätte, bei diesem Spiel, verloren, wer als erster wegschaut. Abgelenkt von irgendwelchen Gesprächen, wagte ich nur kurz aufzublicken, rasch, ohne den Versuch, standzuhalten – um nicht endgültig zu verlieren.
Grüne Augen, die sich schnellend an meinem Blick festhakten: nicht mehr neugierig, sondern mit diesem verbotenen

Ausdruck darin, der auffordert oder abwehrt, bannt, durchschaut.
Wie unter Verschwörern, in Lebensgefahr.

Ich kannte diesen Blick natürlich – längst schon vor *deiner* Zeit, an den Abenden, da *du* fehlst, im sogenannten ersten Stock, den du meidest, oder im Halbdunkel, das auch ich lieber meiden würde; doch meist schaut der andere bald weg, oder antwortet schon gar nicht, mit abgelöschten Augen, oder er steht auf und geht, und so bleibt mein *eigener* Blick meist ohne Antwort: höchstens an zweideutigen oder eindeutigen Orten, nie auf offener Straße oder in einem gewöhnlichen Rathskeller, irgendwo...
Ich bin eben die Verschwörung gewöhnt, hätte ich *dir* erklären müssen *und* ihm, aber ich bin gar nicht mehr dazugekommen.
Es ging alles viel zu schnell.

Ich habe mich doch gar nicht mehr getraut, so genau hinzuschauen, entschuldigte ich mich, als wir schließlich artig nebeneinander saßen, auf dem zu tiefen, von meinen deutschsprachigen Vorgängern durchgesessenen Sofa – der einzigen halbwegs bequemen Sitzgelegenheit in dieser überheizten Studentenwohnung – um vier Uhr früh, als man nur noch eine einsame Schreibmaschine irgendwo klappern hörte, wir beide längst keine Lust mehr auf Orangensaft aus diesen grausigen Plastikbechern hatten, und Kent mir plötzlich die breite Front seiner Brust zuwandte: die Stoffalte des Pullovers zwischen den Fingern.
Ein kleiner, weißer Ansteckknopf, mit den beiden schwarzen Symbolen für »männlich« darauf, die sich schneiden.
Das Zeichen – und ich hatte verzweifelt ein Codewort gesucht...
Trägst du diesen Protestknopf immer?
Er hatte ihn eigens für mich einen Tag lang getragen und war mir nachgelaufen bis um vier Uhr früh.
Dein verdammter Pullover hat zuviele Falten – ich würde mich nicht getrauen, diesen Protestknopf öffentlich zu tragen, gab ich zu.

Aber ich. Ich will eine Ohrfeige sein für die braven Leute auf der Straße: Was haben unsere Vorfahren schon geleistet? Einen Kontinent erobert, Land geklaut; keine brauchbaren Mythen... Kent beneidet die Schwarzen um ihre heroische Sklavenvergangenheit, die Indianer um ihren Kampf für das Recht auf ihr Land. Uns – sagt Kent – bleibt höchstens der Protestknopf als Ohrfeige...

Und mir? Ich habe andere Protestknöpfe getragen, doch natürlich ist dies der persönlichste; Kent trug ihn links, über dem Herzen, offen und heiter: gay, heißt das Codewort hier.

Ein klassischer Euphemismus, wie der Euxeinos Pontos, so hatten wir es doch im Gymnasium gelernt: das Gastliche Meer, dabei stürmt es immer... Doch das verstand ich erst später. Ich begriff bloß, während wir hilflos scheu beide, nebeneinander saßen, seinen Mut; seine Lippen waren blaß und ganz schmal geworden, aus Angst vor einem Mißverständnis und vor der Lächerlichkeit. Ich begriff, welchen Mut es ihn gekostet hatte, als erster ein Zeichen zu geben, nicht erst hier, in der Intimität dieser ziemlich kahlen Wohnung, spät nachts, sondern einen Tag lang, in der Öffentlichkeit, und ich wußte, daß dieser Mut mir fehlte. Er trug, freiwillig, das Kainsmal, und ich hatte mich nicht einmal getraut, genau genug hinzusehen...

Er mochte nicht mehr heimgehen; mein Lover sein – das zweite neue Wort in dieser Nacht: Es gibt kein anderes, kein Passivum, keinen Geliebten, nur Liebende, Geschlechtspartner eigentlich, als Präzisierung zum noch unbestimmteren Wort »friend«, ebenso geschlechtsneutral wie dieses; doch auch das verstand ich erst allmählich, an meinem kleinen Schreibtisch hinter dem Mückengitter wieder, mit Aussicht auf das leere Geviert im Schnee.

Um vier Uhr früh ist es ein bißchen spät zum Begreifen; man hat, beim ersten Mal, sowieso immer ein paar Hände zuwenig – rasch und locker, scheu und auch erstaunt, ratlos lächelnd beide: von gleich zu gleich, sich verstehend.

Kräftige Oberarme – vom Klavierspielen, behauptet er. Eine schutzlos weiße, glatte Haut, an den Rändern berührt, als Versprechen erst.

Er blieb über Nacht, doch seine erste Stunde am nächsten Mor-

gen verdarb uns das gemeinsame Erwachen: ein Seminar über Rilkes Duineser Elegien. Ich muß aufstehen, klagte er – obwohl: ein Teil von mir ist ja schon aufgestanden; auch ich spürte es – zu spät eben. In der Eile, zwischen Aufstehen, Duschen und Frühstücken, hatte er seinen Protestknopf verloren – wir konnten ihn nicht mehr finden, sogar zwischen den Bettüchern hatte ich gesucht.
Verwirrt blieb ich an meinem kleinen Küchentisch sitzen, das schmale vergitterte Fenster im Rücken, dem leeren Stuhl gegenüber, vor der halbleeren Tasse Instant-Coffee, die auszutrinken er keine Zeit mehr gehabt hatte, und dem angebissenen Stück Brot, das auf seinem Teller übriggeblieben war.
Ein wackliges Tischchen – gerade groß genug für zwei; dämmriges Licht auch hier, gedämpft von dem Vogelbeerstrauch vor dem Fenster, mit den Dolden der festgefrorenen Beeren daran: an jeder einzelnen Beere hing ein langer Eiszapfen. Den Kaffee schüttete ich weg, ich mag keine Reste; doch Brot, habe ich einmal gelernt, Brot wirft man nicht fort: obwohl das amerikanische Brot eigentlich, dachte ich, gar kein richtiges Brot mehr ist, industriell hergestellt, synthetisch, wie aus dem Wasserbad gezogen, schnell schimmelnd.
Ich würgte meinen anerzogenen europäischen Ekel rasch hinunter.
Den Stuhl ließ ich stehen, so, wie er ihn hatte stehenlassen, in der Hast seines Aufbruches, am frühen Morgen des siebenten Tages: schräg, zur Seite gerückt, die ganzen drei Monate lang.

Ich mochte dir nicht mehr schreiben – womöglich an die Anwaltskanzlei adressiert, mit dem blauen Kugelschreiberpunkt auf der Rückseite des Luftpostkuverts, unser Geheimzeichen für: privat & vertraulich – weil es nichts Harmloses mehr zu schreiben gab. Bei uns stehen doch alle Schubladen offen...
Ich hatte plötzlich nicht mehr Verständnis genug; Privatbriefe, finde ich, gehören nicht zu den Anwaltsakten in den Panzerschrank – es wäre mir wie Verrat vorgekommen: die Geschichte des Protestknopfes, preisgegeben unter unserem blauen Siegel der Verschwiegenheit...
Du hättest mir den Brief womöglich zurückgegeben – es wäre

nicht das erste Mal gewesen – aus Angst vor jedem nicht mehr ganz harmlosen schriftlichen Dokument.
Zum ersten Mal in meinem Leben brauchte ich ein Tagebuch.
Natürlich gab es im Drugstore an der Main Street, wo das ganze Dorf am Sonntag Schlange stand nach der Sunday Times, der einzigen Nachricht von draußen, nur Schulhefte: sauber liniert, ein ungewohntes Format, solid gebunden wenigstens, abwaschbar.
So hatte ich etwas zu tun, an den langen Sonntagen – während ich wartete.

Nachts glich das verschneite Geviert vor meinem Mückengitter einem Landeplatz für unbestimmte Flugobjekte: Schemenhaft die kahlen Bäume, im Vordergrund die weißen Lichtzelte der zierlichen, altmodischen Straßenlampen, in der Ferne das orangerote Flutlicht der modernen Neonleuchten; der Wind trieb den kristallinen Schnee vom Dunkel durch das Licht zurück in die Nacht.
Am Anfang suchte ich ihn noch, als wäre er der einzige Mensch hier, handfest, greifbar: zum Berühren, real. Abends, wenn ich es nicht mehr aushielt, ihn bloß auf dem Papier zu halluzinieren, vor dem hypnotischen Schneetreiben in den Lichtkegeln der Jugendstilkandelaber, wenn ich schon zu lange vergeblich auf seinen Anruf oder seinen Besuch gewartet hatte, in meinem Studentenhaus, das von den Klopfzeichen an fremden Türen, vom Klappern der Holzsandalen auf den Steinfliesen, von den Stereoanlagen und den rauhen, spitzen Schreien in den anderen Zimmern dröhnte, packte ich mich in mein Lammfell – und fürchtete, noch auf kürzeste Distanz, in den Verwehungen verlorenzugehen. Kein Landstrich für Regenschirme: der Wind drehte den Schirm immer wieder um; gehen, als würde man segeln, während der Schnee sofort alles zudeckte – die Wege, die eigenen Fußspuren, die leeren geraden Straßen, die wenigen Autos – bis in die Hauseingänge hinein: Schnee.
Flimmernd im Schneetreiben die hellerleuchteten Fassaden der Collegegebäude, unwirkliche Erscheinungen, als würden sie schweben, ohne Fundament und Dach im Dunkeln; geräusch-

lose Schatten, die sich auch durch den Schnee kämpften, auf mich zu – eine täuschende Silhouette: verpackt in die falsche Windjacke, das Gesicht unkenntlich, verhüllt von einem fremden Schal. Als einziges Mitglied des sogenannten Lehrkörpers, als das mich die blaue Identitätskarte auswies, saß ich, bei meinem dünnen Bier, unter lauter unbekannten Studenten, im Rathskeller: und wartete einen Abend lang.

Zu alt und zu jung – Angehöriger einer Generation, die es hier gar nicht gab – allein mit meinen Gedanken in der falschen Sprache...

Am späten Vormittag saß ich eine Stunde lang in dem Büro, das man mir zur Verfügung gestellt hatte, mit einem Plakat des Verkehrsvereins von St. Johann an der Tür, zwischen lauter Tonbändern deutscher Sprachlehrgänge, gestapelt in den Regalen, und wartete auf meine Post: zehn Tage alte Briefe – Neuigkeiten von deinen Schützlingen, Alltag, Harmloses. Im Eßsaal des deutschen Hauses wurde Kent nicht mehr gesichtet – er war dort, wie es schien, bloß aufgetaucht, um mir vorgestellt zu werden. Nur Ruth als Bezugspunkt: vor ihrer Tasse Kaffee, mit ihrem Schlüsselbund auf dem Tisch spielend, als wäre sie der Gefängniswärter hier, das Päckchen Zigaretten griffbereit, umgeben von lauter amerikanischen Halbwüchsigen, die artig miteinander Deutsch redeten. Meine Stunde hielt ich einmal in der Woche ab: am frühen Nachmittag, in der kleinen Bibliothek des deutschen Hauses, einem schmalen Zimmerchen mit Sofas den Wänden entlang, auf denen meine sieben Studenten hindämmerten, schläfrig um diese Tageszeit, wie ich. Selbst meine eigenen Texte, die wir Abschnitt für Abschnitt zerpflückten, wurden mir hier irreal: »Blattwerk« galt ihnen als Umschreibung für Gedrucktes, »Brandung« hielten sie für eine Feuersbrunst, und die »leeren Räume« waren nichts als ausgeräumte Zimmer. Ich zog es schließlich vor, von meinem Land zu erzählen – von dem, was mich beschäftigte, konnte ich nicht sprechen; hier nicht, nirgends.

Natürlich kümmerten sich auch die drei Professoren der Abteilung um mich. Abwechslungsweise luden sie mich zu sich, zusammen mit ihren beiden Kollegen. Alle drei kränkelten ein bißchen: psychosomatisch der eine (ein Kribbeln im Kopf, da-

gegen schluckte er Valium), an Uric Acid litt der Senior, den jüngsten quälte nichts als sein unstillbarer Ehrgeiz.
Wenigstens gab es jedesmal bei diesen Einladungen Alkohol, Southern Comfort, den südlichen Trost. Man stand herum in den Wohnzimmern der dünnwandigen Fertighäuschen, die sich alle glichen, das Glas in der Hand, bei Gesprächen, deren Themen auch ich bald kannte, mit Blick auf die kleinen Gärtchen, die der Schnee begraben hatte: nur die Ziertännchen ragten noch daraus hervor.
Die merkwürdig hochbeinigen Katzen hier benahmen sich eher wie Hunde; den meisten fehlte ein Fuß oder ein Bein: amputieren oder nicht – das Thema der Professorenfrauen.
Es gab hier, offenbar, heimliche Fallensteller – Tellereisen im Dickicht, das über der stillgelegten Bahnlinie gewachsen war, hinter dem Dorf.
Alle Professoren schienen sich vor den Studenten zu fürchten, die die Leistungen ihrer Lehrer am Ende des Semesters schriftlich bewerten mußten, und davon hing die Höhe der Professorengehälter ab. Einzig wer publizierte, viel publizierte, brauchte sich vor den Noten der Studenten nicht zu fürchten: Publikationen sind Reklame für das College. Ein ungeheurer Streß, klagten alle – der eine flüchtete davor zu seinem Tischtennis, das er mit wissenschaftlichem Ernst betrieb; der andere vergrub sich in langwierigen Recherchen über die verborgene politische Bedeutung der Duineser Elegien, und der dritte in die Mythen seiner jüdischen Herkunft: mit ihm verstand ich mich am besten.
Er sorgte wenigstens für Abwechslung: mit einer Purim-Party, mit jiddischen Liedern, einem russischen Sänger und einem eigentümlichen persischen Hackbrett als Musikinstrument.
Exterritorial, melancholisch, zunehmend folkloristisch: diese Abende.
Erst, wenn ich im Rathskeller saß und sich der Nebentisch mit einer Gruppe schwarzer Studenten füllte, wußte ich wieder, wo ich war: während ich vor meinem dünnen Bier wartete, der Tür gegenüber, um ihn nicht zu verfehlen. Sie wollten wohl unter sich bleiben, die schwarzen Studenten – selbstsicher, lustig, mit ihren musikalischen Stimmen.

Es war mein eigener Schrei, der von weither in meinen Schlaf eindrang: fremd, als wäre es der Schrei eines anderen.
Neun Uhr, daheim, auf dem anderen Kontinent, die Zeit, zu der du mich angerufen hättest...
Ich hatte Hunger; doch der Versuch, mir in meiner kleinen Küche italo-amerikanische Rigatoni zu kochen, mißlang: das Salz hier schien ein Salz-*Ersatz* zu sein; der Burgundy, zwei Liter aus dem staatlichen Schnapsladen jenseits der City limit, war sauer –
It fades – fades – fades... wie die verwaschenen Jeans, auf der berühmten Reklame.
Den Plastikbecher in der Hand, ging ich eine Weile durch meine zwei leeren überheizten Zimmer: wie du, denke ich, durch dein Haus, wenn du nachts nicht schlafen kannst.
Natürlich hatte ich versucht, Kent anzurufen, doch da kam ein Tonband: This is not a working number... Das College-Telephonbuch schien unbrauchbar.
A dirt is another word for a lonely person – erfuhr ich aus meinem kleinen entliehenen Transistorradio, in einer Sendung über Alkoholismus.
Die einsame Schreibmaschine klapperte jede Nacht, das einzige Geräusch; ich setzte mich hinter mein Mückengitter, vor mein amerikanisches Schulheft, bei hochgeschobenem Fenster, wegen der Hitze im Zimmer. Ich kam mir alt vor – ein zur Untätigkeit verurteilter Rentner, unter diesen jungen Leuten, die von morgens bis Mitternacht, ihre Rucksäcke geschultert, über den Campus schweben, von einer Lehrveranstaltung zur anderen, von einem Meeting zum nächsten: vollbeschäftigt mit Arbeit. Ich hatte die flüchtigen Berührungen, an den Rändern der Haut, wohl mißverstanden: als Versprechen...
Manchmal, an meinem Schreibtischchen, halluzinierte ich schon, sah seine Gestalt am Rande meiner Bühne auftauchen, die lederne Tasche umgehängt, in seiner verwaschenen braunen Windjacke, mit seinem Himmelwärtsgang, aus weichen Knien heraus von weither über den Schnee.
Doch er kam schließlich nur noch, um rasch von mir etwas zu lernen.
Warum ist ein jeder Engel schrecklich?

Klavierspieler üben doch immer, sagte Ruth, als ich sie einmal beiläufig in unserem Eßsaal fragte: was macht Kent eigentlich? – so als sei es mir im Grunde egal. Ich wollte weder ihn noch mich verraten; aber ich hatte schon angefangen, den alten Professor um seine kryptischen Duineser Elegien zu beneiden, eine ganze Doppelstunde pro Woche. Im übrigen beneidete ich ihn gar nicht: Er konnte bald nicht mehr gehen, mit Uric Acid, im Stich gelassen von seinem Arzt.

Ich hatte wohl, wochenlang, am falschen Ort gesucht. Das Konservatorium ist das größte Gebäude auf dem Campus – eine Mischung aus Neugotik und asiatischem Pagodenstil, weiß, verwinkelt, mit schmalen spitzbogigen Fenstern, erbaut von einem japanischen Architekten; ein größerer, ein kleinerer Konzertsaal, 150 winzige Übungszimmer, an langen, labyrinthischen Gängen, erfüllt von dem gedämpften Klang eines viel zu großen Orchesters, das seine Instrumente stimmt: sie würden *nie* zusammenklingen – lauter schmerzhafte Dissonanzen.

Ich habe wohl ohnehin ein gestörtes Verhältnis zur Musik – eine gewisse Scheu, wie vor allen allzu mathematischen Strukturen.

Ich wußte nicht – umherirrend an diesem fremden Ort, während ich ängstlich durch die quadratischen Doppelglasfensterchen der Türen spähte – wovor ich mich mehr fürchtete: ihn nicht zu finden, was wahrscheinlich war in diesem Labyrinth, oder ihn plötzlich dasitzen zu sehen, übend hinter seinem Flügel. Was suchst denn du hier?

Ich hatte nichts hier verloren und konnte mich nicht rechtfertigen; nur Salü sagte ich, auf Schweizerdeutsch, vor Schreck.

Ziemlich verwildert stand er vor mir, mitten im Gang – unrasiert, in einem blumigen, vollkommen zerknitterten, schmuddeligen Hemd, in verwaschenen Jeans: ohne Protestknopf, mit kaum verblichenen schwarzen Stempelspuren auf beiden Handrücken.

It fades – fades – fades . . .

Wo kommst du denn her?

Er wollte es mir zeigen – und im übrigen wasche er sich prinzi-

piell nur noch jeden dritten Tag, sein Äußeres sei ihm neuerdings »scheißegal«.
Um so schlimmer für mich; er hätte sich in einem Spiegel sehen müssen – aber er wußte offenbar auch so, wie er aussah.
Der Mensch, behauptet Kent, ist eben ein gesellschaftliches Wesen. Nur du bist anscheinend eine Ausnahme. Woher weißt du das, nach einer Nacht, hätte ich fragen mögen, während er mich zu seiner Zelle führte; doch ich ließ es.
Die wahren Abenteuer lagen offenbar außerhalb dieses Ortes, und mir fehlte ein Auto: Kent hatte eins, ein großes, rotes, uraltes, das augenscheinlich trotz allem noch fuhr.
Was soll man hier anderes tun, als üben? Nur wenn er spiele, lebe er richtig.
Ich sah es – auf dem kleinen Stühlchen am Fenster: setz dich hierher, damit du meinen Händen zuschauen kannst – während mich die Tonflut in der schalldichten Zelle zur neugotisch-asiatischen Fensterverglasung in den Schnee hinauszuschwemmen drohte – neidisch sah ich es: voller Potenzneid.
Muskelbildend, wirklich.
Und ich konnte nicht mitspielen.
Er wollte, später, nicht in den Konzertsälen von New York spielen, sondern in den Saloons, den Gemeindehäusern, den Schulhäusern der kleinen Ortschaften, im Süden, im Mittleren Westen: Debussy und Ravel – besonders Debussy und Ravel, damit, sagte er, sind sie dort nämlich nicht verwöhnt. Was kannst du in New York schon bieten? Bloß immer perfektere Perfektion. Praktische Hände, zupackende Hände, mit kurzen, konischen Fingern – die kaum verblichenen Stempelspuren *konnten* gar nicht alle aus dem Rathskeller stammen; ich hatte mich da, dachte ich, während ich sah, wie mir meine siebente Nacht abhandenkam, in der Person von Kent, hoffnungslos offenbar, in den falschen Kontinent verliebt.
Ein Alb – ein Feuerteufel, wir hatten beide das richtige Wort nicht gefunden, weder auf Englisch noch auf Deutsch, für »le lutin«, das kleine französische Wesen im Titel des Musikstükkes, ein zwerghaftes Ungeheuer, ein Dämönchen, das nachts anfängt zu tanzen.
Ich bin gänzlich ungeeignet *dafür*, hätte ich ihm erklären müs-

sen, doch wir brauchten nicht darüber zu reden; ein Mißverständnis eben, das übliche, außerdem waren wir beide nur auf Abruf hier, für kurze Zeit noch, und nachher gab es keinen gemeinsamen Ort mehr für uns.

Warum ist das Schöne nichts als des Schrecklichen Anfang?
Warum entgeht da der Trinkende seltsam der Handlung?
In meinem einzigen Sessel, dem Sofa gegenüber, ungeduldig, hochfahrend: ein verwilderter Playboy, den Plastikbecher in der Hand, die Zweiliterflasche Burgundy in Griffweite – das ist schlecht für mich – ärgerte er sich: Welche Handlung ist da gemeint? – Was sind »Liebende«? – Was heißt: »Getränk an Getränk«? – »Wenn ihr einer dem anderen euch an den Mund hebt und ansetzt«?
Ich zeigte es ihm – vorsichtshalber bloß mit Hilfe unserer beiden Plastikbecher voll kalifornischen Rotweins.
Die substantivierten Participia praesentis im Deutschen bereiten hier allgemein Mühe.
Die »lovers« sind einfacher zu verstehen.
Er lachte, als er es begriff, schamlos, wie über einen zweideutigen Witz.
Aber was haben die »Ordnungen der Engel« mit Politik zu tun?
Endlich wurde ich wenigstens gebraucht – sie verstanden es alle nicht; weder die »dürre Erstarrung« noch den »erschrockenen Raum« und erst recht nicht, was mit dem »beinah göttlichen Jüngling« passiert ist, als er »für immer enttrat«.
Was, bitteschön, ist »der Sohn eines Nackens und einer Nonne: prall und strammig erfüllt mit Muskeln und Einfalt«?
Ein bißchen faschistoid ist das, da hatte der alte Professor wohl recht, doch im übrigen hatte er entschieden zuviel verlangt, als er von einer Woche zur nächsten Elegien zum Deuten verteilte, wie Strafaufgaben; so kamen sie alle damit über das weite zugeschneite Geviert auf mein Mückengitter zugeschwebt, das ganze Seminar: Barbara aus Greater Los Angeles, Cindy aus Colorado, Monica aus Wyoming – Kent aus Tennessee hatte die zweite Elegie gefaßt, Jimmy aus St. Louis, ein zarter Junge, ausgerechnet die dritte. Mit untergeschlagenen Beinen hock-

ten sie auf dem Wohnzimmerboden, während ich meine Nachhilfestunden erteilte über die Ordnungen der Engel, als wäre ich ein Spezialist.

Die Ordnungen, denke ich, sind hier im Sinne militärischer Abordnungen gemeint, ein anderes Wort bloß für Heerscharen – ich hatte mich informiert; die erste Elegie muß schließlich jeder verstanden haben, so hatte ich mir aus dem Gehirn des Colleges, dem Labyrinth der Betonfestung, gepanzert wie für den Atomschlag, unter anderem ein Lexikon der Mythologien geholt, ein Nachschlagewerk über alle außerirdischen Wesen.

Die Engel, bei Rilke, soll man sich, laut Sekundärliteratur, mit Bärten denken, arabisch, dem Islam entliehen – geschlechtslos allerdings, laut Koran; es gibt zahlreiche: Todesengel, Schutzengel, die zwei Schreiberengel, die jedem Menschen auf den Schultern sitzen – der eine protokolliert die guten, der andere die bösen Taten. Auch im Islam ist der Teufel ein gefallener Engel, verstoßen, weil er sich weigerte, wie die anderen Engel vor Adam niederzuknien und den Menschen, als Statthalter Gottes auf Erden, anzubeten: bloß ein eifersüchtiger Engel also, der islamische Teufel...

Doch eigentlich dachte ich mir Rilkes Engel lieber ohne arabische Bärte, nicht so geschlechtslos, wie der Teufel; ich hielt mich an den Anfang: »Wer, wenn ich schriee, hörte mich denn aus der Engel Ordnungen? und gesetzt selbst, es nähme einer mich plötzlich ans Herz: ich verginge von seinem stärkeren Dasein. Denn das Schöne ist nichts als des Schrecklichen Anfang, den wir noch gerade ertragen, und wir bewundern es so, weil es gelassen verschmäht, uns zu zerstören. Ein jeder Engel ist schrecklich.«

Dafür braucht man weder Sekundärliteratur noch Lexikon; ich war selber erstaunt – ich hatte mich nie mit diesen kryptischen Elegien befaßt, doch jetzt begriff ich sie plötzlich, während ich, auf meinem Sofa über dieser Abordnung thronend, die sich, aus allen Windrichtungen der Vereinigten Staaten, in meinem dämmrigen Wohnzimmerchen andächtig versammelt hatte, deutete, als wäre ich »verläßlich zu Haus in der gedeuteten Welt«.

Der Professor war mäßig zufrieden, in der Stunde danach: Engel interessierten ihn nicht mehr, bloß noch das angeblich Faschistoide daran.
Mir blieb »das verzogene Treusein einer Gewohnheit«, »Irgend ein Baum an dem Abhang, daß wir ihn täglich wiedersähen«: trauriger, schwüler Kitsch, eine Sehnsucht, die wegführt von allem; ich wurde selber fast süchtig, während ich an meinem Schreibtischchen hinter dem kaputten Mückengitter wieder wartete, wie ich in meinem Leben nie gewartet hatte, längst nicht mehr nur auf Kent.

Du hast mich wenigstens angerufen – morgens um neun, wie gewohnt, überraschend und unerwartet, über Satellit, um den Zeitpunkt unseres Wiedersehens auf diesem Kontinent festzulegen: als hättest du plötzlich Angst gehabt, wir könnten einander verfehlen oder ich käme überhaupt nicht, weil keine Briefe mehr eintrafen. Ein merkwürdiger Echoeffekt – mit Pausen zwischen Frage und Antwort, mit Verzögerungen zwischen den einzelnen Sätzen, mit einem Hall, in dem deine Stimme nachklang, als käme sie aus dem Weltraum und aus dem Nebenzimmer zugleich: deutlich und nah und verfremdet, wie die berühmte Stimme von oben, im Theater.
Ich konnte nicht viel sagen – nur antworten, unbestimmt, mit ja meist.
Es war doch noch nicht einmal Frühling.
Der erste Skateboarder – als Vorbote: am Rande der Bühne vor meinem Fenster, italoamerikanisch dunkel und sphärisch.
Meine Aussicht vor dem Mückengitter belebte sich allmählich, während der Schnee rasch wegschmolz: ein irischer Saubannerzug, der vorüberzieht, mit Fahrrädern, schwarzen Hunden, grünen Hüten, grünen Luftballons, mit Sack und Pack, Bettwäsche, Leiterwagen, Matratzen, Kartonschachteln, in Erinnerung an den heiligen Patrick wohl; zwei Jungen, ein kleiner kompakter und ein schlaksiger blonder, die einander in der Dämmerung, bei Nieselregen, einen deformierten Lederball zuwerfen: geballt vor Energie der eine, weitausholend der andere...
Fett und rot harren die Eichhörnchen, in Deckung unter ihrem

buschigen Schwanz, auf den Sturm, den mein Transistorradio schon angekündigt hat. Es gab zwei Alarmstufen: bei Tornado watching muß man gelegentlich aus dem Fenster schauen und nachsehen, ob das Wirbelstürmchen kommt oder nicht, bei Tornado warning verzog man sich besser gleich ins Innere der Gebäude, unter das solideste Möbelstück.

Dann heulten die archaischen Sirenen los – Fehlalarm, weil die kleinen Frühlingstornados dazu neigen, Haken zu schlagen.

Blitze gab es nicht, nur das monotone ferne Rollen eines fremdartigen Donners; Thunderstorms über den roten Backsteinhäusern; hinterher lagen die kleinen grünen Vögel, erschlagen vom Wasser, von den Bäumen gefallen, auf meiner Wiese.

Im aufkommenden Sturm spielten die kräftigen Halbwüchsigen mit ihrem schwarzen Drachen, der sich immer wieder im Geäst verfing, sich losriß, senkrecht in den Boden pfeilte, von der nächsten Sturmbö hochgerissen wurde – nicht unterzukriegen, tornado-proofed, wie es schien: bis endlich die Schnur riß. Ich hatte nur darauf gewartet. Die heitere Klage, über den Verlust des Spielzeuges, das zwischen den Ästen in Fetzen ging, widerhallte von den Backsteinwänden der Anstaltsgebäude – brüchig und geil.

Die Knospen an den Bäumen explodierten, von einer Stunde zur nächsten.

Ich wurde aus meinem Nachmittagsdämmerschlaf geweckt, in der schwülen Hitze meiner Wohnung, von der Lautsprechermusik aus allen Häusern, vom Klang der halblauten Gespräche unmittelbar vor meinem offenen Fenster, durch das ihre Stimmen zu mir drangen, tief und weich, erwachsen und männlich, freundschaftlich und scheu, mit diesem »you«, das für mich noch immer eigenartig tönte.

Du und Sie zugleich.

Es war Hochsommer im April – vielfarbig schwirrten die fliegenden Teller durch die Luft, die Skateboarder hatten sich vermehrt: zwei jetzt, die aneinander vorbeiwedelten, auf den Landebahnen der Wege, rund um die Wiese voller fliegender Teller, italoamerikanisch dunkel und halbnackt.

Benommen, an meinem Schreibtischchen, starrte ich ins Freie – sie spielten nicht mehr nur mit dem Wind, sie spielten mit ihren Körpern; Turnübungen, Freiübungen, rammlige Raufereien: bis der Kleinere am Boden lag, bezwungen, auf den Knien, das Gesicht im Gras, und der Große über ihm kauerte, mit gespreizten Schenkeln, während er ihn an den Armen festhielt, reglos verharrend beide, in der Bewegung erstarrt, als wüßten sie nicht weiter...

Eine Andeutung – wie in den Machtkämpfen der kleineren Primaten, um die Rangordnung: Hundsäffchen zum Beispiel.

Ich konnte mir die Fortsetzung denken, ich war nicht mehr arglos genug, hinter meinem Mückengitter, das mich von ihnen trennte.

Ich sah plötzlich zuviel – den Ausschnitt des Bäuchleins, im halboffenen Hemd, knapp über der Gürtellinie, den geschwungenen Nabel, den nackten Rücken, die noch kindlichen Rundungen an den nackten Flanken, schweißglänzend, nah: Fleisch, arglos zur Schau gestellt. Meine Wörter, auf dem sauber liniierten Papier des Schulheftes, randalierten gegen die Zeilen, fingen an, Amok zu laufen.

Ein endloser Brief, privat & vertraulich; ich hatte dich nicht vergessen, hinter meinem Mückengitter, aber ich mochte nichts mehr aussparen oder bloß andeuten unter dem blauen Siegel, so verschwieg ich dir lieber alles.

Es gab nichts anderes zu erzählen.

Ich fürchtete deine Antwort.

Ich war doch bis jetzt kein Voyeur gewesen...

Versuchsweise setzte ich mich zu ihnen, unter einen Baum knapp vor meinem Fenster, mit nacktem Oberkörper auch ich, gegen den Baumstamm gelehnt, ein Buch in der Hand: »Die Gallistlsche Krankheit« von Martin Walser, Lektüre für das Seminar des alten Professors, der eine Weile lang ausfiel; so übernahm ich, ein paar Stunden lang, seine Macht.

Der farbige Teller flog knapp an meiner Halsschlagader vorbei – »sorry«; ich hob nur die Hand, mit einem Lächeln entschuldigend.

Derselbe Teller landete vor meinen Füßen; ich schaute auf, lächelte wieder, bekam keine Entschuldigung mehr: bloß einen Blick, rasch aus der Bewegung des Bückens, undurchsichtig, nachtschwarz.

Ich saß da, hilflos, stumm, die Gallistlsche Krankheit in der Hand.
Ich wollte doch nicht zu Tode getroffen werden.
Meine eigenen Wünsche randalierten gegen mich.
Auch die Seminarstunden halfen nichts; die Gallistlsche Krankheit war wohl zu politisch, zu bundesdeutsch, sie verstanden überhaupt nichts: nur Jimmy aus St. Louis klatschte plötzlich in die Hände, als hätte er etwas begriffen; doch er wollte nicht verraten, *was* – ein schweigsames, blasses Kind, das gelegentlich ohne erkennbaren Grund lächelnd in die Hände klatscht.
Ich starrte ihn an und verlor den Faden endgültig.
Ich fing an, mich zu betrinken, regelmäßig von fünf Uhr abends an, mit Southern Comfort, den mir Ruth auf dem Heimweg von ihren Anonymen Alkoholikern aus dem staatlichen Schnapsladen mitbrachte.
In der blauen Dämmerung vor meinem Mückengitter wurden ihre Spiele allmählich leiser, während sich ihre Körper an den Rändern auflösten, zwischen den Schatten der Bäume und den finsteren Fassaden der Anstaltsgebäude, unter dem Ausschnitt des orangenen Himmels, der sich sachte violett färbte: kleine Gruppen, verstreut über die Wiese, von der dünn und zartweiß der Rauch ihrer Feuer aufstieg – bis ich nur noch die Stimmen hörte, in der Dunkelheit vor dem offenen Fenster, die laue Wärme der langen Abende spürte, den abflauenden Bratengeruch von grillierten Steaks.
Nicht aus dem feinsten Fleisch geschnitten, aber dick, saftig, innen blutrot.

Mein eigener Schrei. Ich wußte nicht mehr, wo ich war, ausgesetzt in diesem Nachtraum, wie die Katze im dunklen Sack, bevor sie ertränkt wird. Ich war eingeschlafen über meinem Text, die Kopfhörer im Ohr, den leeren Plastikbecher vor mir, mit Krämpfen in den Waden. Unser Jumbo lag ganz ruhig, nur an den gleichmäßigen Vibrationen spürte man, daß er flog.
Aufstehen, die Beine vertreten; im Heck standen noch ein paar andere Flugpassagiere schlaflos herum, hemdsärmlig, Zigaretten rauchend, schweigend. Ich beugte mich über das große,

leicht gewölbte Fenster des Notausstiegs: nichts – ein Ozean aus Nacht, Wolkenschlieren darin, darunter lag wohl der Kontinent.
Ich flog von dir weg und wieder zu dir zurück...
Dabei versuchte ich ständig zu entkommen...

Wir, sagt Ruth, die wir schon nichts mehr von den Genüssen des Lebens haben – was heißt da: wir? – wir brauchen wenigstens ein Auto; so hatte sie mir eines beschafft: einen aquamarinblauen Pinto Station Wagon, mit einem Faß von Benzintank, für viele Gallonen, das reinste Perpetuum mobile, ein Traktor, vollautomatisch: die Freiheit – dachte ich.
Osterspazierfahrten, allein, ins Nichts. Die Straßenkarte ist ein Schachbrett, nur Nummern, keine Namen von Ortschaften, weil es keine Ortschaften gibt: vereinzelt die Hofburgen der Wiedertäufer, ineinander verschachtelte Holzhäuser, ohne Verputz, ohne Vorhänge, ohne Elektrizität, aus religiösen Gründen; die Straßen stürzen plötzlich in eiszeitliche Gräben ab, auf den Warntafeln angekündigt als »hills« – umgekehrte Hügel im topfflachen Land. Aufgewühlte Erde, fett und dunkel, brachliegende Äcker, ausgedehnt bis zum Horizont; durchsichtige Wälder aus rötlichem Geäst; manchmal kommt eine Pferdekutsche entgegen – ein schwankendes schwarzes Häuschen, mit einem kleinen Fenster und riesigen Speichenrädern, biblische Kutscher in schwarzen Roben, mit breitrandigen Hüten und weißen Vollbärten. Abraham, fiel mir ein, doch angeblich heißen sie alle Noah – Hostettler zum Beispiel – im letzten Jahrhundert ausgewanderte Schweizer und Elsässer, die ein archaisches Deutsch sprechen und sich der Zivilisation verweigern.
Kein Verkehr sonst – bloß überfahrene Hasen und Katzen auf der Straße.
Angst – ohne Navigator und Mitfahrer – mich in diesem Labyrinth aus geometrischer Rechtwinkligkeit zu verirren: Meine Gehirnwindungen sind nicht gemacht zur Speicherung der Himmelsrichtungen; wo, fragte ich mich, liegt mein College, wenn, um drei Uhr nachmittags, die Sonne in meinem linken Wagenfenster steht? Ich fuhr von der falschen Seite her, an

lauter identischen Holzhäuschen vorbei, auf die Wiesen des Campus zu, auf denen sich die Studenten halbnackt der Sonne dieses Ostersonntags hingaben: ausgelassen und heiter, als wüßten sie genau, daß außerhalb *nichts* ist – nur Leere.

In Ohio, sagte Monica aus Wyoming, bekomme man Platzangst, Beklemmungen, obwohl es weder Berge gibt noch Hügel: aber der Himmel, behauptet sie, hängt zu *tief*.
Kein Atlas, der ihn hochstemmt und festhält.
Sie wollte wegfahren, einen Sonntagnachmittag lang, an den See; ich wollte ihre Übersetzungen kontrollieren, und ohne Auto komme sie nie weg aus diesem Ort.
Meine erste Mitfahrerin; ein nachdenkliches Mädchen, auf eine scheue Art zutraulich.
Kein See eigentlich – ein Binnenmeer, braun, flach, tot, ohne Bewegung auf dem Wasserspiegel, ohne Horizont, ohne Ufer jenseits; eine zerfallende Ferienkolonie, der Strand weggefressen von den Wellen der letzten Winterstürme, die Gärtchen vor den Weekendhäuschen halb weggespült, aber eingezäunt mit mannshohem Maschendraht, bewacht von einem schwarzen Hund: »Private. No Entry.«
Alles hier ist eingezäunt, sagt Monica, sogar die Wälder.
Ein Hafenstädtchen: Vermillion – Vermeer, fiel mir ein. Holländische Holzhäuschen auf kurzgemähten Rasenhügeln, die wie Inselchen im Labyrinth schmaler Kanäle liegen, Fischkutter an der Mole – nur das Föhnblau fehlt, das noch auf den Bildern Kopfweh erzeugt, das Vermeer-Blau.
Ein farbloser Himmel, zu tief über dem trüben Wasser. Wir ließen den Wagen vor dem einzigen öffentlichen Park am Ort – »This public park will be closed at 11 p. m.«, steht auf dem Schild: ein öffentlicher Strand eigentlich, ein schmaler Sandstreifen zwischen dem Maschendrahtzaun, der die Privatstrände der Villen zu beiden Seiten umgibt; gewaltige weiße Betonquader, Wellenbrecher offenbar, gegen die Winterstürme, eine einzige Parkbank, verwittert, wacklig, schief im Sand.
Ich habe noch nie in meinem Leben neben einem zwanzigjährigen Mädchen auf einer Parkbank gesessen.

Monica hatte die Schuhe ausgezogen, die Beine auf die Bank gelegt, und las mir den englischen Text vor – doch ich brauchte zunächst das deutsche Original: meine Gefängnisgedichte, zehn Jahre alt, ich kannte die englischen Wörter nicht; die Bedeutungsfelder stimmten nicht überein.
Monica zupfte ihren hellen Rock zurecht, rasch, das Blatt in der anderen Hand.
Der Sand war übersät mit Strandgut: Draht, Dosen, Treibholz – tote Fische, die mich anstarrten, aus leeren Höhlen, als hätte man ihnen die Augen ausgestochen. Mitten zwischen diesem Treibgut ein Futternapf aus rotem Plastik, eingegraben im Sand, gefüllt mit verschiedenfarbigen Hundekuchen – doch ich sah den Hund nirgends, der zu diesem Napf gehören mußte.
Keine Bewegung auf dem Wasserspiegel, keine Wasservögel, kein Schiff, kein Boot, nicht einmal eine Spiegelung.
Pärchen kamen und gingen, verweilten einen Augenblick zwischen den Wellenbrechern, gegen die Steinquader gelehnt, fuhren weg, auf ihren schweren Motorrädern.
Monica zupfte den Rock zurecht, über den nackten Beinen ohne Strümpfe, immer wieder, das Blatt in der anderen Hand.
Nur ein Straßenkreuzer war neben meinem Auto auf dem Parkplatz übriggeblieben, als wir abfuhren: gelb, ein historisches Modell, zwei alte Damen darin, grell geschminkt. Unbeweglich starrten sie auf das tote, braune Binnenmeer hinaus, als wollten sie eine Brücke heraufbeschwören.
Monica blieb, bei einem Glas Wein, bis Mitternacht in meiner Wohnung; neben ihr am Boden hockend verschüttete ich immer wieder meinen Jack Daniels, wenn ich rasch aufstand.
Meine Wohnung, fand Monica, sei zu kahl: zu wenig Möbel, nichts an den Wänden, trostlos, sagte sie, mit einem Blick, als überlege sie schon, was man an diesen schimmliggrauen Wänden aufhängen könnte.
Ein paar Mädchen waren mir tatsächlich geblieben, seit ich ein Auto hatte und Monica mich in *ihr* Seminar eingeführt hatte: »I brought my poet with me.«
Ich duzte inzwischen alle, eindeutig auf deutsch; man würde sich nie mehr sehen und feierte eine Woche lang Abschied. Ich

war nicht bloß vom Southern Comfort betrunken, beim letzten aller Abschiede, im noch jungen Garten des ehrgeizigen Nachwuchsprofessors, nachdem ich meinen unbestimmten Lehrauftrag übererfüllt hatte und nur noch auf meinen Nachtflug zu warten brauchte.
Es waren alle gekommen, Studenten und Professoren, auch Kent: als letzter, abgehetzt wie immer, aber übermütig, weil auch er fertig war, ein ausgelernter Klavierspieler. Er hatte sogar schon eine Stelle, in New York, als Begleiter zunächst.
Er hockte vor mir im Gras, seine langen Jeans-Beine untergeschlagen, angetrunken auch er: das ist schlecht für mich – ich glaubte es ihm jetzt, wenn man ihm zuschaute, wie er trank und sah, wie wenig es brauchte. Auch für mich ist das schlecht: das helle Gesicht, dieser herausfordernd blaugrüne Blick.
Gegen Abend, als die Sonne schon rötlich über den Baumwipfeln der Wildnis stand, die hinter dem Gartenzaun begann, als die Hamburger, die Würste gegessen waren und nur noch die Glut im Gartengrill glimmte, spielten sie Frisbie – Kent als Star, der Große, der mit den Kleinen spielt, Linkshänder natürlich, wie viele in diesem Land. Er wollte, daß auch ich mitspielte, doch ich gab es rasch auf und zog es vor, auf der Gartenbank zwischen meinen Professoren sitzend, hinter dem klobigen Holztisch, der Wildnis und der Sonne gegenüber, ihm ein letztes Mal zuzuschauen.
Gezielt schleuderte er seinen fliegenden Teller auf das Hausdach, damit der ehrgeizige Nachwuchsprofessor beweisen konnte, daß er genau zwanzig Sekunden brauchte, um das verlorene Spielzeug von seinem Dach herunterzuholen. Er mußte, still für sich, schon oft genug geübt haben. Kent hielt die Stoppuhr und zählte laut die Sekunden, ein richtiger Countdown.
Ich muß jetzt gehen – sein Lieblingssatz auf deutsch; im Gehen, abgewandt schon, legte er mir rasch seine Hand auf den Arm, beiläufig, wie jedesmal, wenn er, nach kurzem, hat gehen müssen...
Nun machte es mir fast nichts mehr aus. Ich saß noch eine Weile auf der Gartenbank zwischen meinen Professoren, bei einem letzten Southern Comfort, nachdem der Garten plötz-

lich wieder still und leer vor uns lag, während die Sonne in der Wildnis versank und die Baumkronen in Brand steckte.
Dort, im Gestrüpp hinter dem Gartenhag, erklärte mir der Hausherr, lag der Bahndamm, eine stillgelegte Linie, die rasch zugewachsen war, wie überall in diesem Land: lauter stillgelegte Eisenbahnlinien, mit verödenden Geisterstädten daran.
Eine folgenschwere Fehlentwicklung, wir waren uns einig und schwiegen wieder, als warteten wir, auf unserer Gartenbank, bloß auf eine Erscheinung, die aus der Wildnis auftauchen müßte, über der stillgelegten Bahnlinie, vor der untergehenden Sonne, im Gegenlicht: ein Ort für Epiphanien – am Ende.
Ich wenigstens brauchte nicht mehr zu warten. Ich wurde erwartet, um Mitternacht, auf der anderen Seite des Kontinents; du hattest dich dort schon eingerichtet, deine Geschäfte erledigt, ein Auto gemietet, und ich kam zu dir zurück, als käme ich heim.
Im Jumbo, auf dem Weg nach Westen, zu dir, den Plastikbecher, das amerikanische Schulheft vor mir, während ich auch diesen letzten Abschied noch nachtrug, mußte ich selber lachen: ich würde dich zum Lachen bringen – unter die Ungeheuer gefallen, die Engel mit den zwei Tage alten Bärten. Jetzt brauchte ich nichts mehr zu verschweigen. Wir würden beide am Ende darüber lachen können. Dein Gelächter ist ansteckend.
Nie mehr würde ich auf diesem fremden Kontinent allein reisen müssen – ich hatte es doch versucht, auf der Flucht vor der Langeweile dieses unmöglichen Orts. Ich war nicht kleben geblieben hinter meinem Mückengitter. Städte sind eine ungeheure Verlockung, die Ballungszentren in der Leere dieses Landes ein Mythos: Ich hatte den Radius meiner Fluchtkreise nach und nach ausgedehnt.

Das nächstgelegene Ziel war Cleveland, eine gute Autostunde entfernt, ein Sonntagsausflug in meinem aquamarinblauen Pinto, durch das flache Land. Die Erwartung wächst, sobald die schnurgeraden Überlandstraßen in die Autobahn übergehen, die allmählich vierspurig, dann sechsspurig wird, während der

Verkehr zunimmt, einen Augenblick lang beängstigend dicht, Wagen an Wagen, auf den Kunstbauten der Viadukte, an der Peripherie der Stadt, von der man noch nichts sieht.
Die Außenquartiere sind bewohnt, die Straßen breit und ruhig, voller Schlaglöcher; einstöckige Reihenhäuschen aus nacktem Backstein, vor jedem Reihenhäuschen ein abgezirkelter Rasen, auf jedem Rasen ein hemdsärmliger weißer Mann mit einem Rasenmäher, unter einem milchigen Himmel ohne Sonne und Luft. Durch die Viertel der Schwarzen, schon in den inneren Bezirken gelegen, soll man nur mit hochgekurbelten Fenstern und verriegelten Türen fahren, möglichst schnell, ohne anzuhalten: schimmlige Holzhäuser, jedes auf einem Grashügel gelegen, unter dem Vordach eine Bank, auf jeder Bank ein schwarzes Paar, grauhaarig, unbeweglich. Doch hier waren die Straßen ein kurzes Stück weit belebt – verbeulte, riesige Straßenkreuzer, Gruppen buntgekleideter Jugendlicher, in Trauben vor den Türen der Saloons, Transistorradios auf den Schultern, Bierbüchsen in den Händen, Lärm, Musik, Lachen.
Das amerikanische Gefühl. In meinem aquamarinblauen Pinto, bei verriegelten Türen, aber schon halboffenen Fenstern, während ich verlangsamte, begriff ich plötzlich, zum ersten Mal in meinem Leben, daß meine Haut *weiß* ist.
Ich wäre der einzige gewesen.
Dort, wo es sich lohnen könnte, darf man in diesem Land nie anhalten.
Die Straßen wurden wieder still, breiter, holpriger. Bürogebäude aus schmutziggrauem Beton zu beiden Seiten, mit dunklen, blinden Fenstern, gottverlassene, viel zu breite Trottoirs.
Allein fuhr ich auf den milchigen Himmel zu, in dem, weit entfernt, die Straße abzubrechen schien und aus dem mir ein dunkler Punkt entgegenkam: die Gestalt, ein Fußgänger, wurde rasch größer, fett, riesenhaft, schwarz, betrunken, schwankend, lärmend, eine Bierdose in jeder Hand.
Der letzte Mensch – intensiv mit sich selber beschäftigt. Das Zentrum ist tot. Diese Stadt stirbt, wie ein hohler Baum. Parkplätze ohne Autos, eine Allee von Parkingmetern, die

keine Zeit mehr zählen, Betonwände mit einem Ausschnitt des hellen Himmels darüber und ein müder Wind, der alte Zeitungen übers Trottoir schleift: das einzige Geräusch.

Ich hatte dennoch angehalten und war ausgestiegen, um mir wenigstens ein bißchen die Füße zu vertreten.

Nackte Brandmauern, die Rückseiten der Häuser, Lücken dazwischen, wo vor langer Zeit einmal ein Haus abgebrochen worden war, leere Hinterhöfe, Durchgänge. In einer Lücke glitzerte der Fluß.

Ich ging ein paar Schritte. Mit dir hätte es mir weniger ausgemacht, selbst hier eine Weile herumzugehen – und am Ende doch nichts zu finden: Ich fühle mich überall sicher in deinem Schutze; du gehst einen halben Schritt vor mir, die Hände in den Hosentaschen, ruhig, zielsicher, geradeaus, als wüßtest du den Weg, du biegst plötzlich ab, ich laufe dir nach, ohne Stadtplan und Orientierung, du bleibst stehen, vor einem Schaufenster, vor einem Café, vor einer Bar und zögerst: Wollen wir hineingehen?

So haben wir immer irgend etwas gefunden, in den kleinen nord- oder süditalienischen Städten, in Athen, oder in Zürich: Meist sogar genau das, was wir beide gesucht hatten.

Doch hier – das Wort »Hinterhalt« fiel mir ein, zwischen diesen Mauern, Winkeln und Hinterhöfen; Angst plötzlich, vor dem *letzten* Menschen, diesem betrunkenen, schwarzen Minotaurus, noch größer die Angst, stundenlang so weiterzugehen und nicht einmal mehr einem Auto zu begegnen.

Weit vorne, noch immer, glitzerte rötlich der Fluß – in meinem Rücken ein schlurfendes Geräusch.

Ich ging nicht bis zum Fluß, allein mit dem müden Wind, der hinter mir herstrich.

Auf der Autobahn wieder, in meinem kleinen Traktor, dessen Benzinuhr noch immer auf »full« stand, während ich auf die rotglühende Sonne zufuhr, die sachte im Geflecht der kahlen, zarten Bäumchen am Horizont versank, wurde ich ziemlich euphorisch: zu romantisch eigentlich, dieser Sonnenuntergang – doch so wußte ich wenigstens, daß die Himmelsrichtung stimmte.

Unterwegs nach Westen, ins letzte Licht, während das Land rasch in der Dunkelheit unter den Flugzeugfenstern versank, sehnte ich mich nur noch danach, dir endlich alles erzählen zu können – bruchstückhaft zunächst, im Auto, auf der Fahrt vom Flughafen an deinen Ozean, ausführlicher später an den Stränden, auf der Fahrt in die Wüste. Reden, ohne fremde Zuhörer, in unserer Mundart, vorsichtig, schonend, bedächtig und langsam, aber offen, ohne zu lügen. Diesmal müßtest *du* eine Weile lang *mein* geduldiger Zuhörer sein.
Ich wollte nichts mehr verschweigen müssen, unter unserem blauen Siegel, aus Angst vor Mißverständnissen, über einen ganzen Ozean hinweg.
Ich hatte es nur noch einmal versucht – ein letzter, ausführlicher Brief aus den Frühjahrsferien, der allerdings seinen Anlaß verschwieg, aus Selbstachtung: meine Panik.

Der Anflug auf La Guardia – bei klarem Himmel, aber heftigen, böigen Aufwinden – ist eine weitausholende Spirale über die berühmte Halbinsel hinweg, die in der Sonne liegt, verkleinert, unwirklich, wie ein Modell.
Sobald die Frühjahrsferien anfangen, hatte mich Ruth gewarnt, mußt du weg: Dann gehen die Hunde diagonal über die Straßen des Campus. Sie selber war schon zu müde zum Flüchten: doch ich wollte nicht hinter meinem Mückengitter sitzen bleiben, allein mit den Hunden, und buchte mir einen Flug nach New York. Der Stadtheilige: ein hünenhafter Taxifahrer, in seinem gelben Auto, der perfekt Deutsch sprach – mein Tribut: ein Zwanzigdollarschein, den er gelassen lächelnd einsteckte, ohne mir die zwölf Dollar Wechselgeld zurückzugeben.
Jetzt, dachte ich, kann mir eigentlich nichts mehr zustoßen.
Den Kopf in den Nacken legen, beim Gehen: eine phallisch gebaute Stadt, voll von vibrierenden Erektionen, aufgeilend schon die Architektur. Verlockung, Erwartung, bei ersten zaghaften Rundgängen.
Man kann endlos gehen, durch eine Flut von Menschen, auf der Fifth Avenue, die scheinbar nie endet. Keine Einzelheiten zunächst, eine gesichtslose Masse, in allen Farben und Klei-

dungen, ein Ozean aus Leuten, der einem entgegenbrandet, während man hineintaucht, auf die nächste Welle aus Leuten zu.

Augenblicke der Wahrnehmung bloß, die Masse deckt sofort alles einzelne wieder zu: Ein bärtiger Alter, mager vor Trauer, in einem schlottrigen Regenmantel, küßt im Gehen jedes Bäumchen am Straßenrand, auf die rissige, rauhe Rinde; ein heiterer versoffener Krüppel an zwei Krücken geht an mir vorbei, kommt mir auf dem Rückweg wieder entgegen, ohne Krücken: die Hand über den Augen, den Blick zum Himmel gerichtet, als suche er sie dort...

Alles einzelne bleibt vereinzelt – man kann nicht stehenbleiben, im Rhythmus des Entgegengehens, vorwärtsgestoßen, von »Don't walk« zu »Walk – Walk – Walk«: als würde man von den Verkehrsampeln an den Querstraßen vorwärtsgezogen.

Nur Jimmy aus St. Louis wußte, wie man das macht: stehenzubleiben. Es war tatsächlich Jimmy aus dem Rilke-Seminar, der mir da aus der Masse von Norden her entgegenkam: schmal, mediterran, linkisch, ausgesucht höflich. So ungefähr könnte, vor mehr als einem Jahrzehnt, ich selber ausgesehen haben.

Ein Altphilologe eigentlich, sehr sprachbegabt; Jimmy suchte in allen Buchhandlungen New Yorks eine bestimmte, zweisprachige Ausgabe der Gedichte von Pindar, den auch ich einmal gelesen habe, im griechischen Original, vor über einem Jahrzehnt.

So gingen wir ein Stück auf der Fifth Avenue nebeneinander, bei Gesprächen über Pindar, auf französisch schließlich, denn auf deutsch, sagte Jimmy, fühle er sich manchmal so »untergestürzt«.

Im Englischen stürze ich immer wieder ab, und Italienisch, seine Lieblingssprache, habe ich nie gelernt.

Die Wörter, die Jimmy nicht weiß, aber braucht, um mir seine komplizierten Gedankengänge mitzuteilen – über Pindar oder Pound, die Pisaner Cantos oder die Dritte Elegie wieder – die fehlenden Wörter erfindet er einfach, in allen Fremdsprachen, lächelnd.

Jimmy und »der schuldige Fluß-Gott des Bluts«, der »dunkele

Umgang«, »das wallende Chaos«, »die Schluchten, wo das Furchtbare lag, noch satt von den Vätern – den finsteren Männern im Geäder des Jünglings« – vornübergebeugt ein wenig, den Kopf gesenkt, sucht er, mit den Händen, nach seinen erfundenen Wörtern: »Die Bogen der Braun zur Erwartung gespannt.«
»Untergestürzt«, plötzlich, in der Menge – weg, mitten im Satz, ich sah ihn nicht mehr, bis ich mich umschaute: Da kauerte er, in die Knie gegangen, auf seinen Fersen, und ruhte sich aus, ermattet vom Gehen, mit seinem verwunderten Lächeln, als amüsiere ihn dieses Gewirr aus Beinen.
Nachtschwarzes Haar, glatt, glänzend wie Kohle im Licht, drahtig wie Roßhaar wohl, zum Anfassen.
Ich kann nicht, wie er, vor dieser wogenden Masse einfach in die Knie gehen. Bloß lächeln, das mußte auch ich.
So zeigte er mir die Buchhandlungen von New York, bis er heimkehren mußte, ins Hotel, zu seinem stolzen, eifersüchtigen Vater, und in der Menge verschwand.
Mir blieb es, weiterzugehen – durch die rötlichen Schwaden, die nachts aus dem Untergrund der Stadt aufsteigen, als ginge ich durch eine Feuersbrunst – auf der Suche nach einer Nische, mit der Sehnsucht nach Stille und dem Wunsch, irgendwo einzutauchen. Orientierungsverlust zwischen Eastside und Westside, uptown und downtown. Ich flüchtete immer wieder, in das europäisch verwinkelte Village, mit seinen wiedererkennbaren Straßenecken: auf die Christopher Street – the gay street, weltberühmt.
Stop cruising – aufgesprayt an der Hauswand: doch gemeint ist wohl der Film.
Dichtgedrängt stehen sie in den Bars, uniformiert: schwarze Lederjacken, Jeans, Schnurrbärte – lauter Gleiche, die durch die Glasscheibe des Fensters hinausäugen; Identifikation als Identität; ich war fast froh um meinen eigenen Schnurrbart, während ich durch die Glasscheibe hineinäugte. Doch ich paßte nicht hinter dieses Schaufenster, in meinem alten, schlottrigen Regenmantel, mit meinem schwarzen Regenschirm, made in Hongkong: gekauft während eines Wolkenbruchs, in einem Geschäft für Transistorradios – auch made in Hongkong.

Wollen wir hineingehen? Ich hätte dich gebraucht, um stehenbleiben zu können, meinen zielsicheren und am Ende zögernden Leibwächter: Dann hätte ich dir Mut machen dürfen, und du hättest mich abgeschirmt.
Warum nicht?
Ich suchte, in der Nacht, die Rettung des Tages – einen irischen Pub, den ich am Nachmittag im Vorbeigehen entdeckt hatte, an einer anderen verwinkelten Straße gelegen: eine Insel der Stille am Nachmittag, bei einem Kaffee an der langen Holztheke, und ein Versprechen auf Leben, am Abend.
Ein Hard-Rock-Lokal, brutal amerikanisch – irisch daran war bloß der Chef. Ich saß auf dem letzten Barstühlchen, das noch frei gewesen war, hielt mich fest am schmierigen Holzgeländer der Theke, stand um keinen Preis mehr auf. Ich wollte wenigstens meine Beine ausruhen, zuschauen, Nähe spüren.
Der junge Mann neben mir hielt ein Stoffbündel im Arm, zärtlich und unbeweglich, während er gelegentlich die Lippen bewegte, als rede er mit ihm.
Ich sah das Gesicht plötzlich: ein winziger, rosaroter Mensch, dieses Stoffbündel, sechs Wochen alt, auf seinem ersten Ausgang, schlief es zufrieden an der Brust seines stolzen Vaters, mitten im Lärm, im Alkoholgestank, im Rauch – als wären sie die einzigen hier, der junge Vater mit seinem Baby an der Brust.
Allmählich verlöschte alles ringsum, vorbeischwebende Schatten im Lärm der aggressiven Musik von der kleinen Bühne im Hintergrund, die ich zwischen den dunklen Köpfen nicht sah. Meine Bühne lag unmittelbar vor mir, im staubigen Licht hinter der Theke.
Der Chef – graubärtig, Mitte vierzig, fett, aber beweglich wie eine Raubkatze im Sprung, mit einem strahlenden Bubengesicht, als freue er sich über jeden Drink, den er ausschenken durfte. Je größer das Gedränge, um so mehr kam er in Fahrt – als trüge er Rollschuhe. Doch er war nicht allein; es war eine Art Ballett, zu zweit, in der ganzen Länge der Theke, vor dem Schwerpunkt der archaischen Registrierkasse, aus der die Bündel der schmierigen Dollarnoten herauslappten: Kartonweise schleppte sein Junge neue Gläser herbei, warf seinem Chef be-

hutsam ein Glas zu, und der fing es mit einer Hand auf, ein volles Glas in der anderen; wenn sie aneinander vorbeidüsten, im engen Zwischenraum zwischen der Wand und der Theke, berührte er seinen Jungen am Rücken, zärtlich, als wollte er immer spüren, daß er nicht allein sei; sie streckten rasch die Köpfe zusammen über der Registrierkasse, bevor sie wieder auseinanderdüsten, jeder in seine Ecke.

Natürlich hatte der Chef, mit seinem sprungbereiten Blick, längst gesehen, daß ich sie beide anstarrte – und spendierte mir einen Whiskey: einen zuviel, nach mehreren Southern Comfort.

Er warf mich innerhalb von Sekunden vom Stuhl.

Einige Straßenecken weiter, im »White Horse«, auch einer irischen Bar, sei, hatte ich gehört, Dylan Thomas tot zusammengebrochen, kein Wunder.

Ich betrank mich doch nur aus Angst heimzukehren, in der Nacht, uptown, und flüchtete schließlich, vor dieser folie à deux hinter der Theke, ins nächste gelbe Taxi. Ich hatte die Veränderung gleich gespürt, als ich mein Hotelzimmer im zweiundzwanzigsten Stockwerk an der 51. Straße betrat – kleine Verschiebungen der Gegenstände, eine abgestandene Hast in dem engen Raum, wie kalter Zigarettenrauch. Kein Geruch, kein verdächtiges Geräusch – nur das leise Klirren der Fensterscheibe, vom Wind, der sich zwischen den Türmen verfing. Hatte ich diese Unordnung hinterlassen?

In den Schubladen des Toilettentischs war alles verrutscht: die Notizbücher, das Schulheft, der Briefblock. Die Brieftasche, die ich zuunterst versteckt hatte, aus Gewohnheit, lag zuoberst. Natürlich war die Brieftasche leer. Was ich brauchte, trug ich bei mir, nichts fehlte. Ich öffnete den Kleiderschrank: die Schlösser des Koffers waren aufgesprungen, sämtliche vier Reißverschlüsse meiner Umhängetasche standen offen. Als hätte jemand mit geilen Fingern gierig in meinem Innersten gewühlt, alles ausgeräumt, nichts gefunden und nicht mehr genug Zeit gehabt, wieder Ordnung zu machen, damit niemand es merke.

Ich kämpfte die zunehmende Übelkeit nieder und schloß alles wieder zu; ich hatte mir schon angewöhnt, automatisch die kleine Kette aus Messing an der gewölbten Tür aus weißbemaltem Panzerstahl einzuhängen. Die Sicherheitsempfehlungen, in Goldschrift auf einem feuerroten Aufkleber, waren deutlich genug: »to ensure privacy«. Ich durfte die Kette nicht entfernen, wenn jemand klopfte oder versuchen sollte, mit einem Zweitschlüssel einzudringen; ich brauchte nur die Null an meinem Telefonapparat auf dem Nachttischchen zu wählen: an emergency.

Je mehr Sicherheitsvorkehrungen, um so größer ist meine Angst.

Einen Spalt weit ließ sich die Tür trotz vorgespannter Kette öffnen, in den Lamellen des Gitters, das wohl der Luftzufuhr oder der Verständigung diente, flimmerte das Licht des Hotelgangs: eine Gefängnistür, seltsam vertraut. Wenigstens ließ sie sich auch von innen öffnen.

Ich war im Gang, während ich auf den Lift wartete oder aus dem Lift trat, nie irgendwem begegnet; nur Stimmen hatte ich gehört, gedämpft hinter den anderen Türen, vom Fernseher oder von einem Radio wohl.

Natürlich hatte ich alles, was man mir hätte stehlen können, gleich bei meiner Ankunft, wie es der feuerrote Aufkleber empfahl, dem Cashier des Hotels zur Aufbewahrung im Safe übergeben.

Ich sah im Badezimmer nach, schob den Duschvorhang beiseite. Unter dem Bett lag der Staub meiner Vorgänger – kein Einbrecher.

Auch hier war das Zimmer überheizt; so hatte ich die Klimaanlage abgestellt und das Fenster einen Spalt weit hochgeschoben.

Der rastlose Wind bauschte die verblaßten grünen Vorhänge. Ich streckte mich nackt auf der knisternden gelben Steppdecke meines Bettes aus; man konnte sich in diesem Zimmer nirgends anders aufhalten, das Bett – mindestens King size – füllte den Raum aus, den Zugang zum Schreibtisch und zum Fenster versperrte der Fernseher auf einem wackligen Dreibein.

Die Mattscheibe spiegelte das Bett und die Bewegung der Vorhänge: wie ein Monitor, genau auf mich gerichtet; es war meine eigene Bewegung, die mich erschreckt hatte. Ich schaltete den Fernseher ein.

Die Analyse des Psychologieprofessors aus Los Angeles, sehr entspannt in seinem ledernen Sessel, lenkte mich eine Weile ab: So vieles wäre zum Schreien in dieser Gesellschaft, darum seien hierzulande die Achterbahnen und die Horrorfilme so beliebt; man könne ja nicht einfach am Arbeitsplatz oder auf der Straße losschreien: eine einleuchtende Argumentation. Doch als sie anfingen, zur Illustration Filmausschnitte zu zeigen, wurde ich unruhig: Ein verlassenes Haus über einer Felsklippe, Nacht, Nebel, eine junge Frau allein im düsteren Licht eines weitläufigen Wohnraumes, Geräusche, sie horcht auf...

Ich schaltete rasch um; schutzlos nackt lag ich vor dem harten Gesicht des Herrn Brzezinski, Sicherheitsberater, der, mit metallener Schärfe, geschliffene Antworten gab auf devote Fragen eines geschwätzigen Interviewers. Ich schaltete den Fernseher aus. Wegdrehen ließ er sich nicht, dazu war er zu groß und die Zimmerecke zu eng; ich zog wenigstens die Unterhose wieder an.

Von meinem Fenster aus, halb versteckt hinter dem Vorhang, sah ich nichts als Gebäudeteile – keinen Himmel, keine Straßenschluchten, bloß Türme ohne Anfang und Ende, andere Flügel desselben Hotels, mit dunklen Fenstern, hinter denen sich, schattenhaft, die Umrisse von Inneneinrichtungen abzeichneten. Nur ein Fenster war immer beleuchtet, ein Stockwerk schräg unter mir; die Vorhänge waren zurückgezogen. Die Frau thronte seit Tagen im Bett, zwischen Kissen und Duvets, während sie, bei brennender Nachttischlampe, in bunten Zeitschriften blätterte.

Glückliche Tage, dachte ich – Beckett – Winnie natürlich; aber war Winnie ein Spitzel?

Wann das Licht in meinem Fenster an- und wann es ausging, konnte sie sehen.

Ich zog meinen Vorhang wieder zu; holte mein Schulheft; legte mich aufs Bett zurück, nackt, mit dem Rücken zum Fenster und zum Monitor.

Ich konnte schon immer schlecht im Liegen schreiben, kaum entzifferbar.

Im Dunkel des Korridors glitzerte die Messingkette an der gepanzerten Tür, als hätte sie sich eben bewegt.
Ich legte mein Schulheft weg; drehte mich auf den Bauch; vergrub das Gesicht zwischen den beiden Kopfkissen. Aber man kann doch nicht, wie ein halbwüchsiges Kind, ständig mit sich selber spielen, zur Erlösung von der Angst.
Der Vorhang rauscht leise, wenn er über das Fensterbrett streicht und sich bauscht, als wolle der Wind zu mir – ein Fassadenkletterer; rastlos, ruhelos, gefangen zwischen den Türmen der Wolkenkratzer, schleicht er um die Hauswände. Weit unten, in den Schluchten, heulen die Sirenen der Notfallfahrzeuge, dazwischen das heisere Röhren des Feueralarms: der bekannte, archaische Ton.
Natürlich hatte ich mir Vorlagen gekauft, an einem Straßenkiosk an der Christopher Street, um nicht alles erfinden zu müssen: zur Schau gestelltes Fleisch, farbig und ganzseitig, schlecht gedruckt auf billigem Papier, schamlos unschuldig; ich kannte die erstarrten Posen längst auswendig, ich schloß die Unordnung meiner Nachttischschublade wieder zu.
Lautlos huschte ein Schatten über das Gitter in der Zellentür.
Das ganze Haus vibrierte, unregelmäßig plötzlich, wie bei einem kleinen Erdstoß.
Die Angst kehrte zurück, klebrig und naßkalt.
Ich zog mich wieder an; räumte mein Schulheft weg; nahm Briefpapier, einen Filzschreiber und verließ meine Zelle.
Ich mußte einen Platz finden, wo ich aufrecht sitzen konnte, etwas Starkes zu trinken bekam, an einem kleinen Tischchen, allein, mit dem Rücken zur Wand, in der letzten freien Ecke: geborgen zwischen lauter betrunkenen Geschäftsleuten, die entweder ihren Sieg über diese Stadt feierten oder ihre Niederlage herunterzuspülen versuchten, uniform in ihren dunklen Anzügen; spätbürgerliches Managerelend, Teil jener *anderen* Welt, in der du dich bewegst, und die mich jetzt schön abschirmte.
Die freundliche junge Chinesin, die mir meinen Southern Comfort brachte, fand es lustig, daß einer ausgerechnet in der Hotelbar, um diese Zeit noch nüchtern, konzentriert vor sich hinschreibt, bis lange nach Mitternacht.

Sie sorgte aufmerksam, ohne daß ich sie hätte rufen müssen, für Nachschub.
Es war mein letzter, mein ausführlichster Brief.
Meine Panik, die nackte Panik, sobald ich wieder allein bin, verschwieg er.

Ich bin allein nie ins Innere der Städte vorgedrungen. Es kam mir so vor, als hätte ich immer bloß in diesen sonntäglich stillen Flughäfen herumgesessen, am Stadtrand – in Chicago etwa, das ich nicht kenne –, auf den Weiterflug wartend, ein Transitpassagier zwischen anderen, hinter schalldichtem Glas: vor dem lautlos die City-Jets starteten, knapp hintereinander, eines in die Rauchfahne des anderen hinein.
Städte wie Postkartenansichten, unwirklich und unzugänglich, Schluchten und Türme, modellhaft verkleinert, wenn auch unser Flugzeug sich hochschraubt, im Steigflug: bis sich die Wolkendecke über der Stadt wieder schließt.
Irgendein Ballungszentrum in der Leere – eine Stadt, die sich mir wieder verweigern würde, wie ein schöner narzißtischer Junge, der von allen umworben wird und der, wenn ich komme, eben anfängt, den Wert der Enthaltsamkeit zu erkennen.
Verlockung und Frustration: Unterwelten – für Tantalos.
Ein Irrtum: Städte sind weiblich, sagst du, mütterlich – und Los Angeles sei das Urweib, die Urmutter unter den Städten, mit Fangarmen aus Irrlichtern.

Es war, als hätte die Bewegung, die mich vorwärtstrug auf dem langen Förderband des Trottoir roulant, auf einmal ausgesetzt. Ich hatte dich natürlich gleich gesehen, von weitem: am Ende des grellen Schachtes, im Halbdunkel der Ankunftshalle, zwischen den übrigen Wartenden, die jemanden abzuholen hatten – als hätte dich jemand hingestellt und dazu verurteilt, bis auf weiteres da stehenzubleiben: vorgeschoben, ohne zu winken.
Du warst nicht allein. Der Junge, halb noch in deinem Schatten, mit strähnigen blonden Haaren bis auf die Schultern, eine lächerliche himmelblaue Ballonmütze auf dem Kopf, eine auffällige Zahnlücke im halboffenen Mund, wartete, in deinem Schutz, auch auf mich.

Das Förderband am Boden trug mich weiter, unaufhaltsam, auf dein schiefes Lächeln zu.
Du brauchtest mir nichts vorzumachen – ich konnte mir, auf den ersten Blick, fast alles denken: Stevy, my friend from Santa Monica, so, als hättest du überall einen Freund und als wäre das selbstverständlich. Wir gaben einander höflich die Hand, ich konnte meinen Schrecken vorerst hinter Geschäftigkeit verbergen: Ich mußte mich um meinen Koffer kümmern. Ich griff mir den erstbesten Gepäckkarren, versuchte, mich an den Symbolen auf den Wegweisern selber zu orientieren, ging zielsicher voraus, als kennte ich mich hier besser aus als ihr, als wärt ihr beide gar nicht da.
Es blieb euch nichts anderes übrig, als mir einfach nachzulaufen.
Ich gab nichts aus der Hand, weder Regenmantel noch Umhängetasche; ich hatte mich schließlich lange genug auf diesen Flughäfen selber zurechtfinden müssen, ich brauchte keine Hilfe.
Die metallen glänzende Scheibe drehte sich noch leer. Dein neuer Freund hatte sich neben mich in die Reihe gestellt, als kennte er meinen Koffer; mit offenem Mund starrte er angestrengt und hilfsbereit auf das Förderband.
Wir hatten noch nichts anderes gesprochen, als einander begrüßt. Du hattest mich auf nichts vorbereitet, am Telephon; ich konnte nicht einmal fragen, wie du dir das eigentlich dachtest, in unserer Muttersprache, die er nicht verstand; und gleich wieder abreisen konnte ich, in dieser Nacht, auch nicht mehr. Überhaupt sahst du nicht danach aus, als wärest du noch fähig gewesen, irgendeine Frage zu beantworten: Hinter uns stehend, die Hand am Griff des Gepäckkarrens, wie ein Kind, das man geheißen hat, sich daran festzuhalten, damit es nicht davonläuft, abwesend, die Augen verhangen von den schweren Lidern, ausgelöscht, als hättest du – nicht ich – soeben eine weite Reise hinter dir, von einem Ende des Kontinents zum anderen. Dein sogenannter Freund war in einem nicht viel besseren Zustande – verwahrlost, verwirrt: trotz der angestrengten Aufmerksamkeit. Welche Art Reise hattet ihr tatsächlich hinter euch?

Das Förderband spuckte die ersten Koffer aus dem dunklen Schacht. Polternd kippte ein Gepäckstück nach dem anderen auf die Metallglieder der Drehscheibe, während schon von links und rechts Arme danach griffen – brutal, rücksichtslos und mit Schwung.
Dieses rücksichtslose Besitzergreifen ist ansteckend. Ich wollte rasch weg von hier, mit meinem Gepäck.
Regenmantel, nachlässig, ein bürgerliches Kleidungsstück, das du verachtest; dein komischer Freund hatte meine Reisetasche geschultert und lief zielsicher voraus, ein kleiner Strandläufer, der immer schneller davonstelzte.
Du, in dieser Reisetasche ist mein gesamtes Vermögen. Es tönte wohl verärgert, auf Schweizerdeutsch; doch du hast es gar nicht mehr gehört.
Warst du hypnotisiert, ein Gefangener oder eine Geisel, im Schlepptau dieses Gassenjungen? Verladen, das gewiß: aber gutartig oder bösartig?
Angel Dust, fiel mir ein: Engelstaub, ein Beruhigungsmittel für Schlachtvieh ...
Du fielst mir ziemlich auf die Nerven. Im Neonlicht eines gespensterhaften Parkhauses standest du wie ein Klotz vor dem Kofferraum deines verbeulten blauen Honda und sahst zu, wie Stevy und ich uns mit meinem schweren Koffer abmühten, mit der vollgepackten Reisetasche, die keinen Platz mehr fand. Aufgeschlossen hattest du den Kofferraum zwar noch, jetzt warst du bloß im Weg, mein Regenmantel in deiner Hand schleifte im ausgelaufenen Motoröl am Boden. Du gingst zur Wagentür, mein Regenmantel fiel dir ein, du warfst ihn in den Kofferraum; dann sagtest du plötzlich etwas: halblaut, bestimmt, wie ein Befehl, auf englisch. For sure. Stevys Antwort, eine Quittierung eher, habe ich wenigstens verstanden.
Sofort verkroch er sich, durch die enge Tür, hinter die Rükkenlehne auf den Notsitz, flink wie ein Tier.
Umständlich zwängtest du dich hinter das Steuerrad, während ich versuchte, mich mit den Sicherheitsgurten einzurichten – zögernd, in einer letzten Reserve, auf meinem gewohnten Stammplatz: das vertraute Gefühl. Automatisch drehte auch

ich mich um, als du anfingst, rückwärts zu fahren – und erschrak: dieses fremde, spitze Gesicht in meinem Rücken, ganz nah und fahl im dunklen Wagenfond, die bleichen Wangen mit kleinen Narben übersät, die Zahnlücke im halboffenen Mund, nur die Augen leuchteten – blaugrün schon wieder.
Um fast zehn Jahre jünger war er, Anfang zwanzig: Ich war nicht älter gewesen, damals...
Der erste Schrecken wich dem anderen Gefühl, das bisher noch nie ernst gewesen war: eine Andeutung bloß, die ich jedesmal lächelnd beiseite geschoben hatte, wenn du mir erzähltest, was auch ich dir erzählte.
Es machte mich ohnmächtig, so blieb mir nichts anderes übrig, als besonders höflich zu sein.
Ich lehnte mich halb schräg dir zugewandt, gegen die Wagentür, verkrampft, unbequem, abwartend, bereit, sofort zu reagieren, mit einer kleinen Kopfbewegung, wenn er sich einmischen sollte, weil ich nicht englisch reden kann, ohne von den Lippen abzulesen. Die Taubstummensprache – ein wichtiges Thema in diesem Land. In New York hatte ich ein Theaterstück gesehen, gespielt von taubstummen Darstellern, und geweint dabei, im richtigen Augenblick, dann nämlich, wenn die Zeichensprache nicht mehr genügt: und es gibt nichts anderes, nur noch wortlose, kehlige Laute.
Die Kinder eines geringeren Gottes, hieß das Stück.
Stumm über das Steuerrad gebeugt, hattest du schließlich das Autoradio eingeschaltet: Dust In The Wind, Funky Town.
Nach einer Weile gab auch ich es auf, wandte mich ab, richtete mich ein, schaute zum Fenster hinaus: die Stelen von Downtown, alles Banken, Glas und Stahl, leuchtend hell auf einem Haufen, und Lichter, nichts als Lichter auf den verschlungenen, fluoreszierenden Pisten – ich wartete nur noch darauf, endlich abzuheben, in den dunstigen Himmel.
Es war nicht an mir anzufangen. Du warst nicht wahnsinnig, du hattest mich bloß ersetzt, aus Langeweile wohl, auf Zeit, statt demütig zu warten; in dieser Nacht ließ sich noch nichts entscheiden.
Ich spürte den Druck seiner Knie in meinen Nieren.
Are you o. k.? Ich hatte mich umgedreht und zugleich mit der

Hand nach dem Hebel unter meinem Sitz gesucht, aber den Hebel natürlich, wie üblich, nicht gefunden.
For sure. Er schien nichts anderes antworten zu können, freundlich, beflissen, als wolle er keinesfalls stören.
Ich hatte den Hebel schließlich doch gefunden – trotzig, mit einem kräftigen Ruck.
Du hast nichts mehr gemerkt, kein einziges Rotlicht übersehen, mit halbgeschlossenen Augen über die grünleuchtenden Linien die Spur gewechselt, als hättest du nie etwas anderes getan, und uns schlafwandlerisch sicher, ziemlich rasch, wie mir schien, an deinen Ozean gefahren: ohne auch nur ein Wort zu sagen.
So... In der widerlich grellen Tiefgarage bist du ein bißchen aufgewacht, aufatmend, erleichtert, daheim.
Unser Auto war das schäbigste von allen; kompakte, neue Limousinen im übrigen, unauffällig, keine Straßenkreuzer, aber Spitzenmarken, also waren die Besitzer reich und weiß.
Das Hotel lag still da, als wäre es verlassen – verziert wie ein Schiff, gebaut wie eine Wagenburg; dunkel strecken die hochaufgeschossenen Palmen ihre Kronen von der Straße her in den Patio herein; von weither kann man den Ozean hören.
Ein Schiff ohne Bug und Heck, gestrandet in einer Oase; chemisch blau das Wasser des Swimmingpools, giftig das Grün des künstlichen Rasens.
Ich kam mir ziemlich illegal vor, als vorerst noch unangemeldeter, außerdem überflüssiger Gast eines Gastes, während wir, auf der obersten Galerie, im Dunkeln den Wänden entlang schlichen, an den Fenstern vorbei, hinter deren zugezogenen Gardinen die Besitzer der unauffälligen, kompakten Limousinen längst schliefen; Angst, der Nachtportier in seinem hellen Wachhaus, mit dem großen Fenster auf den Patio hinaus, könnte beim geringsten Geräusch plötzlich aufblicken und die Gestalten an der Reling entdecken: Räuber, Einbrecher; man konnte ihn gut sehen, über die Theke der Réception gebeugt, Zeitung lesend. Doch du hast deine Gäste unentdeckt heimgeführt. Rasch hast du die Tür hinter uns vorschriftsmäßig doppelt verriegelt; reflexartig schaltete Stevy als erstes den Fernseher ein und hockte sich vor den Schirm, aufs Sofa.

Ich stellte meinen Koffer, die Tasche in die Garderobe und beschloß, noch nichts auszupacken. Du hattest in der Küche eine Schachtel Crackers geholt, die Gallonenflasche Whiskey, zwei Gläser, und saßest schon neben Stevy auf dem Sofa, vor der Mattscheibe.

Ich stand eine Weile im Zimmer und wußte nicht, was tun.

Tu veux?

Stevy trank offenbar keine starken Sachen; den Blick auf den Bildschirm geheftet, hatte er angefangen, sich mit geübten Händen ein Pfeifchen zu stopfen.

Ich hockte mich auf den Boden, bequem in die Ecke neben dem Sofa gelehnt, dem großen Kasten schräg gegenüber, und ließ mir das Glas geben.

Cheers – Floskeln in allen Sprachen, als wäre nichts und als gäbe es mich gar nicht oder als sei ich schon lange da, nie fort gewesen: noch kein vernünftiges Wort, in der vertrauten Mundart.

Keine Geste, keine Berührung, ein Zeichen – ein funktoter Raum.

In welchen Film war ich da hineingeraten, versehentlich, im falschen Moment?

Der Lärm tat mir körperlich weh – ein Knattern, als würde geschossen, ein lauter, trockener Knall, wenn ein Baum explodierte: Feuer, nichts als Feuer, der ganze Wald brannte, und zwischen den Bäumen, die lodernd stürzten, war ein kleiner weißer Jeep unterwegs, der immer wieder knapp entkam...

John Wayne, die sonore Stimme des unsichtbaren Erzählers, dessen Geschichte ich nicht mehr verstand, war schmerzhaft laut.

In deinem Morgenmantel aus dunkelviolettem Frottee, die Brust entblößt, thronest du in der Mitte des Sofas über uns, vor der goldgelben, bauchigen Flasche und der roten Schachtel, die Hand im Schoß, das Glas in der Faust. Auch Stevy hockte jetzt am Boden, im Lotossitz, die Ellbogen auf den Schenkeln, den Kopf in die Hände gestützt: reglos ins Feuer starrend.

Manchmal strichst du dir über den Bart; Stevy hüstelte, kurz und trocken.

Das Pfeifchen hatte die Runde gemacht; es fühlte sich an wie ein kleines Pelztier – in graues Fell verpackt, damit man sich die Finger nicht verbrennt. Ein Wüstenkaninchen oder eine Wüstenmaus, mit langen seidigen Haaren, weich und warm in der Hand. Der Rauch kratzte heiß in der Kehle, die Luftröhre hinab, in die Lungen, und breitete sich sachte aus, als sanftes Schwindelgefühl im Körper, einen Augenblick lang.
Nun hatte ich schon vom gleichen Stoff geraucht wie ihr, nur um die Spannung zu lösen; es war kein Engelstaub – bloß gewöhnliches Gras, und das wirkt bei mir nie lange genug.

So war noch immer nichts ausgepackt, nur das Nötigste für eine Nacht, als ich mich frühmorgens aus dem Bett schlich – auch Stevy schlief noch fest, in die Schneeberge aus Bettzeug gekuschelt, auf dem Sofa im Wohnzimmer: zutraulich, in seinem provisorischen Körbchen, im Vorraum, als hätte er immer hier geschlafen; nichts als ein Haarbüschel im Morgenlicht, hinter den zugezogenen Vorhängen.
Hell stand das Sonnenlicht im kleinen Küchenfenster über dem Abwaschtrog. Eine Tasse Instant-Coffee, ein Glas Orangensaft; ich fand mich rasch zurecht in deiner Ordnung, zwischen der Whiskeyflasche, den Crackerschachteln, die du offenbar auf Vorrat gekauft hattest – Brot gab es keines, nur Crackers und Whiskey und Pulverkaffee. Besser als nichts. Ich versuchte zu mir zu kommen – wie in der kleinen Küche meines Dormitory, an dem identischen Tischchen, das vergitterte schmale Fenster im Rücken.
Im ersten Augenblick des Erwachens geht es mir immer ziemlich gut; die Erinnerung ist ausgelöscht, wenn ich die Augen aufschlage – nichts als eine angenehme Friedlichkeit nach dem erlösenden Schlaf; ich konnte mich, in diesen drei Monaten, an keinen einzigen Traum erinnern – nur an ein unverständliches Gerede, mit den warmen, rauhen Stimmen, in der fremden Sprache, die mich noch in meinen Schlaf hinein verfolgte, wie ein pausenloser Angriff auf meine Intimität: privacy, würden sie hier sagen. Im Augenblick des Erwachens war endlich eine Weile lang Ruhe gewesen.
Der Augenblick des Einschlafens fehlt mir immer.

Ich muß mich dann doch noch gewehrt haben...

Stevy war, während wir uns schon auskleideten, eine Weile unter der Tür des Schlafzimmers stehengeblieben – nicht unschlüssig, amüsiert eher: two friends in the same bed – als freue er sich über seine Entdeckung, erleichtert fast: das breite Bett hatte jetzt seine Bestimmung gefunden.

Der erste beinahe vollständige Satz, den er aussprach – überraschend förmlich.

Dabei schien das Arrangement abgesprochen.

Es war größer als ein King size, ideal zum Vergessen.

Zart leuchteten, auf dem niedrigen Schubladenschrank gegenüber, die schlanken, dürren Strandpflänzchen in der Vase, verdoppelt vom großen Spiegel, lange Schatten werfend im Schein deiner Nachttischlampe.

Ich konnte nie einfach freundlich nein sagen; ich konnte mich auch nicht mehr stumm abwenden, aus der schläfrigen Versöhnlichkeit deiner schweren Arme – ich hatte einen Augenblick zu lange gezögert, diesen Strandpflänzchen gegenüber, vor dem Spiegel: auf ein Gespräch wartend.

Ich wollte jetzt nicht die Augen zumachen und mich sanft betäuben lassen.

So flüchtete ich, wortlos.

Nackt im grellen Neonlicht deines Badezimmers, während ich in meiner Reisetasche das Valium suchte, entdeckte ich, daß das Fläschchen mit meinem amerikanischen Mundwasser ausgelaufen war: Cherry-Chlor, klebrig und süß, hellrot wie arterielles Blut, Flecken in meiner Tasche. Das letzte, was ich noch sah.

Das Arrangement auf dem Schubladenschrank, dein Stilleben, habe ich wohl erst am Morgen wahrgenommen – den Obélix auf dem Deckchen, das dir dein Sohn vor Jahren bestickt hat, das Photo auf der anderen Seite der Vase: schwarzweiß, auf A 4 vergrößert, ohne Rahmen, in einer Schutzhülle aus Plastik, auf Karton aufgezogen, schräg hingelegt, wie zufällig, so daß man hinsieht, wenn man vorbeigeht: unsichtbar, wenn man im Bett liegt.

Ein gutes Porträt, ein Schnappschuß – am Boden kniend, zwischen verschwommenem Gebüsch im Garten, beschäftigt mit

einer unbestimmten Erdarbeit, blickt sie sich selber schräg über die Schulter, überrascht: als hättest du sie ertappt...
Warum stört es mich? Das ist doch natürlich...
Ich hatte dich nicht kommen hören; zögernd standest du in der Küchentür, den Kopf gesenkt, still lächelnd, um mich nicht zu erschrecken, in deinem majestätischen Boxermantel.
Ich ließ mich nicht stören bei meinem Morgenkaffee.
Mir gegenüber, zu nah, die Arme auf den kleinen Tisch gelegt, dunkel vor dem hellen Fenster im Hintergrund, hast du mir eine Weile lang einfach zugeschaut, mit wachen Augen, abwartend, stumm.
Du wolltest mir Zeit lassen, nichts herausfordern, auf Vorwürfe gefaßt: geduckt, bereit zur Replik.
Manchmal, in der nüchternen Traurigkeit des frühen Morgens, wenn du wacher bist als ich, vernünftig wieder, fleht dein Blick.
Bei der ersten Zigarette und einer letzten Tasse Kaffee stellte ich dir schließlich bloß ein paar Fragen.
Zugelaufen, sagtest du: unvorhergesehen, in einer schlaflosen Nacht; hängengeblieben, nicht übers Herz gebracht – Angst vor Mißverständnissen, am Telephon, auf dem Umweg über drei Operators; aber du konntest ihn jederzeit wegschicken, wenn ich wollte – er durfte nicht erwarten, länger hier zu bleiben. Er erwartet überhaupt nichts, froh um ein Bett und eine Dusche für eine Weile, dann zieht er weiter: ein Roadrunner. Ziemlich heruntergekommen am Anfang. Du hast ihn ein bißchen einkleiden müssen. Aber die Mütze hat er sich selber ausgesucht; natürlich sieht sie komisch aus, er findet offenbar, sie passe zu ihm. Arbeitslos, ohne Chance – er hat nicht einmal eine Identitätskarte; in deiner Gegenwart bekommt er wenigstens ein Bier in den Saloons...
Wie konnte ich da eifersüchtig sein?
Früher hat er gelegentlich die Fernfahrer begleitet, in den großen Trucks, einer, der, für eine Unterkunft und regelmäßiges Essen, einiges in Kauf nimmt –
Da mochte ich schon nicht mehr weiterfragen.
Du hattest ihm San Francisco gezeigt, Las Vegas – rührend sein Staunen bei Nacht auf dem berühmten Strip; auch in Disney-

land wart ihr gewesen: the happiest place on earth... Ein fremder Patriarch, der einem jungen Amerikaner die Mythen seiner Nation zeigt.
Im übrigen sitzt er friedlich vor dem Fernseher; er würde uns nicht stören...
Ich kam mir ziemlich dumm vor, mit meinem voreiligen Schrecken; ihr wart eben gestern abend beide ein bißchen stoned gewesen, und ich hatte, wieder einmal, alles zu ernst genommen, und da ich die Spielregeln noch immer nicht durchschaut habe, paranoid reagiert. Don't overreact – du hattest, in den drei Wochen mit Stevy, schon besser als ich in drei Monaten auf diesem Kontinent begriffen, was das heißt: have fun, just relax...
Habt ihr, wollte ich zur Sicherheit doch noch wissen, in Las Vegas auch gespielt?
Zwischen Revolvermännern, die lässig gegen die Säulen gelehnt, herumstehen, da spielst du nicht mehr – höchstens noch um einen Silberdollar, an einem harmlosen Glücksrad; statt dessen warst du versehentlich beim Herumschlendern in den Mittelgang hinter die Spieltische geraten, zu den Croupiers, da hattest du rasch zwei kleine, kompakte Schwerbewaffnete zu beiden Seiten, die dich sanft auf den rechten Weg zurückführten, bevor du überhaupt begriffen hattest, was geschehen war.
Ihr kamt euch ziemlich fremd vor – deine Geschäfte waren erledigt, und du hattest keine Lust, dich wieder zu verkleiden, auf einem Vergnügungstrip...
Ich sah euch, als Paar, zwischen den dunklen Geschäftsanzügen in den Säulenhallen oder in den Straßen von San Francisco: du, in deiner abgewetzten Lederjacke, den verbeulten Jeans, ein verlauster Bär, und Stevy, mit seiner komischen Mütze...
Erinnert er dich nicht auch ein bißchen an einen Fuchs? Ich mußte lachen: das war mir nicht eingefallen; ich hatte noch keinen passenden Vergleich gefunden.
Unser Wüstenfüchslein –
Ich wußte ja: solange du nicht anfängst, auch noch zum Spaß um Geld zu spielen, ist die Lage nicht ernst.
Könntest du ihm nicht ein Paar Socken schenken?
Ich sah es – nachdem du ihn, an seinem Bett kniend, sachte

geweckt hattest, gegen elf, während er langsam, hustend, sich schüttelnd, ganz wach wurde und sich anzog: Sie waren total zerfetzt, seine Strümpfe. Natürlich schämte er sich und mochte nichts sagen, du hattest es zu spät gesehen.
Es war eine beiläufige, einfache Geste, ich hatte Vorrat genug, doch er bedankte sich, in seiner überraschenden Förmlichkeit, als wäre es ein großes Geschenk.
Da hatte ich meinen Koffer schon ausgepackt und mich fürs erste eingerichtet, in deinem Schubladenschrank.

Euer Tag hatte sich eingespielt, an mir war es, mich anzupassen. Du hattest, wie überall, ein sympathisches Frühstückslokal entdeckt, ganz in der Nähe, die junge Kellnerin begrüßte euch wie alte Bekannte. Small talk – ihre morgendlichen Kopfschmerzen, der Nebel, a foggy day – ein rascher Wortwechsel, pausenlos in kleinen Münzen, für den ich immer zu langsam bin. Sie wußte schon, daß du deine Spiegeleier overeasy wolltest, damit sie nicht auslaufen, und auch Stevy brauchte sie nicht erst zu fragen: Ham and eggs. Ihr hattet euren Stammplatz, die mittlere der drei kleinen Nischen – du fülltest, allein, das rote zerschlissene Kunstledersofa aus, der Glastür des Eingangs gegenüber, mit Aussicht auf die helle, belebte Straße; du gabst Stevy als erstes ein paar Münzen, wortlos, die Wahl hast du ihm überlassen, während wir warteten. Funky Town. Dust In The Wind, Gloria, Follow Me, Hallelujah – das gehörte auch zu eurem ausgedehnten Frühstück.
Dann saß Stevy neben mir, stumm. Gelegentlich lächelten wir einander zu, wortlos, ohne Grund. Es gab ja eigentlich nichts mehr zu sagen, oder eben alles, außerdem war ich der Fremdsprache müde: Es wäre mir komisch vorgekommen, in deiner Gegenwart Englisch zu reden, unperfekt; ich fürchtete, du würdest mich auslachen, ich hatte, unterwegs, die Fremdsprachen immer dir überlassen.
Du sprachst schon kalifornisch; auch Stevy hatte wohl mehr geredet, solange ihr allein wart, und wollte jetzt nicht stören, abwartend, etwas eingeschüchtert durch meine stumme Anwesenheit.

Du wolltest mir dann doch deine Umgebung zeigen.
Stevy lief uns nach, durch den kleinen Park, unter den schwindelerregenden Palmen, auf den langen Pier, immer einen Schritt schräg hinter mir, unauffällig, aber ständig präsent am Rande meines Gesichtsfelds: seine blaue Mütze mit den aufgedruckten Mörtelflecken. Ohne sie, fand ich, sah er netter aus; die Mütze verdeckte sein fein seidenes Haar, löschte, mit dem Schatten des Schildes, seine Augen aus: verwahrloster, in dieser Verkleidung, erwachsener. Und das will er wohl auch sein, sagtest du; er ist schließlich kein Callboy – und du wolltest ihn nicht dazu machen. Bloß anständige Kleider brauchte er, ganz mußten sie sein und sauber.
Zum Zahnarzt hätten wir ihn schicken müssen. Doch das sagte ich lieber nicht, es wäre schon eine ernsthafte finanzielle Verpflichtung gewesen.
Plötzlich, mitten auf dem Pier, hatte er dir seine Hand hingestreckt, wortlos, du langtest in die Hosentasche – Gewohnheit schon – du hattest das Kleingeld immer griffbereit; er verschwand damit im nächsten Spielsalon, bei den Space Invaders wohl.
Wir einigten uns auf unserem Spaziergang rasch: Du kamst für das Taschengeld auf, ich übernahm das gemeinsame Frühstück, für den Rest wechselten wir uns tageweise ab – ich war dankbar für jeden Vorschlag, der einigermaßen vernünftig aussah und etwas Klarheit brachte, in diese unklare Situation.
Warum brauchst du noch in den Ferien geregelte Verhältnisse? Ein sanfter Vorwurf, lächelnd, von oben herab, mit den Münzen in der Tasche klimpernd. Natürlich – du hast daheim schon Ordnung genug, in deiner Kanzlei, in der Familie, im Haus: lauter Verpflichtungen. Vergiß doch deine Gewohnheiten ein bißchen, sagst du, laß dich gehen: Hier sind wir beide frei, alles ist offen.
Wir standen nebeneinander, am Rande eines Ozeans, auf das Metallgeländer gestützt, über dem Schaum, wo die Brandung auf den Sand aufläuft, und schauten einem braunen Pelikan nach, der schwerfällig der Küste entlangstrich. Auf der Mole schwebten die Rollbrettfahrer an uns vorbei, goldblond, bronzegebräunt, mit überraschenden Schwenkern.

Die Ordnungen der Engel: ich versuchte nun doch, andeutungsweise, ein bißchen zu erzählen.
Du hast mich ziemlich erschrocken angestarrt, im ersten Moment, als käme jetzt ein Geständnis.
Nichts, fast nichts – nur blindgestarrt habe ich mich, hinter meinem Mückengitter. Süchtig bin ich geworden, auf den Klang ihrer Stimmen; keine Kinder mehr, wie bei uns, keine Jünglinge, nicht mädchenhaft, und Engel natürlich auch nicht... Dein Lachen ging unter im Wind und in der Brandung.
Muskeln und Fleisch, handfest, arglos zur Schau gestellt, schlecht für mein Gleichgewicht... Flanken, Thorax und Torso, zum Anfassen nah, draußen, in der Sonne vor meinem Fenster – zum Wahnsinnigwerden, sagte ich.
Da kann man mit dir ja nicht mehr verkehren – noch immer lachend, laut gegen Brandung und Wind.
Schwerfällig zogen die Pelikane vorüber, drei jetzt, klassisch gestaffelt; stinkend und faulend lagen auf der Brüstung die Überreste der Jagd, halbe Fische, vergessene Köder.
Die Traurigkeit dieser jungen Leute macht dir mehr Eindruck als ihre strahlende Erscheinung, gerade weil sie schön sind: und vollkommen chancenlos; du hast den Gegensatz gesehen – die Effizienz der Wenigen, in ihren Türmen aus Glas und Stahl: beeindruckend, dein erstes interkontinentales Geschäft; dagegen hat der große Rest keinerlei Chancen – wie Stevy, der, aus dem Mittleren Westen stammend, hier gestrandet ist, wörtlich, an diesem Strand geht es nicht mehr weiter: Da drüben ist Ostasien.
Dieser Ozean kommt tatsächlich von weit her, mit einem langen Atem, mit ruhigen, gleichmäßigen Bewegungen; plötzlich taucht, aus den Wellen, ein Gesicht auf, das menschliche Gesicht einer Robbe, mit runden, verwunderten Augen.
Eine Weile setzten wir uns nebeneinander in den Windschatten des Wachhäuschens, dem Ozean gegenüber, und schauten den Pelikanen zu, den Fischern an der Brüstung: ganze Familien, dunkelhäutig, eingewanderte Mexikaner, Chicanos. Die tun wenigstens noch etwas, sagst du, die haben nicht resigniert; sie fischen – sie jagen sich ihr Essen und lachen dazu.

Schau, dort sitzt ihr King – der Herr der Fischer, allein auf einer Bank, wie ein Sack in der dick gefütterten Jacke gegen den Wind, reglos einem Dutzend Angelruten gegenüber: ausgeworfen für den großen Fang – der braucht nur noch zu warten, das gefiel dir. Man muß erfinderisch sein, in diesem Land, listig: die letzten Möglichkeiten, die es noch gibt, ausnützen.
Wie Stevy, fiel mir ein, denn er hat, zumindest für sich, das monetäre System aufgehoben, eine symbiotische Lebensweise, eine ökologische Nische gefunden. Doch du wolltest nichts hören von großen Systemen. Es war mein letzter, vergeblicher, zugegebenermaßen untauglicher Versuch, herauszufinden, *was* Stevy in Kauf nahm.
Schau jetzt... Das war es, was du mir zeigen wolltest, mit ausgestrecktem Arm: Plötzlich stürzt sich ein brauner Pelikan kopfüber mit angewinkelten Flügeln und mit der ganzen Kraft seines Gewichts blitzschnell in die Wellen. Ein tauchender Jumbo, sagst du, erlerntes Verhalten wahrscheinlich: den Möwen abgeschaut; paßt doch überhaupt nicht zum Körperbau dieser plumpen, schwerfälligen Vögel. Aber die Brandung ist zu hoch; so können sie nicht einfach auf der Wasseroberfläche sitzen und fischen, wie anständige Pelikane...
Ein Jumbo, im Sturzflug angreifend. Sieht komisch aus, findest du; erschreckend, finde ich: wenn man es nicht schon kennt.
Du hast jeden Morgen den tauchenden Pelikanen zugeschaut – als erstes dieser Spaziergang durch den Park auf den Pier hinaus, um wach zu werden; zum Ausruhen, abends auf dieser Bank über dem Meer, nach den Verhandlungen. Wie ein Tanzbär in einem Wolfsrudel, so warst du dir vorgekommen. Aber du mochtest nicht mehr reden, über deine Geschäfte. Seit sie abgeschlossen waren, hingst du mit ihm herum.
Auf dem Geländer, neben uns, saß eine junge pazifische Silbermöwe, braun gefiedert noch, groß und nah, mit dunklen, scheuen Augen – ein *anderes* Wesen, das *uns* anblickte: außerirdisch und zutraulich. Unsere Plattform schien zu fahren, in die grauen Wellen hinaus, in den weißlichen Himmel, über den Stillen Ozean – ein Schiff, wir saßen auf der Kommandobrücke und hatten losgelegt vom Land, allein mit dem König der Fischer, den Silbermöwen, den tauchenden Pelikanen.

Vom Boden abgehoben, wie immer mit dir, nach kurzem schon. Qu'est-ce qu'on fait?
Wir saßen noch immer fest auf dieser blöden Bank, und der eiskalte Wind ging allmählich unter die Haut.
Auf dem Rückweg, an Land, schaute ich mich etwas beunruhigt um: Du brauchst dir keine Sorgen zu machen, man muß ihn nicht suchen, man muß ihm nicht einmal pfeifen –
Da stand er schon, von nirgendwoher aufgetaucht, als hätte er es gespürt oder im Versteckten gewartet.

Er saß den ganzen Nachmittag lang im verdunkelten Motelzimmer, hinter zugezogenen Vorhängen, vor dem Fernseher, während wir am Pool in der Sonne lagen, windgeschützt im Innenraum der Wagenburg, auf den giftgelben Liegestühlen aus Plastik, in einer Reihe mit den Senior Citizens der oberen Mittelklasse: gepflegt, geräuscharm und kompakt wie ihre Autos.
Ich bin jedesmal fast von meinem Stuhl gerollt vor Schreck, wenn er plötzlich dastand, ein Eindringling, mit seiner Mütze, bekleidet in dieser gebräunten Gesellschaft, bleich, hängengeblieben bei seinen Space Invaders: mit einem stummen Wunsch.
Gelassen gabst du ihm den Schlüssel und last ruhig weiter, in deinen Briefen von daheim.
Ich fühlte mich ziemlich beargwöhnt hier.
So zeigtest du mir die kleine, windgeschützte Bucht, die du entdeckt hattest: ein schmaler Streifen Sand, versteckt unterhalb der Straße. Hier waren wir allein mit den Möwen, den Uferschwalben, den Kormoranen, einen ganzen Nachmittag lang unter uns. Doch du wolltest nicht reden, wie abwesend auf deinem goldenen Badetuch, ausweichend, wenn ich es zaghaft versuchte – als hätte dich diese Stadt betäubt.
Weit draußen, vor dem wegkippenden Horizont, schaukelte ein herrenloses Auslegeboot, das sich vom Land losgerissen hatte, und kleine Männlein auf Surfbrettern versuchten, es einzuholen.
Schweigend schauten wir den vergeblichen Rettungsversuchen zu.

Als wir heimkamen, in unser Appartement, saß Stevy noch immer da, im Lotossitz auf dem Boden vor dem Fernseher, die Ellbogen auf die Schenkel gestützt, den Kopf in den Händen, und lächelte uns an, zur Begrüßung.
Ich getraute mich noch nicht, ihn im Vorübergehen rasch zu streicheln.
Er kann auch fauchen und knurren, hattest du mich lachend gewarnt.
Ihr hattet eure Abende offenbar meist daheim zugebracht, im Wohnzimmer, vor dem Fernseher. Es fiel dir auch jetzt nichts anderes ein – Stevy auf dem Boden, du, in deinem Boxermantel, auf dem Sofa: die Gallonenflasche vor dir auf dem Tischchen.
Der Stoff war, zum Glück, fand ich, ausgegangen.
Keine Waldbrände mehr; aber noch immer John Wayne, eine Retrospektive aus Anlaß seines Todes, verteilt über mehrere Abende.
Ich mochte nicht mehr hinsehen.
Ich hatte dich bis jetzt noch nie beobachtet, stumm, aus dem Hintergrund, heimlich. Manchmal, während du dich da auf dem Sofa, vor dem Schirm, über deinem neuen Jungen thronend, vollaufen ließest – ein Cassius Clay, der sich ausruht zwischen zwei Fights –, schien es mir, du hättest mich vergessen. So hatte ich mir eben mein amerikanisches Schulheft wieder vorgenommen, schrieb weiter, um den Zusammenhang nicht vollends zu verlieren, am Tischchen hinter dem Holzgitter, in der Nische des Wohnzimmers, wenn zwischen uns nur noch der Fernseher lief, während ich euch gelegentlich, durch die Holzstäbe, zuschaute, bei eurem Late Movie. Plötzlich steht Stevy auf, geht langsam zum Apparat und fängt an, ihn mit den Fäusten zu traktieren – eine Störung offenbar, das Bild wackelt und fällt aus; mit Fäusten und Füßen schlägt er auf den Fernseher ein, Ausbruch einer verzweifelten stummen Wut, den ich ihm nicht zugetraut hätte, derart gewalttätig, daß ich für das Glas der Mattscheibe fürchtete. Doch er hatte offenbar Erfahrung: das Bild kam wieder, noch eine Weile lang ziemlich zerboxt allerdings, mit verwischten, verschwommenen Farben.

Es hatte dich wohl nicht einmal gestört – du schienst nichts mehr zu bemerken.
Doch auf einmal schriest du, abrupt aus deiner Versunkenheit erwacht: Jetzt mußt du zuschauen.
So kam ich aus meiner Nische hervor und legte mein Schulheft weg.
Gibt es diesen Vogel wirklich?
Dieser Kojote sah nicht aus wie ein Wolf, mit seinen langen Ohren, seinen weißen Schnurrbartspitzen – ein alter Fuchs, mit einer spitzen Schnauze: Darum habe ich ihn später nicht wiedererkannt.
Eine typische Serie: Selbst die ungeheuerlichsten Abstürze, über senkrechte Felswände kopfvoran auf den harten Wüstenboden, überlebt der Fuchs, mit plattgedrückter Schnauze, Sternlein vor den Augen. Der Roadrunner muß immer entkommen, knapp natürlich, und wenn die Konfrontation, bei dieser endlosen Verfolgungsjagd durch das Labyrinth der Canyons in der Wüste einmal unausweichlich wird, dann ist der Roadrunner plötzlich riesengroß: nur noch orangerote Beine, die Füße eines Greifvogels, mit gewaltigen Krallen.
Das Füchslein duckt sich, kratzt sich am Ohr und verzieht sich, auf leisen Pfoten.
Ihr wart beide längst süchtig – es war wie ein Geheimcode: die Comic-Serie, das Late Movie, das man nicht verpassen durfte, so als wäre ich nicht da oder längst auf dem gleichen Trip wie ihr: im anderen Film, aus dem du doch, irgendwann einmal, erwachen *mußtest*.
Ich wollte in die Wüste – mit oder ohne Stevy.
Warum sollte nicht auch ich versuchen, ihm einen Gutenachtkuß zu geben – rasch im Vorbeigehen, sachte auf die geschlossenen Lippen, als du schon im Schlafzimmer warst und es nicht sehen konntest. Er hat nicht geknurrt, nicht gefaucht – nur, mit geschlossenen Augen, versunken in seinem Wolkenkuckucksnest aus Bettzeug, Hhmm gesagt, diesen merkwürdigen, nasalen Mischlaut, den es nur hier gibt und der meistens »bitte« heißt, nachdem man »danke« gesagt hat, in den Coffeeshops etwa, wenn die Kellnerin, freundlich und aufmerksam, Kaffee nachschenkt.

You're welcome, müßte es korrekt heißen.
Ich mochte mich doch gar nicht mehr wehren, nach diesen Monaten der Erstarrung, überwach, in deinen Armen, bei Tagesanbruch: Da gab's mich wieder, für dich, als wäre er nicht da.
Doch auch die Gewohnheit, mich frühmorgens wegzustehlen, während du noch eine Weile weiterschliefst, an den kleinen Küchentisch, behielt ich bei: eine erste Zigarette rauchend, wenn du leise auftratest und mir Gesellschaft leisten wolltest, nüchtern und wach vor dem hellen Fenster.
Stevy schlief – wie immer: bis man ihn weckte.

Wir planten – so, als müßten wir vorsichtig ausprobieren, wo wir uns am ehesten wiederfinden könnten, auf dem Pier, an den versandenden Kanälen des unvollständig nachgebauten Venedig, auf dem schmalen Streifen deiner windgeschützten Bucht, bis du allmählich anfingst, mir wenigstens die Stadt zu zeigen, auf nächtlichen Fahrten, durch die Lichter, mit Stevy, der uns nicht störte: als Schatten, still auf dem Notsitz.
Doch bald kam mir auch der mitternächtliche Hollywood Boulevard vor wie Cleveland am Sonntag; eine menschenleere Stadt, für Autos gebaut, mit Ballungszentren, in denen sich – am rechten Tag, zur richtigen Stunde – alles zusammendrängt.
Herdentiere, die vor der Kälte und Leere ringsum beieinander Wärme und Schutz suchen.
Schon die Luft rings um den unförmigen Holzschuppen auf dem stillgelegten Fabrikareal schien zu vibrieren; der Eingang, am Ende einer metallenen Feuerleiter, ist ein Nadelöhr: This is a gay place, Sir – you know?
Du hattest, als Antwort, bloß deinen Handrücken hingehalten, um dich abstempeln zu lassen, wie wir.
Doch wir mußten uns alle drei zunächst ein bißchen Mut antrinken, die einzigen Gäste an der Bar im leeren Vorraum, wo die Billardtische unter dem hellen Flutlicht herumstehen.
Are you a Hollywood tycoon?
Die drei jungen Rettungsschwimmer, in blauen Turnhosen, blauen Leibchen, schienen auf ihren ersten Einsatz bloß zu warten; ein Dunkler, der Chef, zwei Blonde, seine Gehilfen,

tänzelnd im Ring der Theke, spielten sie miteinander, zur Auflockerung des Publikums. Jedesmal, bevor sie etwas sagten, zueinander oder zu uns, bliesen sie ihren Kaugummi rasch auf, eine kleine rote Sprechblase – es schien eine Art Umgangsform zu sein. Überhaupt ging man miteinander um – sie waren schließlich nicht bloß zum Anschauen da, die drei.
Doch du wolltest dich offensichtlich nicht herausfordern lassen, von diesen Leichtgewichten; du hattest dich eigens schön gemacht, in deinem dunklen Geschäftsanzug: unnahbar auf dem Thron des Barstuhls.
Sonst fühle ich mich unsicher hier, sagst du; du magst nicht mit diesen Mittvierzigern verglichen werden: verkleidet in ihrem schwarzen Lederzeug, mit allerhand undefinierbaren Metallteilchen am Hosenbund, ein Fascho-Mützchen auf dem angegrauten Haupt – damit verdecken sie doch nur die Glatze.
Auch mir ist ein Tycoon eigentlich lieber.
Schließlich verzogen wir uns – Stevy zu den Billardtischen, ich folgte dir ins Innere: Du kanntest dich hier, wie es schien, schon aus.
Du hast dich niedergelassen, auf einer der schwarzen Amphitheaterstufen am Rand, bald umschwirrt von den blonden Knaben, die, in den rot fluoreszierenden Turnhosen, auf ihren Turnschuhen durch das wechselnde Licht schweben, das Tablett auf den Händen; wir versanken beide eine Weile, nebeneinander, stumm, als Zuschauer. Schwarze Tänzer, nackt – Dampf steigt plötzlich auf, geruchlos, und breitet sich blau, grün oder rot aus, als Pilz. Die bronzenen Engel vom Pier – Körperteile nur noch, die sich im Dampf vereinigen, trennen, vermischen und auflösen.
Lost Angels...
Man wurde rasch heiser hier, wenn man, sich etwas zuschreiend, einander zeigen wollte, was zu sehen war; Stevy flitzte rasch vorbei, von den Billardtischen zu den Weltraumschiffen, die vorüberziehen und die man abschießen muß – scheu, unauffällig, fremd: in seiner Mütze mit den Mörtelflecken.
Du bist immer mehr erstarrt, ein steinerner Buddha – schwarz auf der schwarzen Stufe, unbeweglich, meditierend: als träumtest du, wir tanzten einzig vor dir.

Nur ein weiß leuchtendes Hemd, als Fixpunkt, von weitem...
Ich hatte zu lange schon zugeschaut; tanzend, für mich, am Rand zunächst, bis sich meine Muskeln lockerten, auf das Zentrum zu, löste auch ich mich wohl, für dich, allmählich auf – man berührte einander nicht, im Innern der farbigen Wolke, man lächelte einander zu: weiß – in einem schwarzen Gesicht; Streifungen gelegentlich – ein Arm, ein Rücken.
Ich war nicht viel älter als die anderen, überhaupt nicht älter, jünger kam ich mir vor, in den Jeans, zwischen dem blanken, schwarzen Leder, zwischen den kräftig ausgebildeten Torsos, inmitten explodierender Leiber: als würden sie auffahren vom Boden, die Arme ausgebreitet, gekreuzigt.
Der eigentümliche Geruch aus den kleinen, braunen Fläschchen, an denen sie rochen, verborgen in der hohlen Hand, hatte auch mich gestreift: ein beißender Gestank, der alles weitet...
Ich kam mir jung vor – und ich wollte, daß du es sahst: auf das weiß leuchtende Hemd zutanzend, aus der Wolke...
Doch ich glaube, du hast nichts mehr gesehen, die Hand vor Augen, zusammengesunken, gleichgültig gegenüber den kleinen Turnern, die dich besorgt umringten.
Man mußte dich losreißen.
I am ready to go, when you are ready to go: Das Kriegsspiel gegen die außerirdischen Eindringlinge funktionierte sowieso nicht, die angreifenden Raumschiffe zogen unbeirrt vorüber, und die Bastionen der Verteidiger schossen ebenso monoton zurück; es war immer derselbe Weltraumkreuzer, der explodierte.
Stevy war kurz davor, den Apparat mit Fußtritten zu traktieren, als ich ihn endlich fand.
Am nächsten Morgen, an unserem Frühstückstischchen einander gegenüber, konnte ich dich, sanft beharrend, dazu bringen, Stevy vorzeitig aus seinem Tiefschlaf zu reißen und wenigstens probeweise in die Wüste zu fahren: zum Rand der Desert Area, ins Tal der rötlich vergoldeten Hügel, der St.-Andreas-Falte entlang.
Eine typische Verwerfung – würde sie sich auftun und uns ver-

schlucken, wenn, eben in dem Augenblick, da wir ihr entlangfuhren, das Ereignis, auf das sie alle warten, eintraf?
Stevy döste wunschlos auf seinem Notsitz. Er mochte nicht aussteigen: bei eingeschalteter Zündung, damit das Radio lief, blieb er im Wagen, am Abhang, während wir uns in die Hügel entfernten, die braun waren, mit dem schon verlöschenden Rot der blühenden Wildblumen bestreut, eine zartfarbene Landschaft wie in der letzten Sequenz der Weltraum-Odyssee 2001.
Endlich konnte ich wieder atmen, in der trockenen Hitze, ich zog mein Leibchen aus, im plötzlichen Übermut, Sonne auf der Haut, helle, friedliche Stille ringsum. Du bist eben auch so ein Wüstentier, sagtest du: lächelnd wieder, sanft.
Doch ich hatte ein schlechtes Gewissen, während unser blaues Auto rasch kleiner wurde. Es war bestimmt brütend heiß unter dem Blechdach, in der prallen Sonne. Als hätten wir da ein Kleinkind oder ein Hündchen ausgesetzt.
Did you have a nice time? Did you have a nice walk? Er verstand wohl nicht ganz, was wir in dieser öden Gegend suchten, nahm aber, so schien es, *alles* in Kauf. Ready to go? I am ready, when you're ready...
Wir ruhten eine Weile aus, an der Theke im leeren, schattig kühlen Rasthaus: ein vernachlässigter Gutsbetrieb – verlotterte Ställe, überwuchert von Unkraut, ein zerfetzter Maschendrahtzaun, die Hühner spazierten schon in der Wüste herum. Es schien, als hätten wir die Wirtin eben aus einem langen Schlaf geweckt, doch sie freute sich über die unerwarteten Gäste, die sich für ihre Wildblumen interessierten. Eine Spezialistin: sie wußte, wo sie am schönsten blühen. Während du dich nach den botanischen Besonderheiten erkundigtest, beobachtete ich, zwischen euch auf meinem Barstuhl sitzend, Stevy aus den Augenwinkeln: wie er seinen Super-Country-Burger aß – mit dieser reißenden Kopfbewegung, die mir zum ersten Mal auffiel; schnappend, schlingend, wie ein Raubtier.
Kaum hatte er gegessen, wollte er spielen, wie überall, wo ein Billardtisch stand; den Stecken schon in der Hand, forderte er einen von uns, mit einer fragenden Geste, wortlos heraus.

Ich schaute dich an – du kannst Billard spielen, hattest bestimmt schon mit ihm gespielt, aber du mochtest nicht. Du hast dich lieber mit der Wirtin über die Escholzia Californensis unterhalten.
Versuch's doch. Du hast fast darauf beharrt, so, als wärest du neugierig darauf, wie das aussieht: Ich hatte noch nie in meinem Leben Billard gespielt, und das hast du wohl zumindest vermutet.
Ich wußte ja, daß es nicht geht, hilflos diesen obszönen, zu langen Stecken falsch zwischen den Fingern, an dem großen Tisch mit dem zerschlissenen Filz, verfehlte ich die Kugeln immer wieder.
Ich schämte mich – ich kann nicht zielen und treffen, schon gar nicht, wenn du zuschaust: schräg auf deinem Barstuhl, die Hand auf den Schenkel gestützt, den Ellbogen auf der Theke, mit einem spöttischen Lächeln im Gesicht.
Ich gab Forfait, und er entschuldigte mich, freundlich, verständnisvoll.
Gewöhnt, sich auch ohne Partner zu beschäftigen, umkreiste er lauernd den Tisch und spielte eben, selbstvergessen, gegen sich selber, ein stiller Schatten im Hintergrund: vor der offenen Tür voll Licht.
Ohne Langeweile und Zeitgefühl – er schien glücklich. Nur einmal geschah es, daß er von seinem Notsitz aus, plötzlich erwachend, einen Wunsch äußerte: Magic Mountain – der Magische Berg, ein verheißungsvoller Wegweiser am Rande der Wüste, auf der Rückfahrt schon.
Du mochtest ihm seinen ersten Wunsch nicht abschlagen. Ich wäre härter gewesen: Volksbelustigungen in diesem Land, an einem Samstagnachmittag, das wußte ich, münden leicht in die schon vertraute Paranoia.
Verwirrt habt ihr am Ausgangspunkt des Labyrinths aus Spazierwegen herumgestanden, zwischen den himmelhohen weißen Holzbauten, in der prallen Hitze, im geilen Geschrei – entscheidungsunfähig, ich fühlte mich auf einmal für euch beide verantwortlich. Plötzlich war Stevy weg – abhandengekommen – wo ist er, fragtest du fassungslos und bliebst einfach stehen: verschwitzt, aufgelöst, das Bärtchen zerzaust. Ich

schaute mich um. Doch er war nicht weit gekommen, ohne Taschengeld, und stand unvermittelt wieder da.
Du gabst ihm eine Handvoll Münzen – er wenigstens sollte sich vergnügen dürfen.
Wir hatten uns wohl in der falschen Konstellation getrennt; wenn ich schon einmal da bin, zwischen all den anderen, die sich vergnügen, erwacht in mir allmählich der kindliche Wunsch, mitzuspielen, mich der Geschwindigkeit hinzugeben, der Aufhebung der Schwerkraft, durch die Luft zu fliegen und mitzuschreien – Erinnerung aus einer ganz frühen Zeit. Ich hätte mich gerne mit dir zusammen amüsiert, doch du schrecktest schon davor zurück, in einer der langen Schlangen anzustehen, wie die anderen; Achterbahnen magst du nicht, die Sitze sind dir zu eng, in den Kurven wird dir schlecht: Du hattest es ausprobiert, in Disneyland, zusammen mit Stevy.
Du schienst keine Lust zu haben, wolltest bloß herumhängen, zuschauen, herumspazieren: träge und zu schwer, ermüdet von der Last deines Körpers. Schließlich hatte ich dich doch zu einer Fahrt überreden können: mit einem Schiff auf einem künstlichen Wildbach. Die Kurven schienen sanft, die Attraktion nicht sehr beliebt, im Freien, nicht in finsteren Tunnels, die Boote waren geräumig, groß genug für ein Paar: Man konnte es, fand ich, riskieren.
Du hast keinen Widerstand angekündigt; doch auf dem Gipfel des Magischen Berges angelangt, sahen wir nirgends den Anfang unseres magischen Baches: überall bloß lange Schlangen fröhlich Wartender, Teilstücke des Baches, Teilstücke der schnellsten, größten, längsten Achterbahn der Welt, Teilstücke der weißen Kunstbauten im Himmel – Wellen, über die schmale Wägelchen in die Tiefe schnellten, voller Leute, die aufschreiend die Arme hochwarfen: erlöst.
Ich gab es auf und beschloß, dich zu unserem Ausgangspunkt zurückzuführen, damit wir uns nicht für immer in diesem Vergnügungspark verirrten; du kamst folgsam mit, hinter mir hertrottend, zur Bergstation der Gondelbahn – doch die Gondeln fuhren nicht: Stromausfall. Der freundliche Angestellte schickte uns zur Station der Drahtseilbahn nebenan:

ein Funiculaire, wie sie bei uns auf die Aussichtspunkte der Voralpen führen, made in Austria, vollgepfercht, Leib an Leib; die Strecke schien, zum Glück, kurz.

Auch die Drahtseilbahn blieb knapp vor der Talstation stecken, die automatische Tür geschlossen.

Ich sah dir aus den Augenwinkeln schlagartig die Panik an; ein eigentümliches Lächeln, mit zitterndem Bärtchen, krampfähnlich, unwillkürlich, beängstigend. Ein gefangenes Tier – eingeklemmt zwischen diesen heiteren Kunststoffamilien, die bloß lachten, weiterredeten, als wäre nichts, und dir unachtsam ihre Ellbogen in den Leib stießen. Mit offenem Mund hast du langsam den Kopf in den Nacken gelegt, als müßtest du schon nach Luft ringen, unter der schmutzigweißen Decke dieses Bähnchens, die für dich viel zu niedrig war; du hast die Augen geschlossen: blaß geworden, mit bebenden Nüstern.

Ich hatte es bis jetzt nie miterlebt; du meidest Menschenansammlungen in kleinen, geschlossenen Räumen, Aufzüge vor allem: Wir gingen, wenn es überhaupt eine Treppe gab, immer zu Fuß.

Ich trug keinen Salmiakgeist im Riechfläschchen in der Tasche.

Du warfst schon mit Blicken um dich, flehend über die Köpfe hinweg zur Tür, als wärest du allein hier, unter unmenschlichen Wesen, Quallen zum Beispiel, die einem bei der Berührung die Haut verbrennen.

Ich hätte dich wohl, wäre es soweit gekommen, daß du angefangen hättest zu schreien und um dich zu schlagen, zunächst einmal geohrfeigt: wie einen Ertrinkenden, der sich an seinem Retter festklammert...

Die Bahn schaffte die letzten paar Meter gerade noch rechtzeitig; denn eigentlich kann ich mir, noch immer, nicht einmal vorstellen, dich einfach zu ohrfeigen.

Den Rest der Zeit, bis der Magische Berg geschlossen würde, brauchten wir, um den Ausgang wiederzufinden.

Hast du eigentlich noch immer nicht begriffen, hätte ich dich anbrüllen mögen, daß wir, zusammen, nicht teilnehmen können an den allgemeinen Vergnügungen, einander höchstens im Weg sind und uns am Ende nur gegenseitig erschrecken?

Allein aber, jeder für sich – hätte ich kleinlaut zugeben müssen – können wir es beide erst recht nicht.
Überall leuchteten jetzt, in der Finsternis, diese grün fluoreszierenden Halsketten auf, die sie im Ausschnitt des Hemdes über dem nackten Brustbein tragen, mit schemenhaft harten Gesichtern darüber: geköpft, schön wie gefallene Engel; verlorene Kinder.
Auch Stevy fluoreszierte so, als er plötzlich vor uns stand, pünktlich, eine knisternde Tüte Popcorn in der Hand; er hatte lange in einer der Schlangen vor der Achterbahn gewartet, ob er auch erlöst worden war, fanden wir nicht heraus.
Doch er schien befriedigt – wunschlos wieder auf seinem Notsitz im Dunkeln – nah: sein spitzes Gesicht, kauend, im kalten Schein der Kette, mit grün glänzenden Augen.

Jedesmal, wenn der Sinkflug aus den Vorbergen in den Dunst begann, auf dem sechsspurigen Heimweg, dachte ich mir aus, die Stadt könnte, während unserer Abwesenheit, schon in den Stillen Ozean gestürzt sein: untergegangen, wenn wir endlich ankämen.
Die Wüste und der Ozean kämpfen miteinander, an der Klimascheide, sagst *du*.
Der Druck steigt, und die Ohren fallen zu, während wir durch die Wolken in die Lichter eintauchen und die Böen der Fallwinde nach uns greifen ...
Sie wird nicht so rasch untergehen, diese Stadt.
Good Old Santa Monica. Erleichtert: als hätte auch Stevy meine Furcht geteilt.
Ich hatte mich doch ziemlich an unseren stillen Begleiter gewöhnt.
Wollen wir ihn wegschicken?
Ich hätte *nein* sagen sollen ...
Ich hatte plötzlich Angst, Angst, wie ich noch nie Angst gehabt hatte, aus Aberglauben: wenn man nicht mehr sicher weiß, was mit einem geschieht, und, zur Untätigkeit verurteilt, ausgeliefert ist, wird man leicht abergläubisch.
It may be bumpy ...
Es stürmte wirklich, je näher wir dem Ozean kamen; im Däm-

mer noch, abrupt aus meinem Halbschlaf gerissen durch die Erschütterungen des Flugzeuges, den Kopf gegen den Fensterrahmen gelehnt, glaubte ich, aus dem Dröhnen heraus, Musik zu hören, einen Posaunenchor, der allmählich in einen monotonen Paukenwirbel überging, während ich aus den noch freundlichen Zonen der Stratosphäre abwärts sinkend, mitten in die Thermik hinein, unaufhaltsam auf ein Ballungszentrum aus Wolken zugeflogen wurde.
Wo war ich? Die sonntäglichen Flughäfen fingen an, sich in meinem Gehirn zu vervielfachen. Durchblicke gelegentlich, auf einen verregneten Kontinent – nasses, dunkles, klein gemustertes Land; in die breiten Trichter angeschwollener Flußläufe liefen die großen Seen wie schmutzig braune Kloaken aus; blendend blau, getroffen von der Sonne, der blinde Wasserspiegel des Lake Michigan: das letzte, was ich noch sah, dann schlossen sich die Wolken wieder.
Sie hatten sich allmählich, je näher wir der Ostküste kamen, weithin sichtbar, von allen Ecken des Himmels her, zusammengerottet, um uns den Landeanflug auf Boston zu verwehren...

Nein – ich hätte *nein* sagen müssen.
Soll ich ihn wegschicken?
Wir lagen nebeneinander auf unserem bequemen breiten Bett, faul, erschöpft von unserer Probefahrt in die Wüste.
Warum denn? *Mich* stört er nicht mehr.

Buckel an Buckel, wattig, aufgequollen, kompakt, wuchsen sie uns, von unten her, entgegen und türmten sich vor uns auf.

Soll ich ihn holen?

Nein – es war mein letzter Landeanflug, mit dieser Gesellschaft, auf dem fremden Kontinent: doch natürlich wich die abergläubische Angst wieder dem Fatalismus – gleichgültig aus Müdigkeit.

Warum nicht? Wenn er mag...
Es hätte vielleicht, glaubten wir wohl beide, eine Versöhnung sein können.
Geblendet, in der hellen Beleuchtung des Schlafzimmers, stand er neben dir, im dunklen Rahmen der Tür, mit halboffenem Mund, einen Augenblick lang zögernd, vor diesem unausweichlichen Bett.
Du hast ihn, sanft, am Arm hingeführt und ihn liebevoll zwischen uns gelegt.
Dann verlöschten die schlanken, dürren, zart gelben Strandpflänzchen in der Vase, das Arrangement, vor dem großen Spiegel.

Die Lupine, die wir aus der Wüste mitgebracht hatten, blühte fast bis zum Schluß, im Wasserglas, zusammen mit dem Zweig des Creosotbusches, auf dem Spülstein, dem Licht im Küchenfenster entgegen. Es sind Humusbilder, die Lupinen machen den Wüstenboden fruchtbar – ein ganzes Feld: silbern in der ockerfarbenen Umgebung; du hattest recht, ich hatte es gleich gesehen, als ich ausstieg und eine pflückte: unverkennbar die sternförmigen Blätter, blasser zwar und kleiner als bei unseren hochgezüchteten Sorten, aber eindeutig verwandt. Sie schien sogar noch zu wachsen, in einer sanften Neigung gegen das Licht, und selbst, als sie anfing zu verblühen, welkte sie nicht. Die Blätter fielen nicht ab, sie schrumpften bloß und verblichen.
Ein sparsames, zierliches Bouquet, das bis zu unserer Abreise übriggeblieben war und das mir gefiel: die erste Begrüßung, jeden Morgen. Wir behielten beide unsere Gewohnheit bei – Brot gab es noch immer keines.
Was war das eigentlich – gestern nacht?
Es sei nicht eindeutig gewesen, hast du behauptet, auch etwas verlegen, an dem kleinen Küchentischchen, mir gegenüber.
Wir hatten ihn schlafen lassen, in unserem Bett.
Fauchen und Knurren – eindeutig, fand ich.
Am Anfang wenigstens. Hast du es auch schon bei Raubkatzen gesehen, bei Panthern, im Zoo?
Er hat doch ausgeschlagen...

Ein störrisches Rößlein, du gabst es zu, mit einem zärtlichen Lächeln.
Ich war schon gar nicht mehr sicher, *wer* . . . in der vollkommenen Finsternis.
Das ist doch, manchmal, auch ganz schön – findest *du*.
Ich kann nicht mitkämpfen – so habe ich bloß mitgespielt, ein wenig, abgedrängt an den Rand, betäubt, auch ich, einen Augenblick lang.
Ich hatte es in Kauf genommen.
Wir konnten beide nicht weiterreden, ohne einander anzuschauen, während du schon mit deinem Ehering spieltest: als wolltest du ihn wegschrauben und ablegen. Dunkel, zu nah, an dem zu kleinen Küchentischchen, vor dem hellen Fenster in deinem Rücken.
Ich bin doch erschrocken, im Finstern.

Ich bin immer wieder aufgewacht – auf einer Bank sitzend, die Beine ausgestreckt, in einer Fußgängerzone voller Sonntagstouristen in Regenmänteln. Die Sonne drückte durch die Wolkendecke, die Luft war feucht und schwül, ein diffuses Licht, wie von Turner, der am Ende nur noch Licht gemalt hat – schmerzhaft in den Augen.
Wenn man aus einer Untergrundbahn aussteigt, hat man den Sinn für die Himmelsrichtungen verloren. Ich hatte fragen müssen: auch in Boston mußte es doch ein Zentrum geben, eine Stadtmitte, zum Ausruhen, nicht bloß leere Geschäftsstraßen. Aber schon der erste, den ich anzusprechen versuchte, ging einfach schneller, ohne sich überhaupt umzublicken. Der zweite drehte sich zwar nach einigen Schritten um und sah mich an, dachte aber nicht daran stehenzubleiben und sich meine Frage wenigstens anzuhören: Man hielt Distanz – man schien mir zu mißtrauen.
Ich blieb verblüfft stehen; vielleicht sah ich wirklich nicht mehr vertrauenswürdig aus, verbrannt von der Sonne, unrasiert, in denselben Kleidern seit – ich weiß nicht mehr wie lange schon. Ein eigenartiges Gefühl. Zunächst war ich beleidigt, denn ich war weder betrunken, nur unsicher vor Müdigkeit, noch illegal, bloß fremd hier. Doch plötzlich, beim dritten oder vierten

Mal, bekam ich Spaß daran, ein Spiel, ein kleiner Triumph – während ich, an einer belebten Straßenkreuzung, unter lauter hastigen Touristen mit ihren umgehängten Photoapparaten, einfach stehenblieb, mich nach dem jungen Ehepaar, das eben verbissen rasch an mir vorbeigegangen war, lächelnd umschaute und, von meinem Trottoirrand aus, laut, in recht korrektem Amerikanisch, vollkommen ruhig, meine Frage wiederholte. Händchenhaltend, ängstlich, rührend (hättest du gesagt), auf ihrer kleinen Fußgängerinsel mitten im Verkehrsstrom, riefen sie mir tatsächlich eine Antwort zu, die ich sogar verstand.
Doch die Müdigkeit holte mich rasch wieder ein: von den Füßen her kroch sie in die Knie, über das Kreuz in die Wirbelsäule hinauf in die Schultern, in den Nacken, in die Augenlider – der Schierlingsbecher des Schlafs.
Ich ließ mich auf die Bank fallen, die ich gesucht hatte, streckte die Beine aus und machte die Augen zu.

Stevy – auf seinem Bänkchen am Straßenrand: Plötzlich war er weg, auf unserem Spaziergang nach dem Frühstück, wie der kleine Kojote von Lukeville – dann sichtete man ihn, von weitem, allein vor einem Spielautomaten – dann saß er schon wieder da, auf seinem Bänkchen am Straßenrand: und wartete.
Er schien uns nichts übel zu nehmen...
Ich hatte versucht, freundlich zu sein, freundlicher als vorher; ich gab ihm jedesmal Feuer, wenn er sich eine Zigarette gedreht hatte, ich bot ihm von meinen Zigaretten an, ich strich ihm rasch übers Haar, im Vorbeigehen, wenn er am Boden vor unserem Fernseher hockte. Er nahm es reglos hin.
Ich fand keine Worte. Du hast gar nicht mehr versucht, mit ihm zu sprechen.
Seit unserer Rückkehr von der Probefahrt zu den blühenden Wüstenhügeln und unserem mißglückten Ausflug auf den Magischen Berg lag die Stadt ständig im Dunst. Am frühen Morgen verloren sich die Palmkronen im Nebel, die obersten Stockwerke der Telephongesellschaft waren von Nebel verhüllt, die Spitze des Mormonentempels am Hollywood Boule-

vard ragte in den Nebel hinein: die Mormonen, die Scientology-Kirche, der Erfinder des Ur-Schreis – es ist ja alles hier versammelt, was heilen und retten soll, bevor die Stadt in den Ozean kippt.
Der Nebel tropfte schon aus dem milchig blauen Himmel; die Sonne war bleich; der feuchte böige Wind vom Ozean her drang bis unter die Haut.
A foggy day. Auch Stevy stellte es fest, sachlich, seine Habseligkeiten in der Plastiktüte, nach dem Frühstück, auf der Straße.
Du hast ihn zum Abschied umarmt. Ich schämte mich: So schüttelten wir einander bloß förmlich die Hand, was man hierzulande eben nicht jeden Tag tut, auf eine fast englische Art höflich.
Es war nett, dich kennengelernt zu haben, so ähnlich, floskelhaft, ernst, ebenso, wie er sich für die Socken bedankt hatte – während ich stumm blieb.
Du hattest mich schon gar nicht mehr gefragt, an unserem Küchentischchen bei meinem Vorfrühstück: mit dem Nebel vor dem Fenster, der blassen Wüstenlupine dahinter, im Wasserglas.
Du hattest schon mit ihm geredet, am Vorabend, rasch. Er war, zum ersten Mal, punkt elf Uhr, von selber erwacht.

Ich wurde immer wieder geweckt; achtlose Touristen stolperten über meine Beine, das Licht brannte hinter den Augenlidern, der Lärm in der Fußgängerzone ringsum ebbte nicht ab, klappernde Schuhsohlen, vervielfacht, auf dem schön hergerichteten Kopfsteinpflaster.
Ich hatte noch immer fast neun Stunden Zeit; doch ich wagte nicht, mich vollends auszustrecken, auf dieser Bank: es sah alles so aufgeräumt aus.
Kein Ort für Stadtstreicher...
Roadrunner...
Wüstenfüchslein...
Gassenjunge...
Unterschichtskind...
Schützling... Stricher... Strichvogel...

Ich schlief ständig wieder ein, auf jeder Bank, die ich fand, vor dem SWISSAIR-Schalter am Ende, im Flughafen, auf einem federnden Plastikstühlchen: mit Genickschmerzen.
Wir hätten ihn ja doch nicht mitnehmen können; ich kann mich nicht gleichzeitig auf dich *und* auf ihn einstellen, hattest *du* erklärt. Ich wollte nur noch raus aus diesem klebrigen, windigen, schmutzigen Dunst, in die trockene, reine Strahlungswärme.
Egal wohin – weg – heim.
In diesen neun Stunden, die mir Miss Betsy Young von der Ohio Motorists Association als Knautschzone in Boston eingeplant hatte, damit ich meinen Transatlantikflug unter allen Umständen erreichen würde, bevor mein Visum ablief, und mit der ich, vor Schlaf, nichts anzufangen wußte, kam ich mir tatsächlich schon vor wie Stevy: In der prallen Sonne am Straßenrand, den Stillen Ozean im Rücken, seine Plastiktüte zwischen den Knien, den künstlich bekleckſten Proletarierhut auf dem Kopf, mit abgelöschten Augen und halboffenem Mund, ohne sich auch nur die geringste Mühe zu geben, sein Elend wenigstens ein bißchen zu verbergen, schien er nur darauf zu warten, daß ihn der nächste abholte – während wir an seiner Bank vorbeifuhren, zu unserer Bucht nach Malibu, zu den versandenden Kanälen von Venice, in die Stadt, in die Desert Area am Ende... um uns zu streiten.
Ein lebender Vorwurf – mit *meinen* Socken an den Füßen; wir hatten beide nicht den Mut, zu winken. Schließlich schauten wir gar nicht mehr hin und flüchteten, in unsere Wüste.

Ich will weg von diesem fremden Kontinent.

Endlich hatte ich wenigstens Hunger, dann weiß ich wieder eine Weile lang, was tun. Doch das Flughafenrestaurant war voll von häßlichen, lauten amerikanischen Familien, hinter Bergen von Eßwaren: Family style. Man durfte sich nicht einfach hinsetzen, obwohl noch Tische frei waren, sondern mußte sich einen Platz zuweisen lassen, von einer korpulenten Dame in einem glitzernden Kleid.
Please wait to be seated...

Sie wollte mich nicht plazieren, übersah mich ostentativ, verachtete mich offensichtlich.
So blieb ich eben im Vorraum, wo es wenigstens etwas zu trinken gab: als einziger Gast an einem kleinen Tischchen, das eigentlich ein Spielautomat war; unter der dunklen Glasfläche ein weißes Pünktchen, das man, wollte man spielen, hin und her jagen konnte, wie beim Pingpong, aber elektronisch, ohne Ball und Schläger.
Ich wollte doch gar nicht spielen...
Während ich anfing, Jack Daniels zu trinken (oder war es Southern Comfort?), holte ich mein Schulheft aus der Reisetasche...

Ich mußte dir widersprechen, an der Bar sitzend, im Zwischenstock der Flughafenhalle, als du, bei unserer zweiten Bloody Mary, noch immer nicht aufhören wolltest, von deinem taghellen, bis fast zur Ostküste wolkenlosen Direktflug zu schwärmen: über die Wüste, die Weltraumraketenrampen, den Grand Canyon, die Rocky Mountains, den ganzen Mittleren Westen hinweg in die gewaltigen Wolkentürme hinein, die sich zu deinen Ehren vor dem Atlantik aufgetürmt hatten: *Nein* – auch Boston ist eine schöne Stadt; keine Nursery of Lights natürlich, nicht breitflächig ausgedehnt, sondern schlank in die Finsternis ragend, wie eine Kerze auf einem Hügel – eine Erektion aus Licht: die wegkippte. Das letzte, was ich noch sah; dann standest du schon da, zwölf Stunden nach mir gestartet und eine halbe Stunde vor mir gelandet, unverkennbar, am Ende der Rolltreppe: hinter der Trennscheibe aus Glas, winkend, allein.

Fluchtversuche

Meine Aussicht, im feinmaschigen Netz der Gardine, wächst gegen den Sommer hin allmählich zu: Durch die Baumkrone, die die obere Hälfte meines Fensters ausfüllt, schimmert noch etwas Himmel, die Rosen stehen in der ersten Blüte, samtrot, gelb und verregnet, im triefenden Grün der wildwachsenden Sträucher. Eine verwilderte Nische unter meinen Fenstern – ich stellte meinen Koffer vor der Haustür ab und blieb überrascht zwischen meinem Gepäck stehen; die Lupinen, die sich im Laufe der letzten Jahre bis in den Kies hinein versamt haben, blühten, der Fingerhut, erst im Vorjahr gesät, stand ungewöhnlich hoch und kräftig, mit violetten Glocken.

Die Samen stammen aus deinem Garten.

Doch die Tulpen waren längst verwelkt; nur noch blasses, nasses Kraut; um den Frühling war ich betrogen.

Ich habe aus meinem städtischen Vorgärtchen mit den Jahren eine Wildnis gemacht, ohne es zu merken – ich sah es plötzlich, bei meiner Heimkehr; dabei ist es eigentlich bloß ein gekiester Vorplatz, mit einer schmalen Rabatte dem verrosteten Gitter entlang, an deren Enden, als ich vor sieben Jahren hierher zog, nur zwei Bäumchen wuchsen: zurechtgestutzte Zierakazien, mit schmalen Stämmen aus brüchigem Holz – nichts sonst, trostlos.

Man muß die Kronen wachsen lassen, sagtest du: dann werden auch aus deinen überzüchteten Bäumchen anständige Bäume.

Nun kann ich im Kies bald keinen Schritt mehr tun. Die Tulpenzwiebeln lasse ich schon das ganze Jahr über im Boden, weil ich, wollte ich sie herausnehmen, die Lupinen ausreißen müßte; die Narzissen und die Iris blühen nicht mehr richtig, weil sie sich zu dicht vermehrt haben: nur noch Laub.

Man sollte die Rhizome ausgraben, trennen, versetzen – aber wohin? Lichten müßte man; im Humus deiner Lupinen sind Gräser gewachsen, Löwenzahn, Maiglöckchen, Trommelschläger, Farn, eine Stechpalme, zwei Birken, ein Ahorn, eine Eiche

– ausgesät von den Vögeln: Bäume, die jetzt schon zu groß sind, als daß ich sie noch mühelos von Hand ausreißen könnte. Zunehmende Verkrautung, nennst du es, und lächelst über mein fruchtbares Vorgärtchen; wuchernde Ackerwinden umklammern das Gitter und ersticken den Rittersporn, ein wilder Hopfen will beharrlich zu meinen Fenstern hinein. Bald kann ich meine Fensterläden nicht mehr schließen.
Man soll wachsen lassen, was wachsen will, sagst du: nur sanft eingreifen, die Natur vorsichtig korrigieren. Unkraut, das ist bloß eine Definitionsfrage, hast du mich gelehrt.
Doch ich habe den Augenblick, nur selektiv noch zu jäten, endgültig verpaßt.
Der Regen läßt alles sprießen, und im Frühsommer regnet es hierzulande immer, behauptest du; doch mir scheint, es habe noch nie so geregnet wie bei meiner Heimkehr: manchmal noch aus heiterem Himmel, sprühend, als wringe jemand ruckartig einen Waschlappen vor meinem Fenster aus.
Dann gehen die Wolken hinter meiner Baumkrone wieder zu.
Plötzlich fängt deine Wüstenlandschaft schräg hinter mir an zu leuchten – so, als beginne die Sonne aus dem Bild heraus zu strahlen; die Schatten der Riesenkakteen werden härter, das gelbe *Santa Fé* auf dem Schwarz der Lokomotive wird plastischer. Ich stehe auf, erstaunt, irritiert, und versuche, der Sonne in den Weg zu treten; doch sie kann die beiden Bilder gar nicht direkt erreichen – außerdem ist das Glas reflexfrei, es spiegelt das Licht nicht, sondern absorbiert es. So kann es nur die diffuse Helligkeit sein, wenn die Wolken einen Augenblick aufreißen, die das Wüstenlicht, das du photographiert hast, derart verstärkt, daß es real wird, als könnte es wärmen.
Ziemlich genial, zugegeben; auf meinem Drehstuhl, das wuchernde Grün vor meinem Fenster im Rücken, deiner Wüste an meiner Wand zugekehrt, schaue ich verwundert zu, wie die Sonne auf meinem nackten Oberkörper sachte verlöscht, während es auch draußen wieder dunkler wird.
Bis der nächste »Flashback« wieder deine Bilder in meinem Kopf beleuchtet, nach unserem Trip . . .
Ich versuche, hartnäckig und zäh, mich dagegen zu wehren; ich

habe sämtliche Ausgaben meiner Tageszeitung aus drei Monaten gelesen, wie man das in einem fremden Land tut, um sich auf die Landessprache einzustimmen; ich habe mir, nachdem mein amerikanisches Schulheft längst vollgeschrieben ist, ein Preßspanheft gekauft, schwarz, auch abwaschbar, aber ein gewohnteres Format, nicht liniiert, sondern klein kariert: wie ein Hauptbuch.

Eine neue Gewohnheit, ein Zwang fast; so, als säße ich noch immer hinter meinem Mückengitter und fürchtete, im Jet Lag, den Zusammenhang zu verlieren, hielte ich nicht die Gegenwart fest...

Die Tür in meinem Rücken, am anderen Ende meines schmalen Arbeitsraums, steht offen, damit ich das Telephon im Wohnzimmer höre.

Ich warte. Auch daran habe ich mich, viel zu rasch, wieder gewöhnt.

Du hast noch immer deine festen Zeiten: um neun Uhr früh, nachdem du die Post gesichtet hast, vor der ersten Sitzung, um halb zwei, nach deinem Mittagessen im Möwenpick mit den Unpersonen deines Standes, die du seit Jahren kennst, kurz vor acht abends, zwischen dem Nachtessen und dem Abendprogramm des Fernsehens. Mehrmals täglich hast du mich am Anfang angerufen, unter lustigen Vorwänden gelegentlich. Manchmal war dir erst am Abend, beim dritten Mal, eingefallen, daß du mir schon am Morgen, beim ersten Mal, einen Traum hattest erzählen wollen, der dir während unseres Gespräches ständig wieder entfallen war.

See you in your dreams – unser Abschiedsgruß seit Jahren. Auch daran habe ich mich, viel zu rasch wieder, gewöhnt: Mein unbestimmter Traumbegleiter, den ich meist nicht sehe, nur höre, von rechts oben her, sagt noch immer, was du sagen könntest und kommentiert, was mir in meinen Träumen widerfährt...

Meist sind wir unterwegs, in alptraumhaften Städten, oder wir schwimmen, in überbordenden Stauseen: ich – und deine, noch immer jungenhafte, Stimme...

I hear you in my dreams, müßte es eigentlich heißen. *Dein* Traumbegleiter, sagst du, sei eine typische Mischperson: aus

mir und deiner Frau; meist machen wir dir bloß Mut, in zwei Sprachen.
Hat eigentlich jeder dergestalt seinen Traumbegleiter, rechts oben?
Doch meist komme ich gar nicht dazu, dir meinen Traum zu erzählen, nachdem du mich gefragt hast, »Wie geht's?« – und mir übergangslos erzählst, wie es dir geht, nach meiner eher floskelhaften Antwort.
Dich brauchte ich nie zu fragen. Morgens um neun, wenn ich allmählich aus den Selbstgesprächen beim Rasieren erwache, ist meine Stimme zu langsam. Aber ich verlasse mich schon wieder darauf: außer dir hat mich noch kein Mensch je über längere Zeit hinweg täglich angerufen.
Weißt du eigentlich, was das am Anfang brauchte?
Nein, ich hatte nichts von deiner Telephonangst gewußt. Meine eigene Angst, scheint mir, ist doch begründeter: Nie kann ich dich auf Anhieb erreichen; entweder muß ich mich deinem Vorzimmerdrachen ausführlich erklären, seit Jahren perfekt darauf abgerichtet, dich abzuschirmen, oder ich riskiere zunächst ein ausführliches Gespräch, auf französisch, über Blumen, Sträucher, Kräuter, deren Namen ich bestenfalls auf deutsch kenne: sanft, freundlich und sphärisch – endlos, würde ich nicht nach einer Weile schüchtern fragen, ob du überhaupt daheim bist.
So kann ich eigentlich nur warten und antworten, wenn du anrufst.
Manchmal langweilst du dich ganz einfach, weil du zu schnell arbeitest, anfallweise, konzentriert und rasch – dann rufst du mich unter irgendeinem Vorwand an, und ich zögere, vor meinem Telephon.
Kommst du?
Jedesmal gebrauchst du den alten Vorwand, aus Gewohnheit fast, weil es so anfing: meine halbwegs geheime Beihilfe zur Lösung irgendeines Problems ...
Ich kam ja schon, wie jedesmal, wenn du mich riefst – ein Reflex –, mitten am Nachmittag, im Jet Lag noch, unsicher: als wäre diese Stadt mir fremd.
Da saßest du – unter den Sonnenstoren des Straßencafés am

Rand des großen Platzes, an einem kleinen weißen Tischchen, würdig in deinem dunklen Geschäftsanzug, das Bärtchen ordentlich gestutzt, strahlend, winkend, schon von weitem: mein Fixpunkt – während ich auf dich zustolperte, aus der Menschenmenge, und mich auf den Stuhl rettete, den du mir mit der Hand schon freigehalten hattest.

Du fingst wie immer, gleich zu reden an – dicht neben mir, eingeklemmt zwischen voll besetzten Tischchen, mit Aussicht auf den flimmernden Platz, in der feuchtschwülen Luft unter dem Sonnenstoren, von dem, schwer und unregelmäßig, der Rest des Regens tropfte –, leise, rasch, in Andeutungen, ohne mich anzuschauen: *dein* Problem...

Einer, der unbedingt den Dienst verweigern will, dabei ist sein Vater Gemeindepräsident und Dorfkönig: Man muß doch, sagst du, auch an diesen Vater denken...

Natürlich, antworte ich, auf meinem Stühlchen, im Stimmenlärm ringsum, natürlich muß man immer an die Väter denken.

Aber wie bringt man das einem großen, störrischen, sanften, verwöhnten und etwas infantilen Jungen bei? Es würde ihn verletzen...

Es schien mir plötzlich, während ich mich irritiert umschaute, als müßte ich von dem, was an den anderen kleinen Tischchen gesprochen wurde, jedes einzelne Wort verstehen, penetrant, keine Geheimsprache mehr; ich konnte dir nicht konzentriert zuhören, abgelenkt von dieser Unruhe am Rande meines Gesichtsfeldes und dem Getöse aufdringlicher Wörter am Ohr, das Flimmern ständiger Bewegung in den Augenwinkeln.

Es ging längst nicht mehr um deinen Fall.

Hörte man uns zu – sah man uns etwas an? Der dunkle Anzug macht dich älter, die Krawatte würdiger...

Ich kam mir schäbig vor, in meinem Leibchen, meinen Jeans – viel jünger.

A foggy day – auch hier diese dumpfe Schwüle, die feuchte Luft – und unverkennbar Grüppchen von Touristen, in Regenmänteln, Photoapparate umgehängt, unterwegs, um *deine* Stadt zu besichtigen.

Ich hörte dir kaum zu und zählte, gegen meine Irritation, die

Regentropfen, die von den Storen tropften, beruhigend und hypnotisch.
Wen hast du da gegrüßt?
Förmlich, den Oberkörper leicht verneigend, ein für allemal – Unpersonen deines Standes.
Ich fragte nicht und winkte stumm dem Kellner. Small change – leichte dünne Cents und Quarters, zwischen den harten, soliden Schweizer Franken in der Hand.
Angst, mit den falschen Münzen zu bezahlen...
Ich wollte nicht dein junger, fremder Gast sein, jetzt. Auch hier: Rollschuhläufer plötzlich – im Slalom durch die Menge wedelnd, kräftig, bäurisch, blond; Schwarze, die mir bis jetzt nie aufgefallen waren, hier reden sie französisch: Botschaftspersonal.
Das amerikanische Gefühl...
Der Herr, mit seinem Jungen, in einem dieser Straßencafés am großen Platz, das allerdings, ich erinnerte mich wieder, sah man hier schon immer.
Die nächste plötzliche Verdüsterung, die einen Wolkenbruch ankündigte, benützte ich als Vorwand für die Flucht, beherrscht: noch freundlich.
Natürlich war der Regen schneller.

Ich war doch, hätte ich dir sagen müssen, noch gar nicht bei mir selbst angekommen. Verwirrt stand ich in meinen dämmrigen Räumen und überlegte, was nicht stimmte hier: Das ältere war mir in Erinnerung geblieben, die Veränderungen im Jahr vor meiner Abreise hatte ich verdrängt. Die Möbel im Wohnzimmer standen verrutscht herum, viel zuviele Stühle, zufällig hingestellt, Einrichtungsgegenstände ohne Funktion, Erbstücke bloß; die Proportionen stimmten nicht mehr.
Ich verrückte das Tischchen in die Zimmerecke, legte den hellen Saharateppich aus dem Schlafzimmer vor mein langes Theatersofa, wo er schon einmal gelegen hatte, als noch die Couch dort stand: um das von einer Zigarette eingebrannte Loch im Nadelfilz des Spannteppichs zuzudecken, obwohl man nun im Licht des Wohnzimmers den Ölfleck auf dem Saharateppich um so besser sah.

Überhaupt war der Saharateppich eigentlich zu klein im Verhältnis zur Länge dieses Sofas, einem typischen Möbelstück für Schloßgänge.
Ich flüchtete, wie immer, aus diesem nutzlosen, unbewohnten Lebensraum an meinen Schreibtisch: mit der Verwilderung vor meinem Fenster... Ich hatte es aufgegeben, zu jäten.
Ich kämpfte, deine Bilder in den Augenwinkeln, um meinen *eigenen* Zusammenhang – notierend, ein pausenloses Selbstgespräch: mit dir.
Kommst du?
Zur Unzeit schlief ich immer wieder ein, auf der Couch in meinem Arbeitszimmer, und wenn ich geweckt wurde, erschrak ich: es dämmerte schon – schon wieder.
Time lag, Jet lag: verdüst, sagst du; es gab nur diese Augenblicke des Erschreckens, in unsicherer Reihenfolge, als habe auch die Zeit den Zusammenhang verloren und angefangen zu springen.
Kommst du mit?
Ich stehe vor meinem Telephontischchen, hinter meinen Wohnzimmerfenstern, und schaue benommen dem Feierabend, draußen zu: Unbekannte, die heimgehen; der cherubinische Velofahrer – ein Lehrling, abgehetzt auf seinem Fahrrad, flitzt er, die Kurven schneidend, um die Hausecken, und wirft mit Blicken um sich, verkehrstechnisch viel zu spät, in den Pedalen stehend. Er rennt zur Post, dreht sich, rennend, plötzlich nach mir um: ein dunkler Blick, über die Schulter hinweg, lustig, unbestimmt...
Alles bleibt hier, vor dem Einnachten, unbestimmt.
Rollschuhläufer, Rollbrettfahrer auch hier, auf der Quartierstraße vor meinem Fenster, vorbeiwedelnd, während die Sonne schon im Geäst der Bäume steht, zwischen denen sich meine Straße verliert, als käme sie aus einem Wald.
Es gibt, scheint mir, seit meiner Heimkehr viel mehr Motorradfahrer in meinem Quartier; stolz und aufrecht auf den blanken, schweren Töffs, den Rücken im hautengen Leder gestreckt, biegen sie langsam in meine Straße ein: blau leuchtet, wenn sie wieder Gas geben, der pralle Jeansstoff auf dem Sattel – schwarz der runde Helm, mit dem geschlossenen Visier.

Raubritter...
Was hast du gesagt?
...Fluchtfahrzeuge; die Stadt ist, gegen Feierabend, voll davon. Raubritter, Engel, Cherubinen – sphärisch, dunkel, strahlend, handfest, bäurisch, blond und zart. Was ich schon immer sah, aus den Augenwinkeln, beiläufig und sehnsüchtig, nahm ich jetzt, benommen hinter meinem Fenster, über das verwilderte Gestrüpp hinweg, zu deutlich wahr: süchtig, heftig, zu früh, bei Sonnenuntergang.
Ich verschwieg es dir, am Telephon.

Kommst du wenigstens ein Stück weit mit, flußaufwärts, bis zur Endstation des Busses?
Du hast den Wagen dort geparkt. Es gibt keinen anderen Spaziergang, der wegführt aus der Stadt; so nahm ich, zögernd, meine älteste Gewohnheit wieder auf.
An dieser Bushaltestelle wartete ich schon, als es noch Billeteure, nicht bloß Automaten gab; allein, auf und ab gehend, der großen Wiese gegenüber, die sich, jenseits der Straße, hinzieht bis zum Wald: ein dunkler Raum jetzt, der sich in der Dämmerung verliert.
Ich kenne diesen Wald seit meiner Kindheit: Sonntagsspaziergänge mit der Großmutter, der Aare entlang, zu den Glunken, den Bassins am Ufer, in denen der Fluß sich ausruht, trübe, brusttief, geschützt durch Betonsporen vor der Strömung, mit Strudeln, wo das Wasser sich einen Weg zurückbahnt in den Strom. Dort spürte ich ihn reißen, an den Rändern – zu klein noch, damals, für das offene Gewässer.
Die Gewohnheit dieser Waldspaziergänge ist geblieben, später, als ich in diese Stadt zog und, zwanzigjährig, eine Weile hier am Stadtrand bei meiner Großmutter wohnte: jeden Nachmittag, dem Fluß entlang über den Damm durch das Naturschutzgebiet, und dem Fluß entlang, durch den Wald, zurück.
Ich mag den Ausblick, vom Hügel, über die Lichtung am Abhang, auf das Band aus dichten Baumkronen im Tal, unter denen sich der Fluß verbirgt, bis zum Hügel jenseits, dunkelgrün am Horizont, wenn die Sonne schon tief steht über der

Stadt, die hinter dem Wald liegt: als hätte der Wald die Stadt verschluckt.
Ich weiß, ich muß um Viertel nach sechs meine Wohnung verlassen, dann habe ich Zeit genug für diesen Augenblick auf dem Hügel, Zeit, am Ufer stehenzubleiben, bei den Glunken, dann bin ich pünktlich, um sieben, zum Nachtessen, beim Haus meiner Großmutter.
Die beiden Föhren mit den nackten Stämmen, zwei Zwillingsbäume am Rande des Gartens, stehen noch: längst höher als das Haus.
Ich kam mir blöd vor, mit meinem Schrecken; wie ein Vogel, der noch tagelang aufgeregt und verwirrt um die leere Stelle herumflattert.
Sie ist tot, das Haus verkauft, ich habe hier nichts mehr verloren.

Es gibt tatsächlich keinen anderen Spaziergang, der wegführt aus der Stadt – unsere älteste gemeinsame Gewohnheit.
Du gehst rasch am Anfang, einen halben Schritt voraus, im Tempo deiner Tagesarbeit noch, durch den Feierabendbetrieb in meinem Quartier, über das niedrige Brückchen, das ans andere Flußufer führt; wir schweigen, auf dem asphaltierten Weg flußaufwärts, bis die Häuser sich vereinzeln und die Spaziergänger sich verzetteln: nur noch Jogger, in ihren Trainingsanzügen, die uns entgegenrennen, aus dem Wald.
Dieser Spaziergang, während es in den Baumkronen schon dämmert, sagst du, ist gut, um einen Augenblick lang zu vergessen – wir reden hier nie von der Tagesarbeit, nicht von deinem Poker mit den Familienbetrieben, wie du es nennst, nicht von deinen Schützlingen. Ich begleite dich, stumm, etwas benommen; du bist aufmerksam, bleibst plötzlich stehen, bückst dich am Wegrand, vor dem Uferbaum, dessen Wurzeln schon halb überflutet sind, und streckst den Arm aus, mit der offenen Hand: Da erst sehe auch ich ihn, winzig braun, perfekt getarnt auf seinem Ast zwischen der Uferböschung und dem Weg, im grauen Licht. Er fliegt nicht weg, sicher in seiner Tarnung schaut er dich an, von unten her, mit schiefem Kopf. Du gehst langsam in die Knie, behutsam, um ihn nicht zu verscheuchen,

und kauerst vor ihm, die offene Hand noch immer ausgestreckt –
Er will nicht, sagst du.
Nein, er wollte nicht, er knickste bloß, mehrmals, rasch, das Schwänzchen steil, das Köpfchen schief.
Der hat Angst vor deiner im Vergleich nun wirklich riesenhaften Hand: die, außerdem, das sieht er – leer ist. Schlauer Zaunkönig... Du wolltest doch nicht hier am Boden kauern, bis es finster wird.
Allmählich verschwimmen die Konturen – grau der offene Fluß, grau das Wasser in den Glunken, die Baumkronen lösen sich, von den Rändern her, schon auf.
Die Betonsporen, die das stehende Gewässer von der Strömung abschirmen, sind keine feste Grenze mehr; der Fluß geht hoch, wie immer zu dieser Jahreszeit: Schmelzwasser aus den Bergen.
Auf dem kurzen Stück, das durch den Tierpark führt, zwischen dem Fluß und den Käfigen am Wegrand, gehst du wieder schneller. Du magst eingesperrte und zur Schau gestellte Tiere nicht, das macht dich traurig – die Dachse, mit ihrem nutzlosen Jagdinstinkt, unruhige Schatten in der Dämmerung, hinter dem Maschendraht, auf zubetoniertem Boden: Damit sie sich nicht freigraben können, sagst du.
Plump, dunkel, reglos stehen die Büffel da, vereinzelt im Gehege.
Du hast mir hier, am Anfang, als unsere Spaziergänge noch weiter führten, im Naturschutzgebiet, über dem schilfbewachsenen Teich, den Starenbaum gezeigt, wo sie sich zum Abflug versammeln und wiedertreffen bei der Ankunft: wo du seit deiner Jugend hinpilgerst, jedes Frühjahr, und mit dem Feldstecher wartest – als führtest du mich in ein Geheimnis ein, in dein Geheimnis; den schlafenden Kauz, den ich natürlich übersehen hätte, hast du mir gezeigt, zwischen den Knorpeln der Rinde im Geäst, und den seltenen Fischreiher, versteckt im Schilf.
Die Vögel bekamen Namen und die Pflanzen – ich fing an, zu sehen, was ich, allein auf meinen Nachmittagsspaziergängen hier, nie gesehen hätte, weil ich es nicht benennen konnte:

aufgewachsen in einer Stadt, in der es keine Natur gibt, nur einen schmutzigen, vergifteten Strom.
Natürlich hatte auch meine Großmutter Namen für die Pflanzen und Vögel – ungenau, unbestimmt, ein berndeutsches Wort, kein Latein und keine Klassifizierung. Du hast die Natur, im Wald meiner Kindheit, bestimmt, in Familien eingeteilt, bis in die feinsten Verästelungen der Botanik und der Ornithologie – ich war stolz auf das, was ich allmählich von dir lernte. Ich war noch ein Kind, Anfang zwanzig, ahnungslos, arglos, naiv, unerfahren, zutraulich – du kamst mir alt vor, erwachsen, allwissend, groß und mächtig: Ich habe nichts gespürt von deiner Unsicherheit, deiner Befangenheit – doch es war wohl ungewohnt für dich, am hellichten Tag mit einem fremden jungen Mann in diesem Wald spazierenzugehen.
Wollen wir einen Moment ausruhen?
Wir haben uns, fällt mir ein, nie hingesetzt; heute sind diese hellgrauen oder grünen Bänke, dem Waldrand entlang, in einer lockeren Reihe zwischen den Bäumen über die Lichtung am Abhang, *mir* wenigstens zu eindeutig *dafür* hingestellt, besonders nach Feierabend – mit den bekannten Gravuren im Lack, die man sich gleich einbildet, selbst wenn sie fehlen.
Willst du mitkommen?
Neben dir sitzend, mußte ich mich zunächst gegen nichts als gegen diese kitschige Bank wehren – vorgebeugt, die Arme auf die Schenkel gelegt, um mich nicht anzulehnen, ohne dich anzublicken, mit Aussicht über die leere, sanft abfallende Wiese, auf meinen Wald im Tal, aus dem, am anderen Ufer, die Silhouette des schlanken Turms herausragt: mit dem eidgenössischen Laboratorium für Maß und Gewicht darin.
Kein Stück Metall am ganzen Turm – auch das weiß ich von dir.
Unser Wald ist schließlich nicht das griechische Maquis – abseits der stillen Paßstraße, an der Böschung, zwischen blühenden Sträuchern und Gräsern versteckt: du hattest angefangen, natürlich, an diesem fernen, abgelegenen Ort.
Auch dort hatte ich noch Angst gehabt – hier war deine Angst, noch immer, viel größer – meine Angst vor dieser Bank also nichts als ein heimlicher Wunsch.

Ein präamerikanischer Wunsch, wiedererwacht in der Dämmerung.
Nein – natürlich wollte ich nicht auf dieser Bank sitzenbleiben, bis es ganz finster würde: allein, ein lebender Vorwurf, den Stillen Ozean der Nacht im Rücken...
Kein Kauz erwachte schreiend im Geäst; kein unbestimmtes Raubtier, das sich wieder in die Wüste trollt. Die Bäume singen nicht, im Abendwind, sie rauschen bloß.
Natürlich *mußt* du heim, zum Essen...
So wünschen wir einander eine schöne Nacht.
See you... deine Kurzform unseres Grußes, abgewandt schon, lächelnd, winkend, an der Endstation des Busses – wie gewohnt.
Den Rest kann ich mir denken.

Man sieht das Haus nicht, von der Straße aus, nur Bäume, dichtbelaubt im Sommer; manchmal leuchtet, durch das Blattwerk, gelb ein Stück Fassade. Weißgetünchte Trockenmauern, ringsum, knapp mannshoch, überwuchert von Gestrüpp und wilden Reben. Ich sah nur deinen Kopf, knapp über diesen Klostermäuerchen und dem Gestrüpp, das Beil in deiner Hand: du schlägst nicht zu, du holst bloß aus, wartest einen Augenblick und läßt die Axt, fast wie in Zeitlupe, einfach fallen, wartest, und holst wieder aus.
Die verwitterte Holztür in der Mauer ist nur angelehnt; breitbeinig stehst du vor dem Hackklotz, dem Scheit darauf, dem Beil darin, und lächelst mir entgegen.
Sie hat mich dahin gestellt: Holz hacken für das Cheminée, sagst du – zuckst mit der Achsel, läßt das Beil stecken, wo es steckt, kommst mir, mit ausgestreckter Hand, entgegen.
Ich habe, eigentlich, noch immer Angst vor diesen Hunden – weiß wie Eisbären, ohne Mimik; Schlittenhunde, Rudeltiere, berühmt für ihre strenge Rangordnung; ein Alpha und ein Omega, eindeutig – zwei Männchen; doch einmal, sagst du, gibt es hier ein Unglück.
Ein bißchen unheimlich sind dir die beiden auch, die Hunde deiner Frau.
Ich weiß nie sicher, ob sie mich vom einen Mal zum anderen

noch kennen, nach wochenlanger, manchmal monatelanger Abwesenheit.
Sie lächeln jedesmal, auf dem Kies des Vorplatzes stehend, hechelnd, mit rosa Zungen: und greifen plötzlich an, ohne zu knurren; sie haben schon einmal eine neugierige Bäuerin, die bloß hineinschauen wollte, fast zerfetzt. Zum Glück war Winter, sagst du, nur ein neuer Mantel zu bezahlen.
Dem Glashäuschen deiner Loggia fehlen, von Mal zu Mal, mehr Scheiben – vollgestellt mit verwitterten Gartenmöbeln, einem Tisch, der langen Holzbank an der Rückwand: hier thronen wir, beim Apéritif, über der Wildnis deines Gartens, der sanft abfällt bis zum See, den Uferbäume und Gestrüpp verbergen. Sie pflanzen wieder, sagst du – sie pflanzen mir noch den letzten Ausblick auf den See zu. Man sieht sie zwischen den Sträuchern, Hecken, Büschen und den kleinen Mäuerchen auftauchen, die man braucht, um Kletterrosen hochzuziehen, Beete einzugrenzen – lächelnd, dein junger Sohn, mit nacktem, braunem Oberkörper, schulterlangem, blonden Haar. Sie kauert an der Erde, pflanzt und jätet, hackt, sät, pikiert: und lächelt, wenn auch sie rasch aufblickt zwischen dem Gestrüpp – fernöstlich, Lachfältchen über hohen Backenknochen, ein feingeschnittenes Gesicht; kräftige Hände voller Schrunden von der Erdarbeit.
Die Eisbären streunen durch den Garten – deine Tochter kocht das Abendessen – du thronst in deinem Glashäuschen, beim ersten Whiskey, und wartest, bis es finster wird.
Es dunkelt sachte ein; die Konturen der Bäume, Sträucher, Mauern fließen ineinander; eine schöne, laue Nacht. Eine Weile sitzen wir schweigend da, während die Geburtshelferkröten unken, vom Teich her, und die kaputten Scheiben klirren, wenn der Wind aufkommt, vom See.
Nichts sonst mehr – wenn deine Familie fort ist: nur noch die dunklen Silhouetten der hohen Uferbäume, die Baumkronen voll von Licht – unbestimmt, vom anderen Ufer wohl.
Kommst du in den Sommerferien?
Jetzt sitzt *ihr* dort, im Finstern.

Da flammen die Scheinwerfer meines Busses auf. Ich war wieder eingeschlafen, zur Unzeit, im Stehen, blind mit offenen Augen.
Ich sah dich – meist schon vom Trittbrett aus, allein, verschmitzt, auf deiner langen Bank, die kleine Mappe auf dem Schoß. Du hattest dich rechtzeitig wieder wegstehlen können.
Automatisch schloß sich hinter mir die Tür. Kaum saß ich, als einziger Passagier, auf dem erstbesten Einzelsitz am Fenster, ärgerte ich mich: mein alter Stammplatz, seit Jahren, im Reflex, als wäre ich nie am Ende der westlichen Welt gewesen, in der Wüste.
Doch da saß ich schon.
Auch ich hatte mich jeweils wegstehlen müssen...
Du bevorzugst in diesem Bus, der am Abend immer leer ist, die Längsbank – etwas unbequem, fand ich jedesmal, neben dir sitzend, man kann sich nirgends festhalten – am Anfang, als du noch Angst hattest, deinen alten, auffälligen Wagen vor meinem Haus zu parken. Ich mußte dann bloß pünktlich sein, weil der Bus natürlich nicht wartet, und saß unruhig auf meinem Sofa neben dem Spieltisch, während meine Großmutter noch immer Patiencen legte, der Pendule an der Wand gegenüber – nervös wie ein Schulbub vor seinem ersten heimlichen Rendezvous.
Das Gerede fürchtest du, also hatte ich Angst vor der instinktiven Neugier meiner Großmutter, vor ihrer notorischen Eigenschaft, sich zu verplappern; und wenn ich schon schweigen muß, kann ich keine Ausnahme machen: nicht einmal einer alten Frau gegenüber, die schon damals ihre Wohnung am Stadtrand kaum mehr verlassen konnte.
Diese Bundeshauptstadt, sagst du, bekümmert auf der schwankenden Bank, deine Mappe im Schoß, ist eben ein Dorf: schlimmer als ein Dorf; du bist schließlich hier aufgewachsen. Du mußt aufpassen, daß du dich bei den ehemals regierenden Familien nicht endgültig unmöglich machst – doch eigentlich, denke ich heute, kann es den Senioren der Familienbetriebe ja gleichgültig sein, mit wem du schläfst: solange du sie nur anständig vergoldest.

Um *diese* Gesellschaft geht es wohl nicht; aber ich weiß es nicht, ich höre das Geschwätz nicht, unter den Laubenbogen, in den Caféhäusern, in den kommunalen und eidgenössischen Wandelhallen, ich habe keine ehemaligen Schulkollegen hier, keine Eltern, keine Mandanten, keine Geschäftspartner, keine Frau und keine Familie: nur eine Wohnung am Fluß, exterritorial, mein Arbeitsplatz, den ich bei Tag nur verlasse, um einkaufen zu gehen.
Meine Berufskollegen, die wenigen, die es hier gibt und die offenbar auch an ihrem Schreibtisch leben, als lebten sie auf einem anderen Stern, sehe ich fast nie – höchstens an den Hundstagen, im Fluß: eine große Begrüßung, als kämen auch wir von den Bergen im Oberland, und ein kurzes, scheues Gespräch, auf dem Uferweg, tropfnaß und frierend.
Bessere Springer als ich – alle.
Ich darf nicht urteilen: es ist *deine* Stadt, von der Flußschleife zur Halbinsel geformt, die Stadt *meiner* Nächte bloß. Keine Nursery of Lights, keine Erektion aus Licht – nur die Sandsteinfassaden einzelner, historisch bedeutsamer Baudenkmäler sind hell erleuchtet: Eine Festung, uneinnehmbar, kalt, abweisend, unwirklich und unzerstörbar – erschreckend, nach der schläfrigen Fahrt, allein im leeren Bus, durch die stillen, düsteren Villenquartiere, mit ihren wuchernden Gärten.
Die Falle schnappt zu, kaum ist man am Casinoplatz ausgestiegen; kann man denn in dieser Stadt, am Abend, wenn man wieder allein ist, nichts anderes tun, als herumirren, mit einer bestimmten Erwartung inzwischen, vergeblich meist?
Im graugrünen Sandstein, meiner Haltestelle gegenüber, klafft ein neonhelles Rechteck aus milchigem Glas, halb durchsichtig, hinter dem die unbestimmten Schatten rasch schrumpfen: der Eingang zu einem unterirdischen Schacht.
Nach kurzem kehrt der Schatten zurück, wird größer, eine Silhouette mit deutlichen Konturen, einen Augenblick lang, im Rahmen der offenen Tür, über der weißen Treppe, die hinabführt, dann verschwindet die Gestalt, die Hände in den Hosentaschen, im Halbdunkel des nächsten Laubenbogens.
Ein paar Vereinzelte stehen, diskret versteckt im Durchgang, vor dem Schaufenster des Photogeschäftes, beobachten unbe-

weglich die Tür und folgen plötzlich, in kurzem Abstand hintereinander, einem schlanken Schatten, der schon schmilzt.
Ich kann dort unten nicht einmal pissen: kaum hat man die untersten Stufen der Treppe erreicht und kommt, aus dem schützenden Tunnel des Schachtes, in Sichtweite, wird man getroffen, von den Blicken, im grellen Neonlicht – reglose Körper, gegen die weißen Kacheln gelehnt die einen, die anderen breitbeinig vor den nierenförmigen Schüsseln, bloß die Köpfe haben sich bewegt, ruckartig, lautlos...
Da kann ich nur flüchten.
Dabei fängt das sogenannte Leben doch hier an, sagst du. Sogar ich weiß es inzwischen, jedermann weiß es: oft mit vierzehn schon oder noch früher.
Natürlich kann ich nicht einfach auf der Verkehrsinsel meiner Haltestelle stehenbleiben und darauf warten, daß mir etwas zustößt; es ist ja noch früh, zu früh, um schon schlafen zu gehen, zu spät, um weiterzuarbeiten. So sitze ich eine Stunde zu lang in dieser Bar herum, im ersten Stock, den du meidest, zwischen anderen Vereinzelten auf unbequemen Hockern, dem Regal mit den starken Schnäpsen gegenüber, unter dem Bildnis von Tadzio an der Wand, lässig gegen sein Geländer gelehnt, mit diesem herausfordernd direkten Blick, von weit oben herab, schwarzweiß, aus dem berühmten Film. Verschüchtert, wie ganz am Anfang, bei einem zu teuren Jack Daniels zuviel.
Warum läßt du mich fast jeden Abend allein?
Manchmal, wenn auch die anderen vor ihren Gläsern brüten und keiner reagiert, suche ich *seinen* Blick; es ist, als schaue er nur mich an, zielsicher über die Köpfe der anderen hinweg, als mustere er mich, prüfend; eine Täuschung: er schaut jeden an, der zu ihm hochblickt, wie alle guten, richtig plazierten Porträts, und jeder hier blickt gelegentlich hinauf, zerstreut, das Glas in den Händen, zu ihm – oder bloß zu den Flaschen mit den starken Schnäpsen.
Kein Anblick sonst – nur schnauzbärtige Enddreißiger mit beginnender Stirnglatze, uniform in ihrem Lederzeug, ältere Herren, angetrunken schon, vulgär: traurige Greise, zu spät auf dem falschen Trip – sagst *du*, unsichtbar, von rechts oben.

Keine Folie à deux hinter der Theke, kein schlauer alter Ire mit seinem melancholischen Jungen – nur Kari, der Barmann, und Pina, die, den Arm auf die Registrierkasse gelegt, vom Veneto träumt.
Manchmal setze ich mich, im Hinausgehen schon, noch eine Weile an einen der großen Tische im Saal hinter der Bar; die Uhr, an der Wand, wurde in meiner Abwesenheit ersetzt: seit ich den sogenannten ersten Stock kenne, standen ihre Zeiger immer auf Mittag, Mitternacht oder null Uhr; jetzt läuft sie, wie es scheint, rückwärts – ich mußte lange hinschauen, bis ich den Trick begriff: Diese Uhr geht verkehrt, andersherum, gegen den Uhrzeigersinn – im ursprünglichsten Sinne des Wortes pervers.
Im übrigen denke ich, könnte man sich in diesem ländlichen Wirtshaussaal gut einen Landfrauenverein vorstellen, am Nachmittag strickend, beim Tee; an den Wänden hängen alte Heugabeln und ein Ölgemälde aus den dreißiger Jahren: ein halbnackter, muskulöser Schwinger, der, mit verschränkten Armen, kampfbereit auf einen ebenso muskulösen Gegner wartet: »Sohn eines Nackens und einer Nonne, strammig erfüllt mit Muskeln und Einfalt.«
Auch hier halte ich es nicht lange aus, wenn plötzlich Stille eintritt, wenn nur noch einzelne Pärchen übriggeblieben sind, die sich nichts mehr sagen, jeder den Ellbogen auf das bäurisch gemusterte Tischtuch gestützt, das Kinn in der Hand, unbestimmt aneinander vorbei lächelnd: als hörten sie alle dem Regen zu, schon wieder, vor den offenen Fenstern.
Was habe ich hier eigentlich gesucht, jahrelang?
Nach dem Whiskey kann ich sowieso nicht gleich einschlafen. Es ist kaum ein Umweg, nur ein Schnörkel, eine kurze Verzögerung, um Luft zu schnappen, nach den Rauchschwaden, zur Ernüchterung, nichts als ein Abendspaziergang: mein gewohnter Abendspaziergang.
Da bin ich, von meinem Heimweg abzweigend, schon wieder eingespurt, der indirekt beleuchteten Fassade des Regierungsgebäudes entlang, unter den Kastanienbäumen: auf meinen alten Rundgang. Ich drehe meine Runden am Anfang noch ziemlich schnell, auf dem breiten Weg unter den alten Bäumen, die

Arme auf dem Rücken – doch das paßt nicht zum Jeansanzug –, die Finger in die aufgesetzten Hosentaschen gesteckt – aber das muß ja zu Mißverständnissen herausfordern, aus den Augenwinkeln sichernd: links, am Geländer, nichts, rechts, auf den Parkbänken nichts; niemand gegen das halbrunde Gitter vor dem Ententeich gelehnt, am Fuße des Hügels, wo das Wasser faul aus der überhängenden Vegetation hervorplätschert, nur die Vögel, die im schwachen Schein der überwucherten Lampen auf dem schwarzen Wasser lautlos auch ihre Runden drehen: einheimische Wildenten, die gegen Abend hierher flüchten, vor den Jägern, angesiedelte Mandarinenten, exotische Gänse, schwarze Schwäne.

Eine belebte Oase in diesem gottverlassenen Dickicht aus fleischigen Blättern, dumpf und schwül wie in einem Treibhaus.

Hoch über mir tritt eine dunkle Gestalt aus den Bäumen an die Brüstung und verharrt reglos auf dem Ölberg.

Am Anfang, als ich noch fremd war hier und die Namen, die die Einheimischen brauchen, zum ersten Mal hörte, konnte ich mir den Ölberg nie merken, so daß ich noch heute manchmal, versehentlich, in der plötzlichen Verwirrung, von Golgatha rede: statt vom Ölberg.

Man geht hier, im Dickicht, dem Ursprung eines jeden Schattens nach.

Da steht er – vor dem weißen Sockel des Denkmals, in der Mitte von Golgatha: eine schwarze Figur unbestimmbaren Geschlechts, die auf einer Weltkugel sitzt, die Brust herausgestreckt und die Arme ausgebreitet: ich weiß noch immer nicht, was das soll, ein Denkmal eben, hell angestrahlt – da stand er: auf dem Fundament, eine Stufe über dem Boden, gegen den weißen Stein gelehnt, den Kopf schräg, ohne sich zu rühren: in seinem schwarzen Leder, hauteng, mit einer Mähne bis auf die Schultern, wilde Locken, hellblond, mit dunkelbraun darin.

Die Scheinwerfer blenden: ich muß mich rücklings gegen die Brüstung lehnen, das Gesicht in den Händen. Eine Halluzination – nichts, nur die Nacht, das geschlechtslose Denkmal darin, der Regen, der unregelmäßig, schwer aus den Baumkronen tropft.

Ich stehe eine Weile in dem Rondell über dem Abhang – ein

gedeckter Pavillon, wie für ein Kurorchester – ein Aussichtspunkt, von wo aus man, geschützt in der Dunkelheit, ganz Golgatha überblickt: wo sie oft stehen, locker nebeneinander im Halbkreis, und warten, wer auf der Bühne auftritt, von der finstersten oder von der hellsten Seite her.
Nichts als Baumkronen, wo man sich hinwendet, als läge diese Stadt in einem Wald; hell leuchtet das Türmchen des historischen Museums darin, kleine flackernde Lichter auf dem finsteren Hügelzug am Horizont, dahinter sähe man, bei Tag, die Schneeberge.
Warum läßt du mich allein – *hier*?
Jetzt getraue auch ich mich wenigstens, hier einfach zu warten: immer wieder, noch immer.
Du mußt dich bloß eine Weile auf ein Mäuerchen setzen, am besten spät erst, nach Mitternacht, wenn der Markt vorüber ist – dann hocken die Nachtbuben wie Vögel auf dem schmalen Geländer, und manchmal sitzt einer, aus Übermut, in einem Baum.
Da standest du plötzlich – dunkel, groß, massig, vor der graugrün leuchtenden Front der Regierungsgebäude, im Zwielicht am Geländer: unverkennbar, mein Verteidiger; wir sind uns hier ab und zu begegnet, vor gut einem Jahrzehnt, als ich noch nichts war als dein ehemaliger Mandant, auf Bewährung aus dem Gefängnis entlassen, und hier bloß einem unbestimmten Gerücht nachging, ohne stehenzubleiben.
Wir waren wohl beide verwundert, bei kurzen, verlegenen Gesprächen, während wir uns Mühe gaben, die Schatten, die an uns vorbeiglitten, nicht zu beachten.
Du hast es nicht schlecht überspielt...
Luft schnappen, natürlich – nach einem Vortrag in der Handelskammer, du sahst noch ganz mitgenommen aus, mit zerwühltem Bart, und hast mir ausführlich, bis auch mir fast schlecht wurde, bloß *ein* Detail beschrieben: das Hüsteln des Verwaltungspräsidenten, kein Hüsteln eigentlich, ein Tick eher, ein leises Knurren, das, während er die Expansionsstrategie seines Konzerns erläuterte, alles, was er sagte, unterstrich, als wäre seine Strategie nicht an sich schon aggressiv genug...

Die reinste Gute-Nacht-Geschichte: bevor wir uns trennten und ich tatsächlich, allein, schlafen ging.
Inzwischen weiß ich, daß zu sorgfältig ausgeschmückte Einzelheiten in deinen Geschichten, selbst wenn sie stimmen, verdächtig sind. Du mochtest mir auch gar nichts mehr vormachen: Zufall, sagtest du, daß ihr euch nicht begegnet seid, er war wohl jedesmal ganz in der Nähe – die tunesische Raubkatze mit dem Stellmesser in den Socken; der einzige, den du eine Weile lang regelmäßig trafst; der reinste Dressurakt. Du schienst dir selber unglaubwürdig zuzuhören, eingewickelt in das Bettzeug, am Fußende meiner Couch, wo sich im Halbdunkel hinter geschlossenen Fensterläden der Schein der kleinen Lampe schon dämmrig verliert, gegen die Zimmerwand gelehnt, im Leibchen wieder, weil es in meiner Wohnung am Abend rasch kühl wird: ein brütender Riesenvogel in seinem Nest – mit atemloser Stimme, leise, ohne mich anzuschauen, als hättest du das alles bis jetzt noch nicht einmal dir selber erzählt.
Ich vergaß ganz, auf der Bettkante neben dem brennenden Lämpchen, noch immer nackt, daß ich, ohne Decke, eigentlich hätte frösteln müssen: Ich mußte Fragen stellen, neugierig, diskret, praktische Fragen, weil ich es mir nicht vorstellen konnte . . . Da oben, im Kraut, hast du es genannt; manchmal an einem Abend gleich zwei; suchthaft – rasch – ängstlich, im Vertrauen auf die Angst der anderen.
Eine heitere Gute-Nacht-Geschichte – summarisch, ohne ein Detail *zuviel*.
Ich hatte dir, an unserem Geländer oder Mäuerchen, deine Vorträge, deine Sitzungen, die Flucht in die Nachtluft geglaubt – mit einem kleinen Fragezeichen nur: mehr als beobachtende Neugier, aus fast naturkundlichem Interesse, traute ich dir nicht zu.
Ich war ja selber nicht sicher – es schien wirklich, auch, ein Ort für Abendspaziergänger, für das gewöhnliche Liebespärchen und das bürgerliche, alternde Ehepaar. Ich war zwanzig und noch nicht lange in dieser Stadt, hatte den Ölberg allmählich eingekreist und selber aufgespürt, ohne irgendwen zu fragen, mit einem instinktiven Gespür für den nächtlichen Ort, der die

richtigen Gelegenheiten schafft. Ich brauchte keine Vorwände – ich hatte noch nichts zu verbergen, bloß Angst; plötzlich hört man Schritte im Rücken, beschleunigt, doch die Schritte im Rücken beschleunigen auch, man muß flüchten, rennend fast, bis man die Abzweigung erreicht hat und aus dem Rundgang ausbrechen kann, auf den gewundenen Weg, der wegführt, hinunter zum Fluß; die Schritte verklingen, verlangsamend – aber ich erschrecke sogar noch heute manchmal, wenn mich der Schatten, in den spitzen Kurven, plötzlich doch einholt: obwohl ich es nun allmählich kenne, dieses Verwirrspiel der Straßenlampen auf meinem Heimweg.
Wild oder Jäger? Ich wußte es nicht: ich hatte keine Ahnung von den Spielregeln. Ich nahm es ernst.
Was suchst du denn hier?
Hättest du mich, gegen dein Geländer oder Mäuerchen gelehnt, lächelnd gefragt – ich wäre in den Boden versunken vor Scham; dabei wußte ich es genau, die Antwort wäre simpel gewesen, ein einziges Wort nur, selbstverständlich, ein großes Wort, ein gefährliches Wort.
Meine einzige Antwort, eigentlich, noch immer.
Natürlich fragten wir beide nicht – es wäre hier schon ein Anfang gewesen.
Du konntest es dir wohl denken; ich wurde, noch nackt, auf meiner Bettkante rot: Kurze Melodramen, fragmentarische Liebestragödien im Zeitraffer – nach einem schriftlichen Anfang, auf ein Kontaktinserat hin meist, ein paar Briefe, ein gemeinsames Essen, an einem kleinen Zweiertischchen, in irgendeiner überheizten Pizzeria, eine Nacht höchstens, schlaflos in einem zu schmalen Bett, und ein langer Sonntagsspaziergang, schweigsam zwischen all den anderen Sonntagsspaziergängern: Der Funke springt nicht, sagte der Ballettschüler, hilflos, nach einem Wochenende.
So unerotisch, sagte der Schauspielschüler: nach der ersten Nacht.
Wie soll man es da je lernen?
Ohne Versteckspiel, offen und scheu, ernstgemeint, mit zu vielen falschen Erwartungen und nach zu kurzer Zeit: Kent, mit seinem Protestknopf, in der Schneewüste von Ohio.

Lauter Spaziergänge, die nicht weiterführten – außer mit *dir*.

Du fandest meine Vorgeschichten rührend: mit einem nachsichtigen Lächeln.

Doch, die Hallenbadsauna kannte auch ich, aber da war es offenbar schon zu spät: *dein* achtundsechziger Mythos ...

Von der Aufweichung *dieser* Grenzen hatte *ich* nichts gespürt; sportliche Gielen, sagst du, junge Seminaristen, Blumenkinder, die plötzlich keine Angst mehr hatten und auch das lustig fanden.

Ich mußte wieder praktische Fragen stellen, neugierig auf Details.

Im türkischen Bad: wo die Familienväter Zeitung lesen? Sie wußten bald nicht mehr, wo hinsehen.

Dann rüsteten sie sich zum Gegenangriff; seither, das war auch mir aufgefallen, kommt ab und zu ein Bademeister im weißen Mantel, um nachzuschauen – ziemlich auffällig, ohne Vorwand.

Inzwischen hat man sich in die Privatklubs zurückgezogen, ins Dunkel der eigens dafür hergerichteten Liegeräume: in modernen Mietshäusern untergebracht, diskret angeschrieben, mit unverfänglichen Namen und mit der berühmten Zweiklangklingel neben der Tür, bitte läuten und eintreten: wie bei einer Zahnarztpraxis – zur behelfsmäßigen Linderung des akutesten Leidens, weitverbreitet übrigens, wie du sagst.

Ich war wieder einmal zu spät gekommen und hatte wohl die falschen Mythen im Kopf: endlose Strategiediskussionen, nächtelang, mit langhaarigen Studenten und Mittelschülern, am Boden hockend, im Kreis ...

Es ging doch um die Haare, sagst du: die Revolution der Haare – lies Pasolini; sie kastrierten sich nicht mehr, sie wurden plötzlich schön, sichtbar für jedermann, sie haben in wenigen Jahren den grauen Lebensstil ganzer Generationen verändert: und was vermag ein politisches System gegen einen *Lebensstil* ...

Du gabst es gerne zu: es war zuerst fast nur eine Stilfrage. Die hüstelnden Konzernherren und die degenerierten, schon nicht mehr regimentsfähigen Senioren – gegen diese schön verwilderten, lustigen, zärtlichen, sanften Kinder?

Diese Entscheidung ist doch klar. Du hattest, schon mit fünfunddreißig, von deiner eben steil anhebenden Karriere genug: aber ein Haus, eine Familie. Genug davon, eingezwängt zu sein in diese grauenhaften, immer zu engen Kleidungsstücke, Umgangsformen, Rollenzwänge, Machtspielchen: die ja auch dir bloß Angst machen.
Keine Angst mehr haben; spielen, aber nicht um Macht. Was bleibt dem Kamel vor dem Nadelöhr? Bücken, sagtest du, und ich begriff nicht ganz.
Was blieb dir denn? Du konntest dich gelegentlich mit deiner großen, imponierenden Gestalt schützend in den Weg stellen.
Dich drohend aufrichten, zärtlich bücken.
Ich begriff noch immer nicht. Einzig deine Wörter verstand ich, du hattest die besseren als ich.
Allein schon das Wort *Giel*: Das Äquivalent in *meiner* Vaterstadt tönt bloß nach Fasnacht; sogar mit deinem *Wort* kann man spielen, mit den toten Buchstaben noch. In meinem Dialekt klingen alle Diminutive unmöglich, spitz; du hingegen hast eine ganze Kadenz von Wörtern zur Verfügung, wohl schon von Kindheit an, für Zärtlichkeitsformen, zur Verkleinerung der Angst, vom Bueb und vom Giel, über ds Büebli, ds Buebli bis zum Giutscheli.
Ich hatte nur mein Latein, das Hochdeutsch, große Wörter, nichts zum Spielen – bloß Schwindel und einen trockenen Mund.

Es machte mich stumm; plötzlich – mit dem Rücken zum offenen Fenster, halb auf dem Heizkörper hockend, während einer Pause, im Klassenzimmer – wir hatten beide wohl Aufsichtsdienst, Tafel putzen, lüften, die anderen rausschmeißen: für Ruhe und Ordnung sorgen – er saß in seiner Schulbank, über ein Schulheft gebeugt, auf seine Aufgaben konzentriert, im letzten Moment, wie immer: dunkel, südländisch, erwachsen – als hätte ich ihn noch nie gesehen.
Dabei waren wir Banknachbarn.
Er hat bestimmt nichts gemerkt; bloß abgeschrieben hat er, acht Jahre lang.

Ich hatte Angst – vor den Turnhallen, den Hallenschwimmbädern, den schmalen, staubigen Garderoben, in den Baracken am Rande des Sportplatzes, ich duschte nach der Turnstunde erst daheim; ich drehte mich weg, auf meiner Koje im Schlafsaal des Skilagers – obwohl er sogar lächelte, während er langsam sein Leibchen auszog, es über den Kopf streifte, in der Bewegung stillhielt, auf seiner Pritsche kniend, schräg über mir: und mich anlächelte – bevor das Licht ausging.
Olivfarbene Haut.
Er trug, als einziger, seine dunkelblonden Haare schon halblang: Pagenschnitt.
Ich konnte nicht lächeln, nicht antworten; ich bekam Sehstörungen, ein Flimmern vor den Augen, eine Brille aus minim geschliffenem Glas – der Kinderpsychiater lehrte mich autogenes Training und gab mir ein Buch: »Lernen mit Köpfchen«, einige brauchbare Tricks, wie es schneller und leichter geht, Valium: 5 Milligramm gegen die Panik – ich wurde viel zu gut, in Latein.
Nur in Turnen und Sport blieb ich schlecht, ungeschickt; Angst: vor dem Geruch der Körper, vor dem Schmerz jeder Berührung auf der nackten Haut.
Ich wußte doch warum – ich wußte, was ich suchte, längst. Es fehlten mir, im Halbdunkel des Ölberges, immer wieder die kleinen Wörter zum *Anfangen*.
Bloß Schwindel – ein Vakuum in der Brust, aus Angst vor einem *Nein*.
Die Hände um das kalte Eisen geklammert, die Schuhspitze zwischen die Gitterstäbe gepreßt, aus den Augenwinkeln mit kleinen Bewegungen sichernd, stumm – bis der andere, die Arme vor der Brust verschränkt, schon sprungbereit auf dem Standbein, den anderen Fuß gegen die Gitterstäbe gestützt: sich abstößt, vom Geländer.
Worauf wartest du?
Keine Antwort.
Was suchst du?
Mancher gibt gleich zu, daß er es selber nicht weiß – mancher mag die Wörter, die zur Verfügung ständen, auch nicht aussprechen, mancher versucht einfach, noch irgend etwas zu

»mischeln«: kein schlechtes Wort, in diesem Halbdunkel, aber ziemlich vage – zu vieldeutig.

Du darfst nur nicht zuviel erwarten – es ist wenigstens gesund, entspannend: Angst brauchst du keine zu haben; du hattest es ausprobiert, für mich, ich war im voraus gewarnt.
Doch ich erwarte wohl noch immer zuviel – mehr, als erlaubt ist, denke ich.
Ungeduldig, mit fahrigen Fingern, reißt man sich die Kleider vom Leib, vor der Wand aus Garderobeschränken, vor denen die Schuhe bereitstehen: städtische Halbschuhe, Stiefelchen, Moonboots – Turnschuhe: vergammelt, schmutzig und vielversprechend. Das Lendentuch, das immer zu knapp ist, um die Hüften geschlagen, sitzt man eine Weile an der Bar – alkoholfrei leider – bei einem Kaffee, in einem der ledernen Clubsessel schließlich, in den herumliegenden Zeitschriften blätternd.
Ich gehe immer wieder zu oft in die Kabine und bleibe jedesmal zu lange im Winkel hocken, auf dem obersten Holzrost, im schwachen rötlichen Schein der Lampe, während die Hitze steigt, bis mir der unsichtbare Dampf, zischend, den Atem verschlägt...
Einer windet sich in der Hitze, ausgestreckt auf seinem Holzrost, und stöhnt; die Augen geschlossen, den Mund halb offen, die Wangen gerötet, verwildertes Haar über der Stirn; er richtet sich halb auf, mit letzter Kraft, und spreizt die Schenkel: stumm, im Lichtschein des Lämpchens – ohne ein Lächeln.
Fertigmachen – wäre das richtige Wort hier.
Doch im dümmsten Moment stürmt eine Horde frisch geduschter Enddreißiger den Hitzeraum, und man verschanzt sich wieder, rasch, hinter den eigenen Knien. Dann knistert nur noch der Ofen.
Vor der schweren Tür bleibt der Junge einen Augenblick stehen, hell das Profil vor dem quadratischen Fensterchen; auch ein Zeichen: dieser glänzende Blick über die Schultern hinweg, zu mir, in meinem Winkel. Dann schlägt die schwere Tür zu.
Hinaustaumeln, unter den Wasserstrahl – doch dann muß ich mich eine Weile hinsetzen, unter die ausgeschaltete Höhensonne, und warten, bis mein Herz sich beruhigt.

Zu lange...
Du machst das sicher ganz falsch, du kannst es dir denken, mit deinem nachsichtigen Lächeln: Man muß bloß *einmal* richtig Sauna machen, um zu entspannen, ausgestreckt auf dem Holzrost, mit geschlossenen Augen; dann muß man *ruhen*, später vielleicht noch einmal rasch hineinschauen, durch das kleine Fensterchen in der Tür des Hitzeraumes, dafür ist dieses Fensterchen nämlich *auch* da...
Herumirren, zwischen den schwarzen Wänden dieser verwinkelten Wohnung, auf der Suche nach *ihm*, in der Bar, im Vorraum, hinter dem ebenso schwarzen Vorhang schließlich, im Liegeraum: auch ein Labyrinth – erfüllt nun von dem Wimmern, aus allen Winkeln, das anschwillt – verhält, kippt, verebbt: und aus einer anderen Ecke oder Höhle von neuem anschwillt – diskret gedämpft von leichter Unterhaltungsmusik.
Kein Wort; wogende Körper, wenn die Augen sich allmählich gewöhnen, fahl glänzende Haut, unbestimmte Körperteile, die übereinander herfallen.
Zuviel – zum Begreifen; darüber sprechen auch wir nicht.
Aber ich *muß* es doch endlich lernen, zur raschen Linderung des akutesten Leidens; so lege auch ich mich dazu und warte, angespannt, mit geschlossenen Augen, auf die Erlösung, an der Oberfläche der Haut: bis das Bewußtsein sich trübe, in der Betäubung, einen schwindenden Augenblick lang – die drei Sekunden, die, nach neuesten wissenschaftlichen Untersuchungen, *Gegenwart*, im menschlichen Empfinden dauert.
Doch mein Körper weiß es besser; mein Körper spielt plötzlich nicht mit.
Jedesmal, wenn ich zwischen den Garderobekästen hocke, den Fön in der einen, die brennende Zigarette in der anderen Hand, in den Unterhosen, nachdem ich mein Lendentuch schon fortgeworfen habe, in den Wäschekorb, zu den anderen schmutzigen Tüchern, taucht – nach dem vielversprechenden Zweiklang der Klingel – im Spiegel ein Traum auf: dunkel oder blond, bäurisch, zart oder kräftig, jung wie auf den ganzseitigen Bildern – und zieht sich rasch, scheu hinter meinem Rücken, splitternackt aus.

Dann weiß ich nachher nie, ob ich eigentlich fröstle oder schwitze, unter den feuchten Kleidern, auf mein Geländer gestützt, das kalte Metall in den Handflächen.

Nichts sonst – bloß der Regen, der aus dem Blattwerk tropft, ein Igel, der im Gebüsch faucht, der Wind, der die Silhouetten der exotischen Zierbäumchen am Abhang des Ölberges bewegt – nur die Nacht, voller Täuschungen.
Das geschlechtslose Denkmal, unter den Baumkronen, auf Golgatha. Die blendenden Scheinwerfer, das versteckte Licht; fleischig glänzendes Dickicht; Wolkenschlieren und ein schrumpfender Mond.
Und du ...

Du kannst auch nicht schlafen; zwei, drei Stunden traumlos, wie tot – betäubt von zuviel Rotwein; dann erwachst du, geweckt von deinem eigenen Schrei – wir kennen das: im Schlaf tönt es wie der Schrei eines anderen, laut, von weither, von draußen; im Erwachen hörst du dich noch stöhnen, der Schrei ist verebbt.
An den Alptraum erinnerst du dich nicht mehr.
Du weißt, daß du jetzt nicht gleich wieder einschlafen kannst; du nimmst den Bademantel vom Haken an der Tür, den dunkelvioletten, in dem du mich an Cassius Clay erinnerst: zu knapp, mit nackten Knien und entblößter Brust. Du machst Licht im Gang – sofort heben die Hunde in ihrem Korb die Köpfe, verschlafen lächelnd: ein einziger, weißer, wolliger Leib – ein doppelköpfiges Ungeheuer. Rudeltiere eben, nicht sehr anhänglich – von dir aus, ich weiß, hätte man einen der beiden längst weggeben können: egal welchen – Alpha oder Omega, *ich* jedenfalls verwechsle sie immer; beide gleich groß, gleich kräftig, wahrscheinlich auch gleich stark – bloß ein kleiner Altersunterschied, der die Rangordnung, bis heute, noch bestimmt. *Sie* hängt wohl an *beiden* – sie schläft; tief und gut, nach der Gartenarbeit, sieben, acht Stunden jede Nacht, in ihrem gelben Südzimmer, eingerollt unter zuviel Bettzeug: nichts als ein schwarzer Haarschopf. Sie friert immer – du erträgst höchstens die leichte, dünne, seidene Decke, auch im Winter.
Man hört nichts, im Innern dieses Hauses, hinter den dicken,

alten Mauern, nachts: Teenager schlafen sowieso zuviel, jedes in seinem Flügel des Hauses – bis Mittag, würde man sie nicht gewaltsam wecken.
Seit unserer Heimkehr ist der Jack Daniels wohl auch für dich eine Versuchung – aber auch du wirst wissen, daß man keinen Whiskey trinken soll, wenn man weiterschlafen will.
Die Ahnen an den Wänden – die Ahnen schauen dir nach, während du auf und ab gehst, in dem verwinkelten Gang, der die leeren Zimmer mit den bewohnteren Flügeln des Hauses verbindet; fremde Ahnen – *mich* würden sie stören. Doch wer will heute schon Ahnenbilder kaufen? Also läßt man sie hängen, wo sie schon immer hingen, im Gang – übernommen mit der übrigen Konkursmasse, dem Haus, dem Garten, den Möbelchen – verhältnismäßig billig, anstelle des Honorars für die Liquidation.
Die Möbelchen hast du selber gleich liquidiert – auf den Stühlchen aus dem 18. Jahrhundert kamst du dir vor wie Herkules auf dem Melkschemel, im Stall des Augias ...
Sie werden nicht weiterschlafen, die Hunde. Solange du in diesem Gang geräuschlos auf und ab gehst, folgen sie dir mit ihren zwei wachen Augenpaaren, blau, glaube ich – aber ich bin nicht mehr sicher; freundliche Augen eigentlich, treuherzig.
Der Jack Daniels steht in deinem Arbeitszimmer, dem roten Zimmer: in der eingebauten Vitrine, wo eigentlich alte Folianten hingehören; wir trinken ihn beide pur – selbst Eis würde diesen unbeschreiblichen Geschmack zerstören.
Beim ersten Schluck fallen die Mauern – im Kopf.
Du öffnest das Fenster in deinem roten Zimmer. Allmählich tauchen zwischen dem unbestimmten Gestrüpp die Stämme der alten Linden aus der Finsternis auf; die Umrisse der beiden Magnolienbäumchen, auch gepflanzt noch von den ehemaligen Besitzern, ohne Gespür für die Natur: Man müßte die beiden Magnolien umtun; jedes Frühjahr leuchten die Blüten, bläulich und weiß, hübsch, ein paar Tage lang – dann, eines Morgens, beim Erwachen, sind sie braun: erfroren – ein trauriger Anblick. Sie sind zu empfindlich für das voralpine Klima hier. Wir sind schließlich nicht in Versailles. Doch im übrigen ist die klassische französische Gartenanlage schon verwildert, die alte

Ordnung rasch zugewachsen: Gestrüpp, Hecken, Wildrosen, Kletterrosen, Efeu an den Stämmen – die schöne Dunkelheit wuchernder Vegetation.

Du stehst am offenen Fenster, das Glas in der Hand. Vom See hört man nichts, hinter dem Gestrüpp und den Bäumen; kein Wind, nur leise, so vertraut schon, daß du es erst allmählich wahrnimmst, der monotone Unkenruf der Geburtshelferkröten.

Ein hypnotischer Ruf. Du erinnerst dich allmählich zurück an deinen Traum, denke ich, aus dem du schreiend erwacht bist – es fehlt wohl auch dir: gemeinsam einschlafen und aufwachen dürfen, zu diesem hypnotischen Ruf, in den Sommerferien, wenn *sie* fort sind... Es ist doch das einzige Schlafmittel, das wirkt, gegen die Alpträume.

Ich kann nicht einfach auf den Ölberg gehen und mir heimholen, was ich brauche, zum Einschlafen, sagst *du*. Wir sind uns hier nie mehr begegnet.

Eine Halluzination – auf dem Heimweg schon: von weither, aus dem Licht der Scheinwerfer und den Arkadenbogen der strahlenden Bundeshausfassade, schwebt er auf mich zu, die Arme vor der Brust verschränkt, geräuschlos auf den Fußballen abfedernd, als wolle er sich vom Boden abstoßen, mit flatterndem hellen Haar, schnell an mir vorbei und weiter, aus dem Dunkel der Kastanienbäume wieder ins Licht der Galerie und durch den Eingang ins Dunkel des Parkes, das ihn verschluckt.

Eine Erscheinung, die sich jeden Abend wiederholte – bis ich schließlich doch stehenblieb und ihm nachlief, dorthin zurück, wo ich herkam.

Da stand er – hinter dem Gittertor des Einganges, im Lichtkegel der Straßenlampe, mitten auf dem hellen Vorplatz, wo sich alle Wege ins Dunkel des Parkes trennen, am Fuße des Ölberges, allein, die Arme vor der Brust verschränkt, im Laufschritt zum Standbild erstarrt: und brauchte Geld.

Ich war ihm nachgelaufen – so mochte ich nicht mehr weglaufen.

Er ging neben mir her, einen halben Schritt voraus, als wolle er

flüchten, nahm seine Arme nicht von der Brust und blieb mißtrauisch: Ich will nämlich nicht bekehrt werden – ich brauche das Geld.
Ich bin weder Sozialarbeiter noch ein Heilsarmist in Zivil – Wohnst du allein?
Sonst brauchte ich dich nicht –
Angst: vor dem verborgenen Zweiten, der plötzlich aus einem Hinterzimmer auftaucht, zu einem bösen Spiel. Hast du ein Stück Brot? Er hatte zunächst einmal Hunger; so setzte ich mich vor ihn auf den Boden, die Beine untergeschlagen, im Lotossitz, rauchte eine Zigarette und schaute ihm zu, wie er, hinter dem Küchentisch sitzend, eine Scheibe Brot nach der anderen mit Butter und Honig bestrich, sorgfältig, andächtig, bis man vom Brot nichts mehr sah: die Honigbrote der Ferientante mit dem Bauernhof, dem Bienenhäuschen, den Waben zum Auslecken – eine Kindheitserinnerung. Dabei ging der Vorhang aus Haaren vor seinem schmalen, weißen Gesicht fast zu – und wieder auf, wenn er aß – und wieder zu, während er sprach: gehetzt fast, von seiner Kindheit, als müsse er sich jetzt schon zurückträumen, mit knapp siebzehn.
Aschblonde Seidenfäden; silberblond, nennst *du* es; goldblond, je nach Beleuchtung.
Seide, in jedem Falle – zum Anfassen.
Doch ich durfte noch nicht – vorher wollte er mir rasch etwas zeigen, während er, noch immer redend, aus seinen verwaschenen Jeans stieg, die er lange und sorgfältig über dem Fauteuil zusammenlegte. Er ging in die Hocke, streifte seine Socken ab – kein Stellmesser: bloß ein kleines Silberpapierchen in seiner Hand, das er, als packe er Goldstaub aus, behutsam auseinanderfaltete.
Hock dich neben mich – aber nicht blasen!
Die Hand vorsichtig auf seinen scheu weggekrümmten, mageren, warmen Rücken gelegt, hielt ich, neben ihm kauernd, den Atem an: rotbraune, kristallen glitzernde Körnchen, fein wie Wüstensand. Brown Sugar, sagte er. Ich hätte es mir denken können. Doch da hatte ich ihn schon berührt.
Streicheln, das mochte auch er, streicheln ließ er sich gern – als Schuljunge schon, mit einem Klassenkameraden, an freien

Nachmittagen, wenn die Eltern fort waren: Wir zeichneten einander mit dem Zeigefinger Rätsel auf die Haut, so: auf den Bauch, auf die Brust, den Rücken hinunter, und jeder mußte erraten, was der andere sich ausgedacht hatte: ein Haus, einen Baum, ein Männchen, einen Vogel; nur mit den Fingerspitzen, nackt nebeneinander im Bett, ganze Nachmittage lang. Mehr wollte er nicht, mehr konnte er nicht.
Aber ich mag zufriedene Kunden...
Wenn er spürte, daß aus dem Spiel Ernst wurde, drehte er sich brav auf den Rücken, schloß die Augen und streichelte mich geduldig weiter: eine erlegte Beute – kampflos besiegt, ohne Widerstand und Gewalt.
Lustlos und lieb, dienstfertig: gegen bar.
Ein zwiespältiges Gefühl – nicht *nur* schlecht, als Sieger und Herrscher, diesen schwindenden Augenblick lang. Nachher tat es mir leid.
Er kam immer wieder, ungerufen durchs Wohnzimmerfenster schließlich, mit einem Sprung aus der Nacht, wenn ihm der Weg durch die Haustür, über den Flur, bis zur Wohnungstür bereits zu lang vorkam, auf dem Turkey schon, im Entzug, bettelnd am Ende, um dreißig Franken, für den rettenden Schuß, und um die Honigbrote, zur Erinnerung, gegen den Hunger.
Einen Süchtigen, sagst du, traurig lächelnd auf meiner Bettkante, darf man nicht gern haben.
Ich mußte das Fenster schließen, die Läden verriegeln, die Hausglocke abschalten, den Telephonstecker herausziehen, alle Lichter in der Wohnung löschen und meinen gewohnten Heimweg meiden, eine Weile lang. Panik: Bankrott machen, wegen dem bißchen Streicheln?
Doch bald hätte es mir schon nichts mehr ausgemacht, gepfändet zu werden, erpreßt, bestohlen, angesteckt, vergiftet, erschlagen, erstochen, erwürgt, eingesperrt und abermals von dir verteidigt: bloß für ein paar neue Rätsel auf der Haut, vor dem Einschlafen; für eine Halluzination, auf dem gewundenen Heimweg, für den süßen Schrecken; wenn plötzlich einer aus dem Gebüsch träte und stehenbliebe, aus einer Haustür, aus einem Gartentor, aus einer Seitenstraße, eine Epiphanie, ein Schatten wenigstens, auf dem letzten abschüssigen Stück des

Heimwegs, während ich mich gegen die Schwerkraft wehre; eine Rettung, auf den dunklen Treppenstufen vor meiner Haustür hockend, wenn ich um die Ecke biege...
Ein liebes Phantom.
Nichts als Kehrichtsäcke, ordentlich, aufgereiht, bloß umweltfreundlich.
Süchtig werden? Sehn-süchtig – hinter dem Mückengitter.
Seit meiner Heimkehr habe ich nicht einmal mehr einen Waldkauz schreien hören: das einzige eben, was in dieser Stadt wenigstens schrie.
Einer saß immer versteckt zwischen den Ästen der hohen Tanne, die das alte, mit Schindeln verkleidete Gebäude an der letzten Wegbiegung des Abhanges, halbwegs verbirgt: das erste Haus auf dem Rückweg vom Ölberg, eine verwinkelte Architektur, mit den Anschriften einiger altertümlicher Handwerke neben den kleinen Fenstern, hinter denen man, schemenhaft, Teile großer, fremder Maschinen erraten kann – und schrie, der Waldkauz, während ich unter der Tanne vor dem Haus stehenblieb, ganz nah, unsichtbar, weithin noch hörbar im Quartier, auf meinem Heimweg, noch lange: wenn ich im Finstern am offenen Schlafzimmerfenster stand und auch wartete.

Das Geräusch deines urtümlichen, pneumatischen Autos kann ich längst vom Motorenlärm aller anderen Wagen unterscheiden; von acht Uhr an beginne ich, am Cockpit meines Schreibtisches, hinter den verschwommenen Umrissen der wildwachsenden Sträucher vor meinem Fenster, nebenbei auf den Straßenlärm zu achten. Allmählich fange ich an, meinen Arbeitsplatz aufzuräumen, decke die Schreibmaschine zu, notiere rasch auf einem Zettel die Fortsetzung, ordne meine Zettel auf verschiedenen Häufchen und lösche die Lichter im Arbeitszimmer. Ich öffne die Flasche Patriarche Bourgogne, Jahrgang '76 noch immer, aus meinem Milchladen: ein unerschöpflicher Jahrgang, wie es scheint, der Sommer des Jahrhunderts – und stelle sie, mit zwei Gläsern, auf dem antiken Tischchen neben dem Sofa bereit. Ich zünde die Lampen im Wohnzimmer an, schließe die Fensterläden und habe nun meist noch einen

Augenblick lang Zeit, in meiner Wohnung auf und ab gehend, zu warten.
Ich höre dich spätestens, wenn du von der Hauptstraße her einbiegst, bremsen: ruckartig, mit stotterndem Motor; dein Auto scheint zu zögern, als wolle es schon jetzt, vorzeitig, in die Knie gehen, während du, über das Steuerrad gebeugt, nach einer Parklücke Ausschau hältst.
Dann knallt die Wagentür, die sich längst nicht mehr abschließen läßt, und allerhand unbestimmte, lose Metallteilchen an der Karosserie scheppern gefährlich. Irgendwann einmal, sagst du, fällt dieses Auto auf offener Straße einfach auseinander – ein Blechhaufen, und du stehst hilflos daneben.
Eine Weile bleibst du so stehen – auf dem Trottoir, während du den Gürtel, unterhalb der Front des Bauches, wieder enger schnallst: pfeifend bereits. Du kommst pfeifend näher – langsam, quer über die Straße, ein wenig aus den Knien heraus federnd, als möchtest du vom Boden abheben, den Blick schon auf meine verriegelte Festung gerichtet, während du stetig aufsteigst; ein großer Schuljunge – beim Schwänzen.
Wenn die Klingel surrt, stehe ich schon hinter meiner Wohnungstür bereit – doch ich warte einige Sekunden, bevor ich aufdrücke, damit du nicht zu deutlich siehst, daß ich gewartet habe.
Du kannst dir wohl denken, warum ich dir nie entgegengehe, sondern hinter der Schwelle stehenbleibe, zunächst einen Schritt zurückweiche, vor deiner Gestalt im Türrahmen, und sofort die Tür zumache: So sieht es nicht nach einer doppelten Begrüßung aus. Aber es braucht einiges Geschick – du achtest nämlich nie darauf, ob die Tür wirklich schon zu ist, nur darauf, ob sich die Distanz zwischen uns derart verringert hat, daß es sich von selber ergibt.
Meist habe ich noch die Türklinke in der Hand, und manchmal, wenn ich zu früh schon keine Distanz mehr halten kann, muß ich mich ein bißchen wehren.
Ganz sicher, ob du es genau weißt, bin ich mir allerdings nicht. Ich habe nie ausprobiert, was geschehen würde, wenn ich dir entgegenginge und dich schon im leeren Hauseingang richtig begrüßte...

Es ist ja eigentlich bloß *mein* Hausgang.
Du legst die Mappe oder was du mir sonst mitgebracht hast – und du hast mir jedesmal etwas mitgebracht, mindestens die Mappe – auf das Büchergestell im Eingang; du richtest dich ein für den Abend und ziehst die Schuhe aus, als wärst du auch hier schon daheim.
Ich habe dir etwas mitgebracht – ein Buch, das du mir ausleihen oder zurückgeben willst, die Straßenkarte, wenn wir eine Reise planen, einen Zeitungsausschnitt über den letzten Prozeß, den Entwurf eines Plädoyers, den du mir zeigen willst – soweit, die leere Mappe mitzunehmen, bist du nie gegangen, aber wie oft haben wir den Inhalt schließlich vergessen, und häufig fiel dir erst beim Abschied oder am anderen Morgen, am Telephon wieder ein, warum du eigentlich zu mir gekommen warst.
Das ist so geblieben, bis heute – ich nahm es stillschweigend in Kauf.

Die Photos sind fertig geworden.
Auf meinem samtroten, langen Theatersofa im Wohnzimmer sitzend, einer klassischen Besucherbank, die Mappe im Schoß, strecktest du mir den Umschlag entgegen. In dem Umschlag mit den Photos steckte ein zweiter, kleinerer Umschlag: ebenfalls mit Photos.
Aber bitte bring meine Bilder nicht durcheinander – mit einem verschmitzten Schulbubenlächeln, listig, komplizenhaft, als könntest du mit meinem Verständnis rechnen.
Ich begriff sofort, doch diesmal stellte ich mich blöd. Ich fragte zum Trotz: Warum?
Du hast, auf deiner Besucherbank, etwas hilflos mit den Schultern gezuckt, nicht gewohnt, dich mir gegenüber zu rechtfertigen – halbschräg in den Winkel zwischen Rückenlehne und Armstütze gelehnt, um die harte, knappe Sitzfläche maximal ausnützen zu können, in einer unbequemen Lage, weder liegend noch sitzend. Die heimliche Schadenfreude des Prokrustes wenigstens mußt du mir jetzt wohl gönnen...

Deine körperlich bedingte Abscheu vor meinen antiken Möbelstücken, die du nicht verbergen kannst, amüsiert mich ein wenig. Ich weiß natürlich, daß dir die frühere, fast ärmliche Möblierung meiner Wohnung besser gefiel – wenige, ausschließlich funktionale Möbelstücke aus den Dachböden diverser Verwandter entliehen, viel leerer Raum dazwischen, ein paar Spotlights, die etwas makaberen, naiv-bunten Bilder meiner Mutter an den Wänden und die Couch, das Bett, in dem ich meine ganze Kindheit und Jugend (allein) geschlafen hatte: Fuß- und Kopfende abgesägt, damit es bei Tag nicht so sehr nach Bett aussieht, ein Diwan fast, mit den kleinen farbigen Kissen auf der weißen wollenen Nomadendecke. Ein wenig unpersönlich, fandest du, im Tageslicht vor allem, kühl, sachlich, eine Wohnungseinrichtung, die nichts über den Bewohner verraten soll – und das willst du wohl auch: Es paßte dir nicht schlecht – hier hat man wenigstens Platz; nur die Bilder, diese Totenschädel, Totenmännchen in expressiven Farben, ungekonnt, aber ausdrucksstark – daran muß man sich ein bißchen gewöhnen...

In der bildenden Kunst wenigstens bevorzugst du die kühle, dekorative, geometrische Ordnung der großen Abstrakten: Mondrian – oder wenn schon provokativ farbig, dann gleich Rothko oder Sam Francis.

Bilder sind doch zum Anschauen da – sie sollen einem nicht gleich noch irgendeine Botschaft aufdrängen; in der Literatur, gibst du zu, ist das ein bißchen anders – Wörter können nicht umhin, etwas auszusagen: aber ein Buch kann man wenigstens wieder in eine Ecke stellen und vergessen.

Inzwischen ist es bürgerlicher geworden, mein Wohnzimmer, mit den wertvolleren Erbstücken meiner Herkunft.

Fassungslos, stumm standest du da, beim ersten Mal: angesichts dieser Vertikalität, dieser wackligen Hochbeinigkeit, dieser knappen, harten Sitzflächen...

Ich verschluckte mein unschönes Lächeln; ich habe deine Ordnung nicht durcheinandergebracht. Wortlos steckte ich deine heimlichen Bilder wieder in den separaten Umschlag und traf meine Wahl aus deinen offiziellen – für Familie und Allgemeinheit bestimmten – Bildern, bedächtig, schweigsam auf meinem Louis-quinze-Fauteuil (eine Kopie), der Besucherbank (de l'époque) gegenüber.

Soll ich für dich etwas vergrößern lassen?
Ja, gerne. Meine Wünsche waren eindeutig. Die Wahl fiel mir nicht schwer.
Doch es gärte weiter in mir, im verborgenen, unkontrolliert...

Auf dem Sofa sitzend, in meinem grünen Trainingsanzug, nachdenklich, schaue ich ihm zu, während er mir den Rücken zukehrt, mit untergeschlagenen Beinen am Boden hockt und fernsieht; sein Profil – vor allem viel blondes Haar, grell beleuchtet: appetitlich, ein sympathischer junger Amerikaner, der arglos den Fernseher anlächelt, den man nicht sieht – ein bißchen wie in einem Käfig freilich, von deinem Tischchen aus aufgenommen, durch die Holzstäbe hindurch, die die Nische mit dem Tisch im Wohnzimmer deines Motelappartements abtrennen.
Raffiniert...
Ich erinnerte mich plötzlich wieder. Ich hatte nicht erwartet, daß du seine Bilder entwickeln lassen und aufbewahren würdest. Aber du hast sie ausgesondert, beiseite getan – damit sie dir nicht, aus Versehen, zwischen die Landschaften der Wüste geraten können. Jede Photographie, sagst du, verrät eben mehr über den Photographen als über das Sujet...
Er hätte bloß den Mund nicht auftun, die schwarze Zahnlücke nicht zeigen dürfen, neben mir hinter deinem Auto stehend, in der Space Odyssey des Antilope Valley.
Meist verriet er nicht einmal, ob er überhaupt merkte, daß du ihn aufnahmst, und ließ sich beim Fernsehen nicht stören; doch plötzlich, nachdem du schon mehrmals abgedrückt hattest, ohne daß er auch nur hingesehen hätte, erhob er sich langsam und baute sich mitten im Wohnzimmer vor dir auf: das rechte Bein locker vorgestellt, Hüfte heraus, Bauch frei – mit der Hand schob er sein verwaschenes grünes T-Shirt hinauf und verharrte, ohne ein Wort, ohne ein Lächeln, ernst und professionell, als hätte er das schon hundertmal geübt und als hättest du diese Pose von ihm *verlangt*; wie der erstbeste Coverboy auf dem Titelblatt – das Schneckenhäuschen des verspielten Nabels im Zentrum des Bildes: feilgeboten – zum Auslecken, auf den Knien, als zärtliches Vorspiel.

Du drücktest bloß ab, und ich schaute zu – dann hockte er sich wieder vor seinen Fernseher.
Rührend. Du lächelst – ganz hilflos vor Rührung.
Ich hätte in diesem Augenblick, dir gegenüber sitzend, sehr aufrecht, auch mit einem offenen, hübschen Lächeln, dieses eine Bild, das zuviel war, langsam in tausend kleine Fetzchen reißen müssen: Dann hättest du nämlich die übrigen Bilder von Stevy gar nicht mehr auszusondern brauchen.
Aber ich bin schließlich mit drauf, im Hintergrund, nachdenklich – oder meinetwegen auch andächtig.
Derart kühne Reaktionen fallen mir ohnehin erst nachträglich ein. Da war längst wieder alles säuberlich aussortiert und in der Mappe verstaut, ich hatte mir ein zweites Glas Patriarche eingeschenkt: und dir auch – in deiner unbequemen Lage.
Unbeweglich auf der harten Besucherbank, in deinem ausgebeulten Pullover; dein Schatten verdunkelt die halbe Wand.
Das Spotlight blendet – du klagst.
Ich müßte dich jetzt in mein Arbeitszimmer einladen, auf unsere gewohnte Couch – wenn ich wollte.
Konversation machen? Oder stumm, verstockt einen ganzen Abend lang den silbrigen Saharateppich anstarren, der, fleckig geworden, zu kurz im Verhältnis zur Länge des Sofas, im Grau des Nadelfilzes dahindämmert?
Ein geschrumpftes Eiland...
Ich kann jetzt nicht mehr auf die wortlose Versöhnung, die alles wegwischt, einfach warten.

Natürlich wäre ich nie auf die Idee gekommen, mit meinem würdigsten Gast auf dem Fußboden zu sitzen, so setzte ich auch dich, wie meine (wenigen) übrigen Besucher zunächst auf einen der kleinen, tiefen Lehnstühle beim Telephontischchen, dem einzigen Tisch eben in meinem Wohnzimmer: gerade groß genug für die Flasche, die beiden Gläser. Du hingegen bist es gewöhnt, entweder ausgestreckt zu liegen oder solide zu thronen: Wenige gewaltige Ledersessel, ein ebenso monströses, braunes Ledersofa vor dem Cheminée in eurem ausgeräumten Salon, hinter einem massiven Rauchtisch aus Glas und Stahl; der lederne Ohrenfauteuil in eurer Eßküche, auf

dem du deiner Frau beim Kochen Gesellschaft leistest, ist eigentlich eine Art Schlafplatz.
Ich konnte froh sein, daß es bloß eine Stahlfeder des Lehnstuhls war, die schon an unserem ersten Abend, mit einem explosionsartigen Knall, krachte.
Du hast deinen Platz in meinem Wohnzimmer, unseren Platz, selber gefunden, erfinderisch und klaglos; es war der richtige Platz – für uns beide.
Mit den winzigen leuchtfarbenen Kissen hast du dir ein richtiges Nest gebaut: einen behelfsmäßigen kleinen Thron, auf dem Fußboden.
Neben dir sitzend, gegen das Couchbett in unserem Rücken gelehnt, brauchte ich dich nicht anzusehen, während ich dir zuhörte und nicht verraten durfte, was ich mir dabei dachte. Wenn sich alles in mir verschloß und auch du den richtigen Anfang noch nicht fandest, dann konnte sich mein Blick in das kleinräumige, abwechslungsreiche Muster aus Naturfarben retten, das die großen weißen Linien, gleichmäßig angeordnet wie auf einem Gebetsteppich, auflockert: weinrot, gelb, blau und grün leuchtend, im Schein des starken Spotlights auf dem Bücherschränkchen.
Die Lichtquelle hattest du arrangiert, irgendwann, mit einem raschen, diskreten Handgriff, nachdem ich immer wieder, auch wenn ich allein war, an dem verstellbaren Lampenschirm aus schwarzem Metall herumgepröbelt hatte; ich änderte nichts mehr daran – einzig so wurde keiner von uns geblendet.
Was starrst du deinen Teppich an?
Silbrig glitzert er im düsteren Grau, das sich ringsum verliert – das rauhe Gewebe ist angenehm in der Handfläche, zum Darüberstreicheln, weich: ein abgegrenzter Sitzplatz und ein Tischchen zugleich, für die Flasche Patriarche, die zwei Gläser und den bernsteinfarbenen venezianischen Aschenbecher zwischen uns, auf dem billigen Tablett aus Blech, das ich mir zu meinem vierundzwanzigsten Geburtstag von meiner Mutter gewünscht hatte, weil ich gelegentlich für meinen Teppich fürchtete. Aber das wußte meine Mutter natürlich nicht. Das Tablett schien, mit seinen orientalisch anmutenden, üppigen Schlingpflanzenmustern, wie ausgesucht, um auf diesem Tep-

pich zu stehen... dem Teppich aus der arabischen Prähistorie unserer Geschichte; der einzige Gegenstand in meiner Wohnung damals, der nicht nur nützlich, nicht nur funktional war, der nicht aus den Gerümpelkammern meiner Herkunft stammte, sondern den ich mir, ohne Notwendigkeit, als Souvenir, selber gekauft hatte: mein einziger Besitz eigentlich.
Du hattest lange gefeilscht, auch für mich, tagelang immer wieder, bei grünem Tee, in der finsteren Stadthöhle eines Wüstenfürsten: vollbehängt mit Teppichen...
Du nahmst den großen, ich den kleinen.
Der Teppich wird mir bleiben, fleckig und geschrumpft – und du: hätte ich dich anbrüllen mögen, auf meinem Louis-quinze-Fauteuilchen, die Arme auf die Schenkel gelegt, als wollte ich mich hinter meinem halbvollen Rotweinglas verstecken – und du: möchte ich hinausbrüllen, im Finstern, hinter meinem offenen Schlafzimmerfenster stehend, während auch ich warte – und du: hätte ich oft leise fragen mögen, während ich neben dir hockte und verstockt meinen kleinen silbrigen Saharateppich anstarrte: Du hattest doch mit mir verkommen wollen?
Ein bißchen wenigstens: ein bißchen verkommen. Mit dir, glaube ich, sagtest du, am großen runden Tisch im hinteren Saal der Wirtschaft sitzend, mit dir kann man wohl ziemlich gut verkommen.
Eine etwas sibyllinische Behauptung, fand ich damals, und weiß noch immer nicht recht, ob du nun von meinen verhältnismäßig unbürgerlichen öffentlichen Tätigkeiten auf noch andere, private unbürgerliche Eigenschaften geschlossen oder ob du schon damals ganz einfach an unsere gelegentlichen Begegnungen auf dem Ölberg gedacht hast...
In diesem Wirtssaal begegnete man dir gelegentlich, eine lokkere Gewohnheit ohne Abmachung, man wußte bloß, manchmal sitzt auch *er* da an dem großen Tisch im hinteren Raum, im dunklen Geschäftsanzug noch, bei einem Liter Féchy, auf Vorrat bestellt bei dieser Hanni oder Vreni, ein paar Weißweingläschen dazu, ebenfalls aufs Geratewohl bestellt – doch damals blieben die anderen Gläschen meist unbenutzt, und die Karaffe blieb halbvoll.
Verkommen? Kein schlechtes Wort – unbestimmt, vielverspre-

chend, etwas überraschend: weder in meinen unbürgerlichen Tätigkeiten noch bei meinen ängstlichen Rundgängen über den Ölberg kam ich mir besonders »verkommen« vor.

Wegfahren, starten, ohne bestimmtes Ziel – ein bißchen Ferien von der Familie, fandest du damals, während wir einander zuprosteten, das täte jetzt gut...

Das Gläschen, winzig in deiner Hand, war immer zu schnell wieder leer.

Du hattest genug von deinen Klienten; du machst dir keine Vorstellung, wie scharf sie darauf sind, verkauft zu werden, bevor es kippt: Warenhäuser, Modehäuser, Pharmaunternehmen, alle – egal an wen – doch das darf ich dir ja gar nicht sagen – du wolltest bloß ein bißchen weg von hier. Kommst du mit?

Wohin?

Der Ozean, das Meer natürlich; doch wir wollten beide nicht bloß schwimmen gehen; Kultur – ja, aber eine zerfallende, vergammelnde, das magst *du*. Und wie wäre es, schlugst du vor, wenn wir zusammen, am Ende wenigstens, ein bißchen in die Wüste verkämen?

Die Wüste – als unbestimmtes, südlichstes Ziel.

Da kannten wir die Wüste beide noch nicht.

Deine Frau bereitete uns im hellen Glashäuschen eurer Loggia ein großes, spätes Frühstück, damit wir, ohne anhalten zu müssen, im ersten Anlauf, möglichst weit kämen; du brauchst diesen Schub, zum Start, um nicht schon am Anfang irgendwo hängen zu bleiben, erklärtest du mir.

Sie verläßt ihr Biotop sowieso nur ungern: höchstens einmal im Jahr, dann packt sie die Teenager und Körbe von Eingemachtem und Eingelegtem in einen gemieteten Kastenwagen und düst heim, auf das bretonische Landgut ihrer Eltern...

Ich saß zum erstenmal in diesem Glashäuschen; der Garten war noch jung, blühend im Frühjahr, luftig, leicht, mit Ausblick durch das zarte Grün der Bäume, über das flüssige Silber des Sees hinweg auf den bleiernen Kegel des Berges am anderen Ufer. Ein magischer Berg, sagst du – bei Sonnenuntergang verschwindet er fast ganz im Licht. Ich ließ mich gern bedienen, mit *allem*, was dieser Garten hergab; »volontiers« – ich wußte

nichts anderes zu sagen, während sie Süßes auftischte, Süßsaures, Quark mit Gartenkräutern, selbstgebackenes Bauernbrot und Bergkäse aus der Käserei im Dorf.
Dort, wo sie herkommt, ist es offenbar nicht so gebräuchlich wie im Welschland; seither nennt sie mich, schmunzelnd, nur »Monsieur Volontiers«.
Es kam mir damals fast so vor, als würde sie uns segnen – während sie uns, in ihrer erdverkrusteten Gartenbluse gegenüber sitzend, vor dem grellen Grün, dem See, dem Berg im Hintergrund, Brot abschnitt, die Holzbrettchen und die Töpfchen herumreichte: einzig besorgt, du könntest umkehren, bevor wir die Wüste, unser Ziel, gesehen hätten.
Le désert – ce n'est rien pour moi...
Man glaubt es ihr; sie würde, sagst du heute, noch aus der Sahara einen Feuchtigkeitsspeicher machen. Du kämpfst gegen jeden einzelnen dieser Uferbäume, die inzwischen viel zu hoch geworden sind, verbissen um den letzten Ausblick, von deinem Glashäuschen aus, auf deinen See.
Nur im Innern behauptest du, bis jetzt erfolgreich, deine Leere...
Doch das wußte ich noch nicht; eine gastfreundliche, lustige Frau, eine ungeheuer schöne, zarte Wildnis, fand ich: im Vergleich zum konventionell gepflegten, ordentlichen Garten meiner Großmutter, aus dem ich damals kam, mit den gestutzten Sträuchern dem Rand entlang und dem zu großen englischen Rasen in der Mitte.
Du bist nicht hängengeblieben – im Gegenteil, du hast mich mitgerissen, über die ganze iberische Halbinsel hinweg, in einem einzigen Schub, auf die Nordküste des anderen Kontinentes: und mir fiel plötzlich die seltsame Rolle zu, mit erst zweiundzwanzig der Vernünftigere zu sein, damit wir, beim Verkommen, nicht umkämen.
Ein Trip, mein erster – verschwommen die Erinnerung nach einem Jahrzehnt; du mußtest mich wohl, damit ich dich nicht zu arg bremste, von Anfang an ein bißchen präparieren – mit dürrem, wassergrünem, zartem Gras, das die Kapuzenmänner an den Straßenrändern in den Vorgebirgen anboten, wie Alpenrosen bei uns: gegen den Rest meiner Kinderangst.

Nahrungsentzug im übrigen, du wolltest abnehmen, bis zum Abendessen gab es nichts; die zehn Kilo Lebendgewicht, die ich auf jener Reise verlor, habe ich bis jetzt nicht wieder zugenommen.

Du konntest meine Vernunft nicht immer brauchen – sie war lebenswichtig, wenn es um Navigation ging, um die elementarsten technischen Kenntnisse, um simple Links-Rechts-Entscheidungen, um die Wahl des richtigen Streckenabschnitts; sie war schon lästig, wenn sie, vorsichtig, die Unterbrechung der Fahrt, eine Rast empfahl, sie war untauglich, sobald es darum ging, noch in der offensichtlichen Unvernunft vernünftig zu bleiben.

Da blieb ich, vorsichtig, bloß ein Zuschauer, der seine neugierigen, indiskreten Fragen verschwieg. Kaum hatten wir die Grenzen zur Medina überschritten, hefteten sie sich uns an die Fersen – zudringlich, habsüchtig, geschwätzig, geil, lästig wie Fliegen: wir brauchten keinen halbwüchsigen Fremdenführer, du kanntest dich in der Geschichte dieser zerfallenden Hochkultur, bestens dokumentiert, viel genauer aus als sie. Doch du hast sie nicht einfach weggejagt – bloß die kleinen Buben, die uns, mit ihren obszönen Holzstecken, eindeutige Zeichen gaben, die sogar ich auf den ersten Blick verstand: mit einer winzigen, wortlosen, gebieterischen Bewegung deiner großen Hand, da waren sie im nächsten Hauswinkel schon verschwunden. Du hast ausgewählt, zielsicher und vernünftig – mit unmißverständlichem JA oder NEIN: Ouacha und La, die einzigen arabischen Wörter, die wir kannten: Mehr braucht man hier nicht, sagtest du; für den Rest genügte *dein* Französisch. Ein geübter Dompteur, wie mir schien – umringt von Raubkatzen, die dich sofort als Alpha anerkannten und zugleich, auf kindlich possessive Art, als großen, fremden Über-Vater adoptierten . . .

Auch mir blieb gar nichts anderes übrig: auf meine Rolle als Navigator, Mitfahrer, Automechaniker, und, wenn ich gestört hätte, ins Kinderbett verwiesen, wo ich, im Finstern, folgsam zu schlafen vorgab, als wäre ich vollkommen ahnungslos.

Ich hatte tatsächlich nichts gehört; so brauchten wir am anderen Morgen *darüber* nicht zu reden. Kein Stevy, kein vernünftiger Grund zu irgendeiner Art von Eifersucht oder Schuldgefühl, zu Neid höchstens: den ich mir nicht eingestand.

Wenn ich am Abend, mit etwas Valium, bald einschlief, neben dir, saßt du, noch hellwach, auf deinem Thron aus Bettzeug und schriebst – wenn ich am Morgen erwachte, schriebst du noch immer oder schon wieder: an deine Frau.

Ich habe dich auf dieser ganzen Reise nie schlafen sehen – erst ganz am Schluß, am hellichten Tag, auf einer steinernen Bank, in einem Innenhof der Alhambra von Granada, ausgestreckt und halb bewußtlos.

Es ist nichts geschehen – bloß unserem wohl damals schon zehnjährigen pneumatischen Wagen, mit dem dich die Raubkatzen, bei totaler Finsternis, ins Abseits manövrierten, als ich einmal, erschöpft, am Abend im Hotel blieb und die Navigation den anderen überließ. Wir wären auf unserem langsamen Weg in die Wüste, im Land der wilden Halbwüchsigen, fast gestrandet, tatsächlich hängengeblieben, und ich fürchtete eigentlich nur noch, wir würden unser erklärtes Ziel gar nicht erreichen. So beschränkte ich meine Sorge allmählich auf unser empfindliches, unsicheres Gefährt, von dem ich inzwischen fast mehr verstand als du, und um das ich manchmal tatsächlich Angst hatte: wenn sie, auf dem holprigen Naturpfad durch den Palmenhain der letzten Oase am Wüstenrand noch, in Trauben, wie ein summender Bienenschwarm, an Türen, Stoßstangen, Dach, Heck und Kühler hingen, weil sie nicht alle in deinem Auto Platz fanden.

Sie verfolgten uns bis an den Rand der Sahara und nahmen uns jenseits wieder in Empfang, benachrichtigt schon, doch dazwischen waren wir ihnen einen großen, wüstenhaften Augenblick lang entkommen. Wir fuhren wenigstens dem Rand entlang, unvorsichtig, fahrlässig, ohne jede Angst: mit einer kleinen Flasche Mineralwasser und einem einzigen Reserverad. Schmutzgeier – bei unserem Aufbruch schon; die Mondlandschaft der Hammada aus schwarzverbrannten Wüstensteinchen; Dünen, zart gefärbt im dunstlosen Licht, hügelhoch, blanker, sauberer heißer Sand. Da befürchtete ich bloß, du würdest mir, beim Aufstieg auf den Gipfel, erschöpft versinken, liegen bleiben. Ausruhen, auf Sandbergen, mit Aussicht über nichts als Sandberge bis zum Horizont – wir hatten den Rand erreicht, den Anfang. Du hattest mir auf dem Weg, in den ruhigeren Momenten, die Natur gezeigt, erstmals – die Vögel, Bienenfresser, Blauracken, einen Schakal, Fauna und Flora und die farbigen Gesteinsschichten der reinen Geologie. Die Raubkatzen, dachte ich, das ganze Gnusch am Rand, das gehörte wohl auch dazu – wir brauchten, allein wieder, nicht zu reden: Du hast mir damals alles bloß *gezeigt*, als Andeutung – die ruhige schöne Ordnung der Wüste und den verlockenden, chaotischen, wilden Zerfall ringsum. Ich faßte Vertrauen in deine allwissende Sicherheit, verlor meine Angst und wäre gerne weitergereist, ins Innere des Kontinents, über den Horizont hinter den Sandbergen hinaus, endlos, in diesem neuen Gleichgewicht zwischen Vernunft und Unvernunft.

Wir waren im Gleichgewicht, weil ich noch nichts verlangen konnte, anpassungsbereit, Begleiter bloß, Mitfahrer; im Schutze deiner Macht – nicht anders als vor dem Militärgericht.

Ich mußte dankbar sein. Was du damit anfangen wolltest, lag in deiner Hand. Ich war frei und hatte aus allem mir bis dahin Bekannten abgehoben, auf diese sanften, weichen, sauberen Hügel aus Sand.

Ich hätte es nicht so eilig gehabt, wieder heimzukommen, in meine englischen Gärten und in die Unsicherheit meiner unbürgerlichen Tätigkeiten. Doch plötzlich wolltest du überhaupt nicht mehr aufhören heimzufahren: sechzehn Stunden am Tag, nordwärts, über den ganzen Klotz der Iberischen Halbinsel hinweg, mit durchgedrücktem Gaspedal, halsbrecherisch zwischen dem Schwerverkehr.

Ich begriff schon, fast – daß du vor irgendeiner unbestimmten Fortsetzung geflüchtet bist: vor den Raubkatzen, gewiß; vor mir, vielleicht; vor dir, denke ich jetzt. Doch wenn man flüchten will, muß man vernünftig sein, sonst entkommt man nicht; soviel hatte ich schon gelernt. Ich löschte mein Navigationslämpchen im Stockdunkel der Paßstraße, räumte meine Straßenkarte ins Handschuhfach, lehnte mich ostentativ zurück und sagte: Jetzt sage ich nichts mehr, du kannst fahren, wohin du willst, von mir aus in den Abgrund. Es war kein Streit, sanfte Pädagogik bloß, wir hatten uns rasch versöhnt, in einer Herberge auf den Pyrenäen, bei einem guten spanischen Rotwein und beim unkenähnlichen Ruf der Waldohreule vor dem Einschlafen, der gern mit dem Ruf der Geburtshelferkröte verwechselt wird.

Ich hätte, vor dem niedrigen Tor im Klostermäuerchen, das dein Grundstück einzäunt, bevor ich in mein kleines Auto stieg und heimfuhr, nach dem großen Familienempfang, samt Kindern und Hunden, wenigstens einen arabischen *Abschied* erwartet, auf Raubkatzenart: Doch halb in deinem Garten schon, leicht gebückt unter dem Tor, während du die verwitterte Holztür mit dem Fuß offen hieltest, gabst du mir, sehr westeuropäisch, nur die Hand.

Da stand ich – draußen.

Was starrst du deinen Teppich an?

Es gärte, im verborgenen – und wie immer, wenn es unkontrolliert in mir zu gären anfängt, schwieg ich.

Früher, da brauchtest du mich nur wortlos zu dir herüberzuziehen, so daß ich mich an dir festhalten mußte, einen stillen versöhnlichen Augenblick lang, mein Gesicht verborgen in deinem weichen, handgestrickten Pullover; aber ich konnte mich auch zurückziehen, auf die Bettkante, wenn ich zunächst wieder Distanz brauchte, in meiner vertrauten, alltäglichen Sitzhaltung, für eine Weile, während du zu meinen Füßen hocken bliebst: bis auch ich auf unseren Teppich zurückkommen mochte.

Ich suchte doch jedesmal wieder den richtigen Anfang...

Jetzt hätte einer von uns aufstehen müssen. Doch ich schwieg, trank verstockt meinen Wein, und du fragtest schon gar nicht mehr: Du spieltest bloß mit den kleinen silbernen Gegenständen auf meinem Louis-quatorze-Tischchen (de l'époque) in der Zimmerecke, enerviert, geblendet – enervierend. Das Spotlight auf dem Bücherschränkchen ist sowieso verstellt, ich kann den Schirm nur noch ganz wegdrehen, gegen die weiße Wand und die Totenmännchen meiner Mutter, oder aber den Lichtstrahl direkt auf dich richten, auf dein Gesicht vor dem weinroten Samt, wie bei einem Verhör: und abdrücken...

Warum nicht?
Du bist nie drauf, dich hast du nie photographieren lassen, höchstens dein Auto.
Ich besitze kein einziges Bild von dir.

Mich hast du sorgfältig ausgespart.
Auf unserer zweiten Reise hast du mich überhaupt nicht mehr photographiert, nicht einmal mehr rasch zum Größenvergleich, weit im Hintergrund neben dem ersten Baum in der Wüste, nicht einmal mehr aus Verlegenheit, bei den zahllosen Pannen – bloß noch Madonnen in Glaskästen am Straßenrand, etwas unscharf, Schafherden, dichtgedrängt um den knappen Schatten eines alten Ölbaumes, in der Stunde des Pan; kein einziges zärtliches, verräterisches Porträt, nur Landschaftsbilder, mit steinernen Trümmern: lauter künstlerisch wertvolle Schwarzweißmotive.
Du konntest mir alle Abzüge bedenkenlos überlassen und hast mir erstmals einen Vergrößerungswunsch erfüllt.

Geniales Poster – sagst du, wenn du nach der Begrüßung oder vor dem Abschied davor stehen bleibst, ziemlich zufrieden mit dir selber, verwundert fast: über die Qualität, trotz des altertümlichen Photoapparates. Kein Ehrenplatz – ich weiß, ich habe jedesmal, neben dir im häßlichen Licht der Gangbeleuchtung, stumm ein schlechtes Gewissen: daß dein Parnon, bei Tag, im Dämmer hängt, an einer Seitenwand neben der Küchentür bloß provisorisch festgemacht mit Reißnägeln, die gelegentlich herausfallen, weil sich das Poster nach über sieben Jahren allmählich verzieht; ich wollte es eben sofort aufhängen.
Genial daran finde ich nicht so sehr die Lichtverhältnisse – die harten Schatten im Vordergrund, die grelle Helligkeit im Hintergrund: sauberes Handwerk – genial ist die Komposition: Man sieht nicht nur die Schafherde, kompakt vor Abwehr, wollig, Rücken an Rücken auf dem schmalen Sträßchen, nicht nur die grauen Hügelketten dahinter: eine lückenlose Mauer am Horizont, sondern auch noch, gerade noch, den Kotflügel deines Autos und, vor allem, den Rückspiegel, der, zu dunkel, nichts reflektiert, als wäre er blind.

Ein Versehen eher, findest du – typische Touristenmanier, das eigene Auto zu photographieren, das wolltest du eigentlich gar nicht im Bild haben, und genau das finde ich gut.
Eine klassische Aporie...
Du getrautest dich gar nicht mehr, den Motor abzustellen; dein Gefährt konnte jederzeit endgültig stehenbleiben; wenden war aussichtslos, auf diesem Maultierpfad, zwischen Hügel und Abgrund. Schuld an dieser Ausweglosigkeit war wohl ich; abgelenkt vom Licht, geblendet von der Sonne, unaufmerksam geworden in der Hitze gegen Mittag muß ich die Abzweigung, die uns der letzte Tankwart vor dem Gebirge auf seinem Kugelschreibercroquis eingezeichnet hatte, übersehen haben.
Das Parnon überqueren hingegen wolltest du – als Abkürzung, auf dem Weg vom Ionischen Meer zur Ägäis: die gewöhnliche Route war dir wohl nicht spannend genug – obwohl man, auf unseren beiden Straßenkarten, auf der gröberen und der detaillierteren, das Parnon so direkt gar nicht überqueren kann.
Ich legte schließlich das Kugelschreibercroquis weg, meine letzte Navigationshilfe, und beschränkte mich darauf, auch dir gelegentlich eine Zigarette anzuzünden.
Da gab 's nichts mehr zu navigieren – unausweichlich immer tiefer in diese Verschachtelung von Hügelketten hinein.
Ich hatte nicht einmal Angst, die Landschaft war wohl nicht monumental genug – sanft eigentlich, keine Schluchten, bloß Gräben, Maquis, lästig: wenn wir da hineingekippt wären; aber wir hätten uns wohl schon zu helfen gewußt – es blieb uns nichts anderes übrig. Kaum hatten wir einen Hügel überquert, tauchte dahinter der nächste, etwas höhere Hügel auf.
Weder Hunger noch Durst – schweigsam saßen wir nebeneinander und suchten den Horizont gemeinsam nach Lücken ab, schicksalergeben, ruhig: solange es bloß vertraut schepperte, und der Motor nicht plötzlich über jedes gewohnte Maß hinaus zu stottern anfing.
Daß wir schließlich an ein paar verirrten, verängstigten Schafen ohne Hirte scheitern sollten, war ja wohl Anlaß genug für eine Photographie... Wir mußten uns ohnehin beide in Geduld üben. Ich weiß auch nicht, wie man Schafe in Abwehrhaltung vertreibt.

Wir hatten eigentlich schon aufgegeben – du wolltest dir noch ein bißchen die Füße vertreten, bevor wir umkehren würden, nach einem schönen, verlorenen Tag: in dem Ruinendorf am Ende des Pfades konnte man wenigstens wenden, den Wagen notfalls anrollen lassen, abwärts.
Die Straße sehe ich nicht mehr, in der Erinnerung: bloß den bewaldeten Steilhang, als wir an die Brüstung vor dem zerfallenen Kapellchen traten – ägäisblau, sagst du, seither; unwirklich weit unten – ein Flugtraum.
Doch die Paßstraße muß es gegeben haben – mörderisch wohl, mit Haarnadelkurven, den Steilhang hinunter zur Küste: Dort sind wir hergekommen – dunkel lag die Bergflanke hinter uns, die Gipfel reichten bis zu den Wolken, die sich inzwischen zusammengebraut hatten und sich dort oben stauten. Also doch ein richtiges Gebirge, im Rückblick wenigstens; ziemlich irr, unser übermütiges Gelächter, gegen Abend, am Ziel, am Meer.
Eigentlich hatten wir ja wieder nach Tunesien fahren wollen – vorbereitet diesmal auf subtilere Gespräche, nicht bloß *ja* und *nein* und Raubkatzen-Französisch für den Rest: Ich hatte schon angefangen, Arabisch zu lernen. Doch plötzlich hattest du Angst; Angst vor der Überfahrt im Schiffsbauch, Angst vor der engen, fensterlosen Kabine, Angst, vorzeitig hängenzubleiben oder plötzlich umzukehren, außerdem war es die falsche Jahreszeit, zu spät schon: Die Wüste, das wußten wir, würde auch diesmal nicht mehr blühen, und das übrige hatten wir ja eigentlich schon gesehen...
Aller voir le désert en fleurs – eine verständliche Sehnsucht. Dagegen hätte auch deine Frau nichts haben können. Aber ich kann doch mit dir nicht einfach so nach Tunesien fahren...
Du brauchst für alles einen Grund, auf französisch zumindest: eine déformation professionelle wohl; ohne Motiv gibt es keine Tat...
Wir waren beide noch nie im Mutterlande unserer Schulbuchmythologien gewesen: ein hieb- und stichfestes Alibi.
Ich hatte eigentlich genug davon, nach acht Jahren humanistischem Gymnasium; nichts Brauchbares war mir geblieben, bloß ein latentes Durcheinander aus toten Sprachen, mythi-

schen Heroen, griechischen Göttern, antiken Knabengestalten und römischen Imperatoren im Kopf: noch immer trifft mich, im unpassendsten Moment, ein halbverdrängtes Bruchstück des verkehrten Mythos...
Doch mir war es recht: Ich wäre wohl überallhin mitgekommen.

Ich hatte es doch längst erwartet.
Du hast mir plötzlich nicht glauben wollen, daß ich die Tür schon abgeschlossen hatte, und gingst, in deinem Bademantel, selber noch einmal nachschauen. Während ich auf meinem Bettrand hockte, im widerlichen Licht dieser einen röhrenförmigen Leselampe an der kahlen, hohen Zimmerwand über uns – als ich eben mein Leibchen ausgezogen hatte, da spürte ich, auf meinem nackten Rücken, in den Augenwinkeln, deinen Blick, ein Lächeln dazu: verborgen in deinem finsteren Bärtchen.
Du hast sofort das Licht gelöscht, mit einem Ruck, so daß der Faden fast riß.
Dann schwiegst du – du schienst nicht einmal mehr zu atmen. Keine Bewegung, wie sonst, wenn du, ein bißchen klagend, dich in den meist zu kurzen Betten einigermaßen bequem einzunisten versuchst, bis du die richtige Schlafstellung gefunden hast; du hast nicht mehr gelesen, keine Postkarte geschrieben, kein Wort mehr, seit du dich vergewissert hattest, daß die Tür wirklich zu war.
Kein Gute Nacht.
Mir wurde heiß, in der Dunkelheit, hinter geschlossenen Fensterläden, bei diesem Motorengedröhn – das lärmigste Hotelzimmer von Ravenna: an einer Straßenkreuzung gelegen, die ganze Nacht über umbrandet vom Autorennen der jungen Italiener mit ihren kleinen, hochgezüchteten Wagen, mit Zwischengas und kreischenden Reifen – da kann man ja kein Auge zutun; aber nicht du hast gejammert, nicht einmal darüber, an deiner Platzangst litt nun ich. Du hattest das Fenster schon im voraus geöffnet: Das Fenster ist offen, mehr kann ich nicht für dich tun, vorwurfsvoll fast, irritiert. Dann schienst auch du wieder bloß dem Lärm zuzuhören, ohne jede spöttische Randbemerkung zu dieser offensichtlichen Potenzprotzerei.

Ich getraute mich bald nicht mehr zu atmen.
Deine Hand, auf meinem Handgelenk – behutsam, ohne Druck – erschreckte mich nicht; stumm und gedankenlos legte ich sofort meine Hand auf deine Hand. Wir hatten uns bis dahin nicht einmal zufällig berührt.
Doch dann blieb deine Hand nicht lange genug wärmend liegen.

Du hast dich entschuldigt, am nächsten Morgen, nach den ersten paar Tassen Kaffee, in dem leeren, düsteren Frühstückssaal, halblaut, mit zitterndem Bärtchen: als wäre das furchtbar – ein Versehen – aus Angst doch, du warst nichts anderes gewöhnt; vergiß das, bitte...
Wollen wir das nicht vergessen?
Nein, ich wollte nicht bloß diesen verschämten Anfang in Erinnerung behalten: sprunghaft rasch im Finstern, zum Erbarmen.
Nichts als ein abgebrochener Spaziergang wieder?
Es gab keinen Rückzug.

Wir waren schon unterwegs – die Überfahrt, im fensterlosen metallischen Schiffsbauch, ließ sich ja doch nicht vermeiden.
Da hast du mich allerdings erschreckt, im Finstern.
Ich hatte dich wohl, im Schlaf, die Zähne putzen hören, und mein Traum hatte das Rauschen aus dem Wasserhahn zu Sturzfluten verstärkt, so daß ich glaubte, unsere Fähre ginge unter: und du wolltest mich retten. An der Platzangst litten wir nun schon gemeinsam.
Ich wollte nie mehr das Licht löschen.
Ich war doch kein Kind mehr, dankbar und folgsam, sondern dein Gefährte, auf griechisch natürlich: in Olympia.
Du hattest ein schönes Wort gefunden für mich.
Wir trennten uns gelegentlich, ich wich dir ein bißchen aus, um dich beim Photographieren nicht zu stören, verschwand hinter das nächste, von irgendeiner Urgewalt umgestürzte Tempelsäulenfragment: und war sicher, daß du mich suchen würdest, wenn du von den mythischen Trümmern genug hättest; genug vom Altertum, genug von historischen Bruchstücken, genug

von künstlerisch wertvollen Schwarzweißmotiven: verwirrt blicktest du, von weitem, aus dem niedrigen Gestrüpp über die umgestürzten Zyklopensteine hinweg zu mir herüber – hilflos: als hättest *du* sie, versehentlich, umgeworfen.
Hier war weit und breit kein halbwüchsiger Führer – der dich aus diesem Trümmerfeld ins Abseits hätte manövrieren können: nur ich.
Jetzt war ich listiger gewesen als du – nicht ich, bloß meine kleine, gedankenlose Hand.
Ich genoß den heißen Stein in den Handflächen, die Sonnenwärme, die Ruhe über dem Trümmerfeld, in dem ich mich verstecken konnte – und du müßtest mich immer wieder suchen: meine heimliche, neugewonnene Macht.
Die Macht der Raubkatzen?
Du warst nicht so patriarchalisch selbstsicher hier, kein Dompteur mehr; deine Nachrichten, nachhause, beschränkten sich auf Ortsnamen, Adreßangaben.
Doch manchmal war auch ich verwirrt – wenn du, bekümmert, zwanghaft fast, in jedem Souvenirladen, an dem wir zufällig vorbeikamen, nach passenden Armspangen suchtest, weder zu grob noch zu eng, und mir nichts anderes übrig blieb, als dir kleinlaut nachzulaufen, stumm daneben zu stehen, folgsam wieder.
Da konnte auch ich dir nicht mehr helfen.
Der Intimität der Hotelzimmer traute ich noch nicht ganz: gleich der Réception gegenüber, mit einem Milchglasfenster in der dünnen Tür, in dem die ganze Nacht über Licht brannte.
Wir mußten ganz still sein, im Dunkeln.
Vor den Spuren hatten wir beide Angst.
Am Morgen jeweils schien mir, der Fluß sei am Vorabend noch in die entgegengesetzte Richtung geflossen, doch nur das Meer hatte, wieder einmal, einen unerwarteten Weg ins Festland gefunden. Der Mäander war dir eingefallen, angesichts der Küste, mir fiel das Labyrinth ein. In meiner Erinnerung mußten wir ständig irgendeine Fähre benützen: über ein Gewässer unsicheren Ursprungs, süß oder salzig; Lethe oder Styx...
Du ließest mir nie Zeit genug; kaum war ich eingeschlafen, wie mir schien, wecktest du mich schon wieder, zu früh, zu rasch,

als müßtest du jetzt alles nachholen und als dürften wir uns nicht sachte aneinander gewöhnen. Ich war noch gar nicht recht wach – ein Schock: schutzlos wie ein Weichtier ohne Skelett oder Panzer, aus dem Halbdunkel direkt in die gläserne Helligkeit mit den frühstückenden Wachsfiguren hinein; die Scham – inmitten der stumm kauenden, strengen Leute an den Tischchen, zwischen den exotischen Zimmerpflanzen, in diesem Glaspavillon, in dem es schon schwül war wie in einem Treibhaus – man sähe mir alles von weitem an: und den Ring an deinem Finger: und den Altersunterschied zwischen uns: verschlimmert alles durch deine machtvolle Erscheinung.
Sie scheinen hier nichts dagegen zu haben, beruhigst du mich, halblaut, mit einem Blick auf das andere Paar.
Das andere Auto, ich sah es auf dem Parkplatz, stammte aus Bern.
Ich hätte mich am liebsten verflüchtigt – aus Nauplion wenigstens...
Doch wenn wir starteten, zogst du erst recht die Aufmerksamkeit der Frühstücksgesellschaft auf uns, mit deinem störrischen Gefährt – raketenhaft in den Begleitumständen, ohne jede Schubkraft im Effekt: pneumatisch bloß.
In einer Rauchwolke auf jeden Fall.
Es schaffte es, aus eigener Kraft, auf der italienischen Seite, bis halbwegs zum Straßentunnel, mit fremder Hilfe bis zur Landesgrenze, das Gefälle jenseits gab ihm wieder genügend Anlauf für den Rest.

Danach kamst du zunächst einmal zu jeder Tageszeit: unangemeldet, zu Fuß, ohne Vorwand, direkt aus einer Sitzung, aus einem Prozeß, aus einer Vergleichs- oder Fusionsverhandlung oder aus der Langeweile der totalen Ereignislosigkeit, nach zu rasch erledigter Arbeit. Da standest du – mit einem versteckten Lächeln, mit müden Augenlidern, mit eindeutigen Wünschen: scheu, stumm, zu groß – im engen Gang meiner Wohnung; du zogst mich weg von meinem Schreibtisch – aus meinen Zeitungsartikeln, Romananfängen und Kindheitsrohstoffen heraus – ein massiver Einbruch in meinen gewohnten Tagesablauf:

unwirklich kurz – weil du Punkt zwölf am Stammtisch im Mövenpick sitzen mußtest, bei den Unpersonen deines Standes. Punkt vier eine Verhandlung zu leiten hattest, und um Punkt sieben steht doch das Essen auf dem Familientisch ... La cuisine n'attend pas.
Dann blieb ich verstört zurück, halbnackt, auf dem Rand meiner in Unordnung geratenen Couch, nachdenklich, verwirrt: seit ich klein war, hatte mich nie mehr jemand in den Arm genommen, aufs Bett gelegt und einfach ausgezogen – im Wohnzimmer, am hellichten Tag.
Ich mag es doch – das urtümliche Gefühl auf der Haut, die sich gleich zu erinnern anfängt: als wäre ich wieder ein krankes Kind. Du mußt es gespürt haben. Mein Schweigen nachher, der Griff nach der rettenden Zigarette, wenn ich schließlich, den Aschenbecher auf der Bettdecke, mühsam auf die Ellbogen in meinem Rücken gestützt, stumm zu den Fenstern starrte, hinter denen es zu hell war, zu laut, zu geschäftig.
Ich hatte es jedesmal rasch vergessen – bis plötzlich die Türklingel surrte: der Briefträger mit einem Eilbrief von irgendeiner Redaktion, die Paketpost mit Neuerscheinungen zum Besprechen, ein Wohnungsnachbar mit seinen Zimmerpflanzen oder Katzen, zum Hüten, für die Ferienzeit ...
Ein Schreck, als käme die Polizei mit einem Haussuchungsbefehl.
Ich hatte noch nicht gelernt, mich zu verleugnen. So stand ich jedesmal, ertappt wie ein Schulbub, in meinem Trainingsanzug in der Tür, und du hieltest dich mucksmäuschenstill im Hintergrund, um dich nicht zu verraten ...
Auch du wärst wohl, ertappt, zu Tode erschrocken. Hast du die Wohnungstür abgeschlossen? Du fragtest es jedesmal, weil ich es, am Anfang, tatsächlich vergaß: Ich schließe doch meine Wohnung nie ab, solange ich daheim bin –
Erst spät eigentlich hatte ich mir angewöhnt, wenn ich dich erwartete, schon im voraus den Telephonstecker herauszuziehen und alle Fensterläden zu schließen.
Vorhänge, zugegeben, wären praktischer gewesen – doch ich hasse zugezogene Vorhänge. Verriegelte Fensterläden, abgesperrte Wohnungen, geschlossene Zimmertüren in meinem

Rücken, wenn ich allein bin, ertrage ich nicht mehr, seit dem Gefängnis. So konnte ich nicht einfach in meinem von Kindheit an vertrauten Bett im Wohnzimmer liegen bleiben und zufrieden hinüberdämmern, in den Schlaf – als wärest du noch da. Wir hatten uns bald, stillschweigend, auf den Abend geeinigt, einmal pro Woche.

Was habe ich eigentlich an den übrigen sechs Abenden mit meiner sanft wachsenden Unvernunft gemacht? Mit dieser zunehmenden Sehnsucht nach dem urtümlichen Gefühl auf der sich erinnernden Haut – die du, massiv, geweckt hast?
Dastehen, am Ende, hinter dem weitoffenen Fenster, vor dem Ozean aus Nacht über meinem Hinterhof, mit dem strahlenden Regierungsgebäude im Himmel – links, ganz am Rand, über den finsteren Hausgiebeln, kann ich in den Baumwipfeln noch den Widerschein des beleuchteten Denkmals auf dem Ölberg sehen.
Einschlafen muß ich, am Ende, immer allein. Nach einer Stunde spätestens haben sie genug, die Freundin wartet oder die Eltern; dann suche ich eine Hunderternote in der Kasse oder im Portemonnaie und stopfe sie dem ungeduldigen Jungen vor der Wohnungstür beim Abschied in die knappe Gesäßtasche der Jeans: eine letzte Berührung, bevor ich meine Wohnungstür endlich aufschließe.
Bleiben, bis zum nächsten Morgen oder überhaupt, darf gar keiner – meine Wohnung wäre besetzt, *sieben* Abende pro Woche.
Du hältst das ja keine drei Wochen aus – und holst dir, ungeduldig, die erstbeste Rettung, die am Straßenrand bereitsteht, unter irgendeiner schwindelerregenden Palme, auf irgendeiner allein stehenden Bank... Sorgfältig aussortiert nachher, aus den Erinnerungsbildern.

Ich weiß, ich weiß... *du* bleibst einfach den ganzen Abend lang in der Küche sitzen: vor dem eingeschalteten Fernseher auf dem rustikalen Büfett, in deinem ledernen Ohrenfauteuil, dämmernd – bis du tatsächlich eingeschlafen bist, während sie strickt oder stickt oder flickt am Küchen- oder Eßtisch. Auch

die Hunde schlafen auf dem kühlen Klinkerboden, wie Lammfellteppiche mit ausgestopften Eisbärenköpfen.
Die Teenager sind beschäftigt – mit ihren unbestimmten Tätigkeiten in ihren Seitenflügeln des Hauses: oder abgedüst, in unbestimmte Unternehmungen, auf ihren Mopeds.
Tu vas mieux te coucher, sagt sie.
Die Hunde heben die Köpfe.
Nach ein paar Stunden, denke ich, bist du genausoweit wie ich – dann könntest du eigentlich wiederkommen.
Aber das wäre schon fast böswilliges Verlassen – heimlich, wie ein Dieb, unfair.
Doch im Grunde will ich es gar nicht wissen; an diesem einen Abend, meist in der zweiten Wochenhälfte, gleich ob wir vorher auswärts essen und du noch eine Weile Hof hältst in dem hinteren Wirtshaussaal oder ob du dich tatsächlich wegstiehlst, bevor du eingeschlafen bist, mit deiner kleinen Mappe und einem guten Grund: an diesem einen Abend mußt du dich, in deiner ganzen Größe, zu mir auf den Fußboden setzen und mir Zeit lassen.

Wir hatten ja noch gar keinen rechten Anfang gefunden – bloß einen Pakt geschlossen, unterwegs, stumm, rasch mit unseren gedankenlosen Händen: *beide* verwirrt nachher.
Ich kam wieder auf meinen Teppich herunter; störrisch dasitzen, auf der Bettkante, einen Abend lang, ist zu anstrengend. So überließ ich dir schon meinen Kopf, die Zigarette in der einen Hand, das Glas festhaltend mit der anderen.
Ich werde mich nicht in dich verlieben, hast du mir versprochen, als hätte *ich* Angst davor und dieses Versprechen von dir *verlangt*.
Was heißt das überhaupt: sich verlieben?
Das heißt, hast du mir erklärt, daß man plötzlich das Gefühl hat, man lebe mit den falschen Leuten zusammen ...
Ich war wohl ein Heilmittel gegen dieses eigenartige Gefühl: das ich gar nicht empfinden *konnte*.
Aber ich machte meinen Mund nicht auf ... nie ganz: es war eher eine symbolische Berührung, mit den Lippen, bei der Begrüßung und beim Abschied, zum Zeichen. Hätte ich mich

nicht immer strikt daran gehalten, ich wäre längst tot, sagst du: erstochen – nicht von mir natürlich, du meintest die Buben »im Kraut«.
Es ging wohl, denke ich, gar nie um *uns* – um mich? Falls du mich je vor die Alternative stellen solltest ... vor welche denn? Ich hatte noch gar nicht daran gedacht, dich vor irgendeine Alternative zu stellen: deine Entscheidung, du hast es mir im voraus mitgeteilt, stand fest.
Du lebst schon mit den richtigen Leuten zusammen – ich zweifelte doch gar nicht daran.
Ich stellte dich vor keine Alternativen; ich schwieg – wenn ich meinen Kopf wieder befreit hatte, Atem holen mußte, gegen das Couchbett gelehnt, während ich zuviel rauchte und mir Mühe gab, kontrolliert zu trinken, kontrollierter als du. Ich versuchte herunterzuspülen, was mich erschreckte ...
Willst du eigentlich, daß mein ganzes Haus nach dir riecht?
Es war nicht die Sorge um die Ozonschicht der Atmosphäre gewesen ...
Ich hatte dich, unabsichtlich, gezwungen, es schließlich auszusprechen, indem ich nun eben, phantasielos, ein flüssiges Eau de Cologne gebrauchte. Eine Zumutung natürlich, daß ich nicht selber daraufkam – ungehalten, mit zitterndem Bärtchen, verhangenen Augen. Und überhaupt – warum schämst du dich für deinen Geruch?
Friedlich wieder, mit einem versteckten Lächeln.
So überließ ich dir meine Achselhöhlen unparfümiert. Ich verbarg sie nicht mehr – unter viel Stoff, unter langen Ärmeln –, ich öffnete sie, mit ausgebreiteten Armen: ein ganz unerwartetes Gefühl war erwacht, unter meinen Schultern.
Deine Hand fing an, zutraulich und geduldig spazierenzugehen; man müßte dich entführen lassen – drohtest du mir, während ich der Stimme, in der Dunkelheit deiner Brust zuhörte – falls du je anfangen solltest zu reden. Auf ein abgelegenes Schloß – eine Gebirgsfestung, dachtest du dir aus; bequem natürlich, mit allem Komfort, kein gewöhnliches Gefängnis, sondern Festungshaft: unter Hausarrest, wie ein Putschgeneral, der Hochverrat begangen hat am König.
Keine Angst – deine Hand suchte sich sanft ihren Weg – ich

würde dir die schönen, jungen, kräftigen Bodyguards besorgen, die dich freundlich abschirmen müßten von der Außenwelt: ich wäre nicht eifersüchtig; ich käme dich ab und zu besuchen – nur ich.

Meine Haut antwortete schon – ein elektrischer Schauer, hier und dort: so daß ich gar nicht mehr richtig achtgab, was du dir da alles, zärtlich, ausdachtest.

Ich hörte deiner Hand zu, dem Klang deiner Stimme.

Ich lasse mich doch nicht einfach entführen –

Doch ich schwieg, trank meinen Wein. Hätte ich dir gesagt, was mich stört, hättest du bloß gefragt: Willst du meine Familie zerstören? Meine Existenz ruinieren? Eine rhetorische Frage – was hätte ich auch mit den Trümmern deiner zusammengebrochenen Existenz anfangen sollen, die natürlich auf mich, den Schuldigen, den Brandstifter, den Verräter zurückgefallen wären?

Ich habe nämlich meine Familie gern . . .

Was soll man schon *darauf* antworten. Ich zweifelte ja nicht daran; aber es tönte jedesmal kläglich, hilflos, kleinlaut, mit einem schutzlos offenen Lächeln, furchtbar: wie der andere Satz, aus ganz anderen Zusammenhängen.

Ich habe doch Familie: bedingungslose Kapitulation vor allem, verzweifelte Rechtfertigung für alles, flehentliche Entschuldigung bei jeder Gelegenheit, eine billige Ausrede am Ende.

Was hat deine Familie mit *uns* zu tun? Gibt es denn heute, hierzulande, noch irgendein ungeschriebenes Gesetz, das diese perverse Form von Sippenhaft rechtfertigte?

Wie – fragte ich mich jedesmal, stumm, während es in mir gärte –, wie könnte *ich* deine Familie zerstören?

Deine Hand blieb, eingeschüchtert, vorsichtig, als könntest du Gedanken lesen, groß, schwer, sanft und wärmend auf meinem Oberschenkel ruhen; auch ich hörte jetzt wieder, wenn sogar du einen Augenblick lang schwiegst, das enervierende Klopfen meiner Heizkörper unter den geschlossenen Fensterläden, das ich sonst längst nicht mehr wahrnahm: als spürte ich, daß du jetzt, enerviert, ungeduldig, diesem Klopfen zuhörtest.

Du hast mein Schweigen nie lange ausgehalten. Statt geduldig zu warten, bis ich es einmal von mir aus gebrochen hätte, zögernd, stockend, in dunklen Andeutungen zunächst, etwas grob vielleicht vor lauter überwundener Scheu – hast du jeweils, eine bewährte Taktik, einfach *irgend etwas* zu erzählen angefangen, diese japanische Geschichte etwa, die auch du nur aus zweiter Hand hast: Ein schon fast perfekter Vertrag – es ging bloß noch darum, ein paar Details zu regeln – deine schweizerischen Kollegen flogen eigens nach Tokio – dieser alte Samurai von Verwaltungspräsident saß lächelnd am Konferenztisch, freundlich, stumm. Seine Exzellenz habe leider, entschuldigte sich sein Sekretär, ungeheuer höflich und bedauernd, das Höhrrohr vergessen. Deine schweizerischen Kollegen konnten wieder heimfliegen. Der japanische Konzern kaufte *nicht*. Seither fasziniert dich Japan, du willst unbedingt hin, fast schon eine Zwangsvorstellung. Nein, *mir* ist Japan ein bißchen zu dicht bevölkert, außerdem bebt dort ständig die Erde, und wenn ich an Harakiri oder Kamikaze nur denke, wird mir schlecht...

Doch bekanntlich gehört zu jeder Zwangsvorstellung Angst.

Keine Plädoyers mehr – nur noch Details, gelegentlich: rührend, naiv.

Ein Junge, der jedesmal, wenn er, das Gewehr in der Hand, abdrücken soll, einfach hilflos zu weinen anfängt: auch jetzt hat er noch Angst, mit seiner schüchternen, gefühlsmäßigen Meinung die Militärrichter persönlich zu *verletzen*...

Ein Staat, fand ich, der sich erlaubt, ein derart sanftes Kind hinter Gefängnismauern einzusperren, ist pervers...

Wir waren uns einig. Aber der Junge *wird* eingesperrt; du konntest mit deinem Plädoyer höchstens das Strafmaß etwas mildern: Haft statt Gefängnis...

Was kann man gegen einen perversen Staat schon tun? Theorien gelegentlich, ziemlich ausufernd, über das juristische Weltbild, das mir fremd ist: Recht ist eine Konvention, sagst du – eine geordnete Regelung der Machtfrage. Recht ist, was gilt; was gilt, ist eine Übereinkunft. Alles andere ist bloß Überbau: Schuld, Reue et cetera, veraltete Wörter, die eben noch in unseren Gesetzbüchern stehen –

Logisch eigentlich, banal: völlig unannehmbar für mich. Du spinnst halt: Das macht dich ja sympathisch –
Ich überließ mich wohl besser stumm deiner Hand; eine überzeugende Hand, eine versöhnliche Hand.
Wenn du nicht mehr sitzen mochtest, konntest du dich schon vorzeitig ausstrecken, hinter meinem Rücken, auf der weißen Nomadendecke, zur Entspannung sagst du, klagend ein bißchen: immer häufiger über Alltagsprobleme, Teenagererziehung, Schulsorgen, die Hunde, die Bäume, die zu hoch werden, die Tätigkeiten deiner Frau – in der Schulkommission, dem Kirchgemeinderat, dem Landfrauenverein des Bauerndorfes, radebrechend auf Berndeutsch, Französisch, Hochdeutsch...
Manchmal, wenn du gar nicht mehr aufhören wolltest zu reden, befürchtete ich, dein ganzes Heim stürze schon jetzt auf unseren Teppich herunter, unversehens, erdrückend, mit allen Gewohnheiten aus zwanzig Ehejahren: Bloß, weil ich noch immer schwieg.

Dabei bist du nur hängengeblieben, müßte ich dir wohl einmal sagen...
Mit dem Fahrrad überdies – schwer vorstellbar, aber ich kann mir ohnehin kein Bild machen, wie du Anfang zwanzig ausgesehen hast: Groß, dunkel, schlank wahrscheinlich; Fett angesetzt hast du erst im Beruf und in der Familie, soviel ich weiß; breitschultrig natürlich, kräftig, ohne Bart...
Und ich war damals... acht.
Gräme dich nicht, würdest du wohl antworten: es lag nichts drin, damals, viel zu scheu, verschämt, in jeder Hinsicht – unbestimmt sehnsüchtig.
Wie immer, wenn diese Sehnsucht zu groß, die Melancholie zu schwarz, der Wunsch nach Licht, nach dem berühmten klaren, schon fast nordafrikanischen Licht zu übermächtig wurden, wolltest du mit dem Fahrrad in den Süden – zu den Vögeln der Camargue.
Weg aus dieser verhangenen, drückenden, grünlichen Feuchtigkeit hier.
Der Schub war offenbar nicht heftig genug, er reichte nicht bis

zur Südküste; du bist unterwegs, ermüdet, ein bißchen hängengeblieben: verkommen, westwärts, an die Atlantikküste.
Ich kenne die Bretagne nicht – die felsige, zerklüftete Küste stelle ich mir wild vor, sagenhaft: König Artus, Seeräuber. Die megalithischen Menhirfelder, die Wälder der Druiden im Inneren, Landgüter und Schlösser, halb zerfallen, hochverschuldet...
Eine hügelige Landschaft, Nebel über Moor und Heide; das Land der Mütter, sagst du: die alten Frauen führen das Regiment, den Hof, die Geschäfte...
Dieses Gut funktionierte noch; König Artus' Tafelrunde aus lauter Urweibern, mußt du dir vorstellen... Die Männer sind alle ein bißchen degeneriert, alkoholisiert, Befehlsempfänger – brauchbar noch in der Armee als Offiziere, standeshalber.
Schöne, selbstbewußte, aber scheue, verschlossene Mädchen – streng erzogen, in den Klauen des Clans.
Ich habe sie entdeckt, mit dreiundzwanzig, und ein bißchen befreit, sagst du – gegenseitig entdeckt und befreit, denke ich – wir waren beide noch Kinder damals, ziemlich ahnungslos...
Man mag deine Frau – nicht nur in der Gesellschaft von Bern, die ja Fremden gegenüber noch ganz tolerant ist und das französische Element, selbst wenn es etwas keltisch verfärbt ist, schätzt: eine Diplomatenstadt – nein, auch in diesem heuchlerischen, satten und hämischen Bauerndorf – engstirnig wie eben *alle* bernischen Bauerndörfer, denke ich – auch dort hat man deine Frau bald akzeptiert: sie gab sich alle Mühe mit dem Berndeutsch, und darum geht es zunächst einmal. Hartnäckig, freundlich, scheu und zäh hat sie sich angepaßt, mit einigem Verständnis für Brauchtum, Sitte, bäurisches Mißtrauen, natürlich – nur an einem anderen Ort, unter anderen Bedingungen...
Sie wünschte sich wohl, kann ich mir denken, von Anfang an ihr Biotop, ihr kleines Landgut – sie empfängt gern, *bei sich*: sie führt ein offenes Haus.

Ich kam mir doch jedesmal als unfreiwilliger Eindringling vor, an eurem langen eichenen Familientisch, in der Gutsküche, die

eigentlich euer gemeinsamer Wohnraum ist; ein exterritorialer, zeitloser Raum, eine Festung: mit den dicken, hohen Mauern, dem kleinen, quadratischen, vergitterten Fenster, dem bernischen Bauernschrank, dem bemalten Büfett – und den beiden Eisbären, die knapp hinter der geschlossenen Tür schlafen.
Der Kerzenleuchter auf dem Tisch stammt wohl aus dem Land der megalithischen Menhire wie die blanken Kupferpfannen und Pfännchen an den Wänden. Unter dem ausladenden Abzug beim Kamin kann man sich noch immer die offene Feuerstelle denken, mit einem gewaltigen Kupferkochtopf anstelle des zwar nicht mehr ganz neuen, aber doch modernen und im Vergleich kleinen Kochherds.
Die Feuer aus einer anderen Zeit haben auf der Wand ihre Flammenmuster aus Ruß hinterlassen.
Ich weiß eigentlich nie, ob sie, mit dem Rücken zu uns vor dem Herd, zuhört, wenn wir miteinander reden, in unserer Geheimsprache natürlich, die hier keine Geheimsprache ist – aber noch immer eine Fremdsprache: für sie.
Schweigsam, am Herd, helfen sich deine beiden Frauen gegenseitig, wortlos aufeinander eingespielt: einander ähnlich, mit ihren mandelförmigen Augen; dein Sohn ist, in jeder Hinsicht, ein bißchen aus dem Rahmen gefallen: ein Kelte, sanft, ernst, gelegentlich herumschusselnd, wenn er sich, vor lauter Hilfsbereitschaft, zu schnell bewegen will.
Das wollige Ungeheuer vor der Tür hebt seinen Kopf. Manchmal knurrt es leise, kurz nur: das Alpha, dann läßt der andere sofort den Knochen fallen.
Befangen sitze ich allein auf der langen Bank am Tisch und höre dir unaufmerksam zu, bis das Essen bereit ist, überzählig zwischen deinen beiden Frauen, dir, als Schwerpunkt im Ohrensessel, dem zwischen euch unbestimmt herumschusselnden Kelten, der den Tisch deckt – mit dem unregelmäßigen Pentagramm der schlafenden Hunde vor dem Ausgang: der Drudenfuß.
In dieser Küche bewege ich mich besonders langsam, vorsichtig, ohne allzu abrupte, plötzliche Gesten.
Eigentlich ist der Tisch nach beiden Seiten hin offen für ein

paar Gäste mehr, die Patriarchenplätze an den beiden Enden, im flackernden Halbdunkel, bleiben frei; Schluckschwierigkeiten, dennoch, am Anfang, bevor ich genug von deinem alten, schweren Bordeaux getrunken habe. Unsere einzige Vertraulichkeit, Komplizität, an deinem Eichentisch, in eurer Küche: der Wein; du schenkst mir und dir selber freigiebig ein – sie trinkt nur ein Glas mit, aus Höflichkeit.
Daran sind ihr wohl zuviele zugrunde gegangen, in ihrem Clan. Ich weiß es schon – an meinen Schluckschwierigkeiten, an meiner plötzlichen Ungeschicklichkeit mit dem Besteck, an meinem Schweißausbruch, in der Wärme der Kerzen, sind zunächst einmal deine Kinder schuld: einander gegenüber am anderen Ende, wo schon das flackernde Halbdunkel beginnt, geschwisterlich miteinander beschäftigt, leise, für sich, lebhaft, als nähmen sie jetzt nichts mehr rundum zur Kenntnis – schon gar nicht mich, den Gast. Fast eine Generation jünger als ich, deine *Kinder*, plötzlich beinah erwachsen: ein keltischer Engel, dein Sohn...
Um das *Du* habe ich in den letzten Jahren fast gekämpft: vergeblich, sie versprechen sich beide noch immer.
Es ist Platz zwischen euch, auf der langen Bank, an diesem Tisch; du schweigst, langst nach den Töpfen und Schüsselchen rund um die gewaltige Salatschüssel in der Mitte, du verlangst rasch, halblaut, dies oder jenes, mitten in das Gespräch deiner Kinder hinein, als würdest auch du auf nichts ringsum mehr achten und als wäre, an diesem Tisch, längst alles gesagt: ein zufriedener Dialog mit den verschiedenen gesunden Eßwaren, unterbrochen nur vom aufmerksamen Seitenblick auf mein Glas, wenn auch dein Glas wieder leer ist.
Es kam mir immer so vor, als wäre es deine Frau, mir gegenüber, die die Verbindung zwischen uns jeweils wiederherstellt – während sie die Platte mit den Crêpes herumreicht, das Brot, den Käse vom einen Tischende zum anderen weitergibt und den biologischen Salat; sie holt die Kinder aus ihrem abseitigen Gespräch und mich aus meinem Schweigen – nur dich überläßt sie hier so ziemlich deinen Eßwaren.
»Monsieur Volontiers dit non?« – etwas vorwurfsvoll, mit ihren Schlitzaugen.

Doch mehr als zehn bretonische Crêpes, mit Speck und Schinken, schaffe auch ich nicht einmal aus Höflichkeit; der Salat allein wäre schon eine Hauptmahlzeit.
Ihre Haut wird in der Sonne, im Wind vom See her, nicht braun, sondern gelb, ledrig; der Garten war von Anfang an unser gemeinsames Thema, weil er mich wirklich beeindruckte, jetzt kommen wir nicht mehr davon los.
Sie macht Koversation – in ihrem Gemisch aus Berndeutsch, Deutsch, Französisch – als dürfe *ich* hier nicht einfach schweigen; doch wie überall falle ich automatisch in die Muttersprache meines Gastgebers, wenn ich sie nur einigermaßen beherrsche, und bleibe dabei, mit höflicher Sturheit: bis sie ihre Beteuerungen vergißt.
Ich bin der einzige, der an eurem Tisch einen Abend lang Französisch zu sprechen zumindest versucht – doch schon bei den Blattläusen hören meine Sprachkenntnisse auf; dann richten wir, eine Weile lang, gemeinsam ein Sprachdurcheinander an. Natürlich sollte man sie nicht vergiften, les pucerons, nicht einmal mit Tabaksud, sondern die Rosen so lange gießen, bis die Äderchen an den Blättern derart prall sind, daß die Blattläuse sich nicht mehr festhalten können: dann fallen sie ab.
Das ist mir allerdings zu einseitig physikalisch; la bête à bon Dieu gefällt mir besser – besser als les coccinelles, eine ganze Armee davon: aber wo findet man das noch. Sie schaut mich an, während sie spricht, die Arme müde auf den Tisch gelegt – ein bißchen zu nah, zu direkt, als wolle sie mir jedesmal etwas ansehen, mit ein paar Lachfältchen zuviel: und dem berühmten Armreif am kräftigen Handgelenk.
»Monsieur Volontiers dit non?«
Schweißausbruch plötzlich – mitten in der freundlichen, etwas angestrengten Konversation über unsere verwilderten Gärten.
Manchmal kommst auch du wieder vor, ziemlich ungeniert, auf Französisch, als Menhir, den man in die Landschaft stellt und der dann einfach herumsteht: statt etwas zu tun.
Hinter den Rasenmäher, auf der kleinen Wiese vor den Uferbüschen, stellst du dich nicht einmal; das käme zu teuer, sagst du: bei *deinen* Honoraransätzen.

Du wehrst dich nicht und bestreitest es nicht: du frißt einfach, bis nichts mehr da ist – viel zuviel, sagt sie.
Plötzlich sitze ich wieder allein am Tisch, das Fensterchen im Rücken, im letzten Flackern der heruntergebrannten Kerzen – mit deinem Kelten, entlassen wegen Unbrauchbarkeit, ein ungeschickter Schutzengel, weggeschickt, auf der Strafbank: am anderen Ende.
Seine Mandelaugen sehen etwas – weit weg, ohne ein Lächeln. Was soll man da noch Konversation machen?
Wir versuchen es schon gar nicht.

Was soll ich denn tun? Ich kann doch meine Entdeckung nicht einfach in die Wälder der Druiden zurückschicken – hilflos, später irgendwann, in deinem Selbstgespräch gegen mein Schweigen. Ich habe dir doch bis jetzt nie irgendeinen Vorwurf gemacht – ich schenkte mir höchstens erneut das Glas voll; du mochtest längst nicht mehr, so unkontrolliert, trinken.
Wollte ich denn, daß du deinen hilfsbereiten, ungeschickten, erwartungsvollen keltischen Engel erschrecktest? Deine beiden Frauen kannst du ja wohl nicht mehr erschrecken – höchstens sie dich vielleicht: mit einem furchtbaren, archaischen keltischen Wort – dann säßt du zerstört an deinem Eichentisch, ein verwitterter Menhir. Doch ob es im Bretonischen überhaupt ein Wort *dafür* gibt, wissen wir beide nicht.
Ce qui est dit est dit: meinen sie dort, sagst du, ratlos. Sie versteht keine Andeutungen – kannst du dir ein Gespräch, *darüber,* in unserem Sprachmischmasch vorstellen?
Ich *will* es mir doch gar nicht vorstellen. Ich habe ja nichts gesagt; ich zündete mir höchstens eine vorletzte, eine letzte Zigarette an und blieb sitzen, am Boden, störrisch gegen das Couchbett gelehnt: aufrecht, noch immer. Doch meinen Nakken konnte ich dir schon gar nicht mehr entziehen; war es nicht längst zu spät für jede Vernunft? Nur noch ein unsicheres Gleichgewicht zwischen Trotz und Kapitulation, ein Schwebezustand, wie in jenen Träumen, in denen man am Ende stürzt, auf einer Achterbahn, mit dem angenehm fauligen Gefühl von leichtem Schwindel: über einem Painted Desert aus kräftig leuchtenden Naturfarben.

Ein heiterer Abgrund...

Ich hätte bloß gerne nicht lügen müssen, sieben Jahre lang, wenn ich dir, im leichten Abendwind vom See her, in der Dunkelheit vor deinem Klostermäuerchen, zum Abschied die Hand gab, sehr westeuropäisch noch immer. Ich hätte, vielleicht, auch gerne einmal dich besucht, nur dich, eine Nacht oder sogar ein heiliges Wochenende lang: nicht nur während der Sommerferien, wenn du sie tatsächlich alle heimschickst, in die nebelverhangene, hügelige, bewaldete Landschaft der Druiden. Kommst du? – bittend fast, jedes Jahr.
Ich hätte, denke ich, deine Hand gerne auch bei Tag gespürt – nicht nur im Ausland, nicht nur hinter meinen geschlossenen Fensterläden, nicht nur an deinem Ufer, eingeplant, in der Ferienzeit, sondern irgendwo, vielleicht sogar auf offener Straße, draußen: dann, wenn *ich* deine Hand spüren wollte...
Doch so genau wußte ich das eigentlich nie – während ich schwieg und deine Hand spürte: und nur meine Haut antwortete.
Der Beweis für die Versöhnung – das läßt sich nie leugnen.
Ich ließ meinen Kopf sinken und versank.
Mein Körper wand sich, gedankenlos, von selber, auf den Bauch.
Die Angst vor dem Schmerz tat jedesmal wieder weh.
Beim ersten Mal tut es immer weh – wie bei einer Frau. Daran hatte ich gar nicht gedacht.
Allmählich wehrte sich auch mein Körper nicht mehr dagegen. Du hast mich mit dem Schmerz versöhnt, behutsam, jedesmal wieder. Kein anderer war je in mir – unter meiner Haut.
Du bist meist eingeschlafen; ich holte mir noch ein Glas Burgunder, die Zigaretten, den Aschenbecher, wenn ich, neben dir auf die Ellbogen in meinem Rücken gestützt, vor der finsteren Wand der geschlossenen Läden, mit den Spiegelungen der Wohnungseinrichtung, den unbestimmten Lichtreflexen darin, plötzlich die Stille nicht mehr ertrug und das enervierende Pochen meiner Heizkörper wieder hörte: ein Pulsschlag, der sich allmählich flatternd verliert – ein verborgener Mangel, zu spät entdeckt, nicht mehr zu reparieren, es sei denn, man reiße sämtliche Wände und Röhren auf.

Wir hatten *beide* zu lange geschwiegen, als daß wir einfach wieder hätten anfangen können zu reden.
Soll ich gehen?
Du standest schon, hinter mir, über die Lehne des Louis-quinze-Fauteuils gebeugt, die Hände auf meine Brust gelegt, scheu.
War ich denn auch so ein heimliches Spielzeug, vorsichtshalber ausgesondert – wie dieses eine rührende Bild, das *zuviel* war?
Nein . . .
Ich hätte alles vergessen und dich einladen müssen; doch nicht einmal meine Haut antwortete.

Im Erdinneren

Wenn ich schon den ganzen Tag lang in meiner Wohnung sitze, an meinem Schreibtisch, hinter dem Fenster, vor dem sich nur die Witterung ändert, über meinem wuchernden Gärtchen, deine Wüste in den Augenwinkeln, so möchte ich wenigstens nicht auch noch jeden Abend allein an meinem Küchentischchen sitzen, ein Stück Fleisch auf dem Teller, gebraten nach Augenmaß, die Basilika des Parlamentsgebäudes, auf dem Hügel, als Aussicht, im Abendglühen – während der Himmel sich allmählich violett färbt: bis er ganz schwarz wird.
Nur die Basilika ist übriggeblieben, hellbeleuchtet in der Nacht – bloß aus Sicherheitsgründen übrigens.
Ich vermeide es solange wie möglich, das Neonlicht in meiner Küche anzuzünden. Wenn man zuschaut, wie es Nacht wird, merkt man zum Glück gar nicht so rasch, daß man längst schon im Finstern sitzt.
Geht man auswärts essen, in eine dieser italienisch oder amerikanisch oder sonstwie ländlich zurechtgemachten Wirtschaften und setzt sich ans Fenster beispielsweise, mit Aussicht auf den lautlosen Feierabendbetrieb in der Fußgängerstraße hinter Glas, auf die schattenhaften Körpergestalten, die in der Dämmerung vorbeigleiten, mit undeutlichen Einzelheiten im Halbdunkel, zum Nachzeichnen und Ausmalen im Kopf, bevor man sich die Speisekarte, die man eigentlich schon auswendig kennt, anschaut und sich entscheidet, ob man jetzt Lust hat auf ein ohne Zweifel hormonal aufgewertetes Kalbsschnitzel oder auf ein wahrscheinlich zu lange gebratenes Steak – zweimal am Tag Teigwaren verbiete ich mir, es gilt als ungesund – da kommt bestimmt irgendein freundlicher Kellner und fragt, sehr höflich, ob es einem wohl etwas ausmachen würde, sich an einen anderen Tisch zu setzen: dort zum Beispiel, in die bequeme Ecke, zwischen die zwei Zwischenwände, eingerichtet für ein intimes Tête-à-tête. Dort nimmt man nämlich nur einen Platz zuviel weg, nicht gleich drei. Der Gérant spendiert einen Kaffee, nach dem Essen, zum Dank.

Unsere Stammbeiz, für den Donnerstagabend, mag ich eigentlich auch nicht besonders; man bekommt abends gar keinen Platz mehr, wenn man nicht spätestens am Morgen telephonisch reserviert, außerdem liegt sie ungünstig für mich, am untersten Ende der Altstadt, am anderen Brückenkopf, jenseits von allem: bei den weltberühmten Bären. Doch du wirst, scheint mir, immer heikler – zu eng, zu voll, zu laut ist es dir bald überall. Wollen wir wieder einmal den Versuch unternehmen, einander zu sehen, fragst du, am Telephon.
Wir haben unseren Stammtisch sicherheitshalber doch schon am letzten Donnerstag reservieren lassen für den nächsten Donnerstag ...
Ich bin immer zu spät; ich muß die ganze Altstadt hinunterlaufen, unter den hohen Arkaden der breiten Gassen zunächst, an all den historischen, ziemlich kriegerischen, hübsch renovierten Brunnenfiguren vorbei, vom antisemitischen Kinderfresser bis zur blinden Gerechtigkeit: bis die Laubenbogen immer mittelalterlicher und somit enger, niedriger werden, während die Antiquitätenhandlungen, die Zinnlädeli, die Boutiquen sich zu häufen beginnen, über die lange Brücke am Ende, hoch über der Schlucht des finsteren Flusses, im Eilschritt, allein auf meinem Trottoir neben der breiten Fahrbahn, der Sandsteinbrüstung entlang, verspätet schon, mit Aussicht auf höhere und niedrigere, größere und kleinere Brücken und Brückchen, auf alte Gotteshäuser mit Türmen und Türmchen: es gibt zuviele Brücken in dieser Stadt, sternförmig von der Halbinsel aus, in der Schlaufe, zum anderen Ufer.
Eben billig ist unser Brückenhäuschen auch nicht, längst kein kulinarischer Geheimtip mehr, sondern das anerkanntermaßen beste Speiselokal der Stadt. In diesem Häuschen, einem ehemaligen Zollhaus, das von außen gar nicht aussieht wie ein Restaurant, fühlst du dich einigermaßen wohl: an den langen Holztischen mit den Papiertischtüchern, zierliche Lambrequins hinter den altmodischen Fensterchen, ein ziemlich gemischtes Publikum, jung und intellektuell eher. Selbst die bürgerlichen Ehepaare sind nicht bloß mittlere Angestellte, sondern mindestens Lehrer. Viel Pullovervolk – was Anzüge trägt, sitzt dichtgedrängt in der schmalen enggestuhlten Gale-

rie, die wir natürlich meiden, und ist wenigstens echte Oberschicht: Diplomaten, Spitzenbeamte, Professoren, bessere Unpersonen.
Eine typisch bernische Mischung, denke ich, dieses Brückenhäuschen: volksnah und gepflegt zugleich, sehr belebt, aber nicht lärmig, mit Sinn für Tradition, ein bißchen kosmopolitisch auch, urban *und* ländlich, raffiniert, aber so, daß es nicht unangenehm auffällt, reell eigentlich, komfortabel, nicht luxuriös: nicht billig – doch jede anständige Qualität hat ihren, konstanten, Preis.
Da sitzt du schon, wenn ich, atemlos, über die zu hohe Schwelle, zwischen dem Büffet, an den Tischchen vorbei, in die helle, überfüllte Wirtsstube – wieder einmal – auf dich zu stolpere: in unserer Ecke auf der Bank, bei einer ersten Karaffe Bergerac zum Aperitif, die Hand majestätisch erhoben, mit allen fünf Fingern winkend, den Bart zerzaust, die Hemdsärmel hochgekrempelt, den Kragen offen, mehrere Kleidungsstücke neben dir auf der Bank, Jacke, Gilet, Krawatte, Mappe, verzettelt, heiter, aufgelöst und grinsend – in dieser Stadt weiß man ja nie, ist es nun eigentlich naßkalt, feuchtwarm, heiß oder kalt oder einfach bloß naß und feucht.
Was ist denn los?
Nachschwitzen, sagst du, kleinlaut fast, gilt doch als ungesund...
Ich lächle, contre cœur, verkrampft auf meinem wackligen Stühlchen dir gegenüber.
Einen Mordsdurst bekommt man sowieso nachher – bestellen wir noch einen Halben zum Aperitif?
Tu auras mal au cœur, après, würde *sie* sagen – eigentlich solltest du ja Fruchtsaft trinken, nachher, nicht Alkohol.
Kopfweh eher...
Herzweh; ich starre auf die kleinen Gegenstände auf dem Tisch, die Weinkaraffe aus schön massivem Glas, die schon wieder gefüllt ist, das blaue Butterfäßchen aus Steingut, das zum gepflegten Gedeck gehört, und breche mir ein Stück Brot zum Wein, um nicht schon im voraus betrunken zu werden, auf leeren Magen, während wir beide auf unsere Innereien warten, wie immer. Saure Leber oder saure Nierchen ich – du

hast dich hier auf Kutteln kapriziert, recht proletarisch eigentlich, aber das magst du ja; diesmal allerdings hast du dich, zur Abwechslung, für in Butter gedämpftes Hirn entschieden, mit Kapernsauce und Trockenreis, leicht verdaulich – man soll den Magen nicht belasten, nachher, besonders, wenn man es nicht mehr so gewöhnt ist, ja?
Ja.
Du lachst, ohne jeden Grund, wie mir scheint – und attestierst dem freundlichen, aufmerksamen Koch schon im voraus ein absolutes Spitze-Hirn, voller Vertrauen in seine Kunst.
Ich wußte gar nicht mehr, daß das auch lustig sein kann...
Die Nierchen, ich muß es zugeben, sind ebenfalls vorzüglich, mit einer zarten Kräutersauce und einem Touch von Nouvelle cuisine, gemäßigt, in Form eines unbestimmten, rohen, schmackhaften Krautes, neben dem Reis, am Tellerrand; eine révélation, wie man sagt: nach dem fetttriefenden Hackfleisch aus den amerikanischen Blechbottichen.
Une révélation, tu le dis – lustig und unkompliziert, nicht bloß entspannend, sagst du.
Natürlich tranken wir beide viel zu rasch, aber erst nach zwei, drei Gläsern von dem schweren, vierjährigen Rioja fing auch ich allmählich an, mich zu entspannen: Du schienst überhaupt keine Rücksicht mehr zu nehmen, bei deinem Spitze-Hirn – nicht einmal mehr auf die Leute an den Nebentischen, die, im Prinzip, jedes Wort verstehen und, wenn sie nicht mehr ganz arglos waren, zumindest ahnen konnten, wovon du sprachst.
Dann macht es ja eigentlich auch nichts – ein weitverbreitetes Leiden. Ein kleiner Ausflug, beruflich motiviert, in die netten Städtchen am Jurasüdfuß, very scenic... Junge Uhrenarbeiter, nach Feierabend. Ich wollte ja nicht zufällig ausgerechnet dir begegnen, oder? Ich konnte nur noch lächeln, contre cœur, bei meinen sauren Nierchen.
Richtige Epiphanien, Metamorphosen manchmal, zwischen Wegdrehen und wieder Umdrehen; schon sehr erwachsen übrigens, nichts Kindliches mehr; ganz spröde zunächst noch; plötzlich weich, willig, wild: blindlings im Dunkeln.
Nur Heulen und Wimmern im Finstern, für mich – findest du das wirklich lustig?

Es ist wenigstens konsequent – konsequent anonym und problemlos.
Du hast mich, über dein Glas hinweg, nach einem kräftigen Schluck, angeschaut, als hättest du, eigentlich, noch beifügen wollen: und konsequent soll ich ja sein, gay eben, oder?
Flehend – aber du hast es heruntergespült, mit dem nächsten Schluck. Die traurigen Augen eines eingesperrten Elefanten – rasch wieder verborgen, unter müden Lidern.
Ich kann doch nicht –
Ich könnte jetzt auch nicht – mehr.
Ziemlich schonungslos, aber auf mehr als halbe Sätze haben wir es ja doch nie gebracht; so flüchteten wir uns, eine Weile schweigend, in unsere kulinarische Komplizität, beim Dessert, zu den hausgemachten schmackhaften Schokoladekugeln, für die unser Brückenhäuschen berühmt ist.
Doch eigentlich aßen und tranken wir längst nur noch aus Verlegenheit weiter – jeden Donnerstag wieder?
Hinter den Lambrequins an den kleinen Fenstern war es bereits stockfinster.
Wollen wir bezahlen?
Du hast vielleicht dennoch, heimlich, auf meinen Vorschlag gewartet, den üblichen, es war ja immer an *mir*, dich einzuladen – oder auf *irgend*einen Vorschlag, einen rettenden Einfall für den angebrochenen Abend: wir hatten doch beide genug von unserem hellen, lauten Brückenhäuschen, in diesem stillen Ozean aus Nacht.
Wir bezahlen, seit langem schon, überall getrennt.
Am Anfang, vor Jahren, hatte ich mich für meinen Teil noch wehren müssen – weniger weil ich dir nichts hätte schuldig bleiben wollen, als wegen des Kellners, wegen der Gäste an den Nachbartischen, wegen der Blicke, die ich mir wohl einbildete: es ist, denke ich, eine Unart vieler Eltern, daß sie ihre heranwachsenden Kinder, halblaut, auf solche Paare aufmerksam machen, als erzieherische Warnung.
Ich *mußte* mich wehren, aus Rücksicht auf mich selber, gegen diese halblauten Bemerkungen meiner Mutter, im Kopf; so lassen wir hier, seit langem schon, alles zusammenzählen, teilen das Ganze durch zwei und streiten uns, pro forma, um den

Rest: so gleicht sich die kleine Schuld, vom einen zum anderen Mal, mehr oder weniger aus.
Qu'est-ce qu'on fait?
Gelegentlich machten wir, nach dem Essen, noch einen Spaziergang, einen kleinen Umweg auf meinem gewohnten Heimweg, meinen üblichen Umweg, den einzigen, den es gibt: am Ententeich vorbei, rund um den Ölberg, unter den alten Kastanienbäumen, die Arme auf dem Rücken verschränkt, lässig und detachiert nebeneinander her gehend, wie die anderen Paare, die auch manchmal zusammen wieder hierherkommen, zur Erinnerung, aus Neugier, ohne Absicht und Eile, lächelnd.
Doch diese Stadt ist zu klein für Umwege und Spaziergänge am Abend, wenn man nicht stehenbleiben und warten will. So setzten wir uns eine Weile in den Käsegeruch, von vorne, an unseren großen runden Stammtisch und ließen uns optisch unterhalten, bei verbalem Flirten, Hof haltend, während sich der Tisch rasch füllte: mit *deinen* Schützlingen.
Wollen wir das Lokal wechseln?
Ich hatte genug von diesen ausgewogen bernischen Mischungen, zwischen bürgerlich und unbürgerlich, getrennt vorne und hinten, zweideutig, verbal bloß und rührend...
Doch so rasch und eindeutig haben wir uns beide nie entschieden; du warst ohnehin nicht mehr ganz sicher im Gleichgewicht, nach dem Liter Bergerac, dem halben Liter Rioja, dem Calvados zum Dessert und den ungewohnten Wechselbädern zwischen heiß und kalt, mit etwas labilem Kreislauf. Auch ich war ganz froh, dich ein wenig stützen zu dürfen, symbolisch wenigstens, auf dem Weg zwischen den Tischchen hindurch, über die Schwelle, in die Kühle der Nacht.
Wir atmeten beide auf, mit einem Seufzer, auf der Brücke; über diese Brücke müssen wir sowieso beide, unentschieden noch, im kalten Neonlicht der modernen Straßenlampen, über dem finsteren Fluß in der Schlucht, von weither auf das röhrenartige Kanalsystem der Laubenbogen zu, beleuchtet im Innern, flankiert von den steinernen Kirchtürmen und Türmchen links und rechts.
Wenigstens optisch glücklich sein, sagst du, beide Arme auf

die steinerne Brüstung gelegt, zum Ausruhen, über der Schlucht.
Ich wollte nicht endgültig versumpfen, verwirrt und unglücklich; ich muß jetzt tanzen gehen – dafür, dachte ich, brauche ich ja eigentlich nicht bis ans Ende der westlichen Welt zu reisen: Kommst du mit?
Nichts als ein Gerücht, bis dahin – der Keller, am anderen Brückenkopf; die Rettung, dachte ich – doch dort ist es dir wohl zu eng: das kann ich nicht, sagst du und zuckst bloß mit der Schulter.
So gaben wir einander die Hand, auf der Brücke noch, und ich überließ dich deinen Schützlingen, für den Rest.
Sie werden schon auf mich aufpassen, beruhigtest du mich mit einem müden Lächeln, standhaft aufrecht: nur noch die Finger auf der Brüstung.
Ich wäre fast gestolpert, auf den Steinstufen der Treppe, zwischen den offenen Holzläden über dem Kopfsteinpflaster der Gasse, in den unterirdischen Schacht.
Nichts als ein rhythmisches Stampfen, dumpf aus dem Innern, bevor man, auf der letzten Stufe, mit einem kräftigen Ruck die schwere Tür aufstößt.
Dann muß man den Kopf einziehen.

Ich erwache, erschreckt vom Tageslicht, am frühen Morgen, ohne Erinnerung und ohne Gedächtnis, allein. Es ist zu hell draußen – weißes Licht im feinmaschigen Netz der Gardinen, weil ich auch in meinem Schlafzimmer keine Vorhänge habe, nicht einmal Fensterläden: Ich muß etwas sehen, wenn ich erwache.
Die Schlafzimmertür steht offen; ein schwacher Schein fällt über den grauen Spannteppich verdämmernd bis zu meinem Bett: die Beleuchtung im Wohnungsgang brennt; draußen, vor dem Fenster, strahlen die beleuchteten Baudenkmäler im Nachthimmel, vor dem geröteten Dunst über der Stadt, als würden sie brennen.
Kein Traum fällt mir ein; ich suche den unbestimmten fremden Geruch in den Bettüchern, der sich schon verloren haben müßte, fast vergeblich.

Es ist vollkommen still, kein Straßenlärm mehr, kein Hund mehr, der Laut gibt, kein Käuzchen, das schreit – die Augen gewöhnen sich rasch; verstreut am Boden ringsum Stoffhäufchen mit schimmernden Falten – hastig lasse auch ich meine Kleider zwischen die fremden Kleider fallen. Das fremde Gesicht, mir zugewandt, fahl im Widerschein des spärlichen Lichts, starr aus dem Kopfkissen erhoben, einen Augenblick lang, während eine rasche Bewegung durch den Haufen des Deckbettes geht – ein Schauer von Licht und Schatten an der Oberfläche; ein magerer, nackter Arm, unter dem Duvet hervor ausgestreckt: schleudert das Letzte fort – mit einer ärgerlichen Geste, als schäme er sich noch dieses letzten Fetzchens seiner Scham.
Ich stehe still, vor Zärtlichkeit.
Es ist eigentlich gar kein Geruch gewesen – nur die Strahlung fremder Haut, als könnte man Wärme, in der Erinnerung, riechen.
Die Hand, die mich bat, noch eine Weile lang zu bleiben, sehe ich, obwohl ich sie nur gespürt haben kann, kühl, auf meinem Kreuz; Flaum, von jungem Haar, auf meinen Lippen – halboffen, wie im Schlaf, sein Mund, knapp über der gewölbten Linie seiner Schulter, das Auge verhangen von den Wimpern; sein weißer Rücken – gestreckt, quer vor dem finsteren Fenster – mein dunkler Schenkel über seiner hellen Hüfte.
Spiegel, nennt man es beim Reh.
Warm und feucht, weich und eng – plötzlich ein Beben, heftig, ganz innen – laut: mit einem Schrei.
Habe ich dir weh getan?
Nein, nein.
Es ist nur meine eigene Wärme; der Geruch bloß Einbildung; man darf nie liegen bleiben.
Der Nachgeschmack von Nikotin und Alkohol im Mund, papieren; Rauch in den Kleidern, ordentlich zusammengelegt auf dem Stuhl, auf dem sie jeden Morgen liegen: fremd, ein Geruch, auch hier – Stein und Metall und Feuchtigkeit und irgend etwas mehr, als hätte dieses Kellergewölbe einen eigenen, unverkennbaren Geruch.
Es stimmt – und es stimmt nicht.

Unsicher.

Angst – nach den ersten mechanischen Handbewegungen des Tages: es könnte zu wenig gewesen sein; Wut, auf mich selber – bei einer ersten Tasse Kaffee, an meinem kleinen Küchentisch vor dem Fenster: daß er mich noch einmal daran hat erinnern müssen, als der Taxifahrer schon läutete, während er im grellen Licht des Wohnungsganges stand, zögernd, als wolle er nicht weggehen, den Mund geöffnet schon zu einer peinlichen Bitte – als es mir endlich, eben rechtzeitig noch einfiel: nachdem kein Bus mehr fuhr und auch er nicht damit gerechnet hatte. Er darf doch seine Eltern nicht wecken und muß am Morgen in seinem Bett liegen, und ich darf ihn nicht anrufen.

Aber du mich –

Vielleicht, mit einem vagen Lächeln: wenn es schön ist, könnten wir spazierengehen –

Er kann kaum älter sein als achtzehn.

Ich weiß nur den Vornamen – Dani.

Eigentlich konntest es ja nur du sein, als das Telephon läutete, während ich noch an meinem Küchentisch saß, bei der ersten Zigarette des Tages, vor den sonnenglänzenden, grünspanfarbenen Kuppeln des Bundeshauses in meinem Fenster: und mich wunderte.

Du rufst jetzt nicht mehr regelmäßig Punkt neun Uhr früh an, manchmal schon früher, vor dem Einkaufen, manchmal erst gegen Mittag, irgendwann, rasch zwischen Haushaltsarbeit, Hundespaziergang und Gartenarbeit – nur das Nötigste, sagst du: sie hat mir alles aufgeschrieben; si on aime la nature, quandmême... mehr braucht deine Frau gar nicht zu sagen. Aber du klagst trotzdem ein bißchen: Sie hat dir zuviele Wikken und Winden gepflanzt, das ist ja ungeheuer schön, jeder Tag hat seine neue Blüte, aber dann stehst du ahnungslos vor einem Gebüsch, vor irgendeinem unbestimmten grünen Busch und versuchst, anhand deiner botanischen Kenntnisse, herauszufinden, was sie da Neues gepflanzt hat: und plötzlich schaut dich ein Auge an, rosa, weiß oder blau, versteckt in dem üppigen Grün, eine unerwartete Blüte, die von weither kommt...

Ololuqui eben; du hast schon Angst, etwas ratlos in deinem Garten stehend, allein, demnächst zugewuchert zu werden; die Hunde kommen jedesmal mit ein paar rankenden Ololuqui-Blüten im Eisbärenfell von ihren Streifzügen zurück: das sieht ja ganz hübsch aus. Alles blüht – es ist furchtbar, sagst du; man muß ständig die verwelkten Rosen abschneiden, entdeckt sie bei ihrer Rückkehr eine Hagebutte an den Teehybriden, wird sie böse...

Im Waldstück am Seeufer haben wir schon die reinste Fliegen-Pilz-Zucht...

Fliegenpilze? Manchmal, vor meinem Telephontischchen stehend, in den Unterhosen noch, komme ich doch dazu, eine Zwischenfrage zu stellen, etwas irritiert.

Fliegen *und* Pilze, diese Riesenschwämme, nach dem großen Regen, und Schmetterlingsfliegen, eine prähistorische Spezies übrigens, die auch sehr hübsch aussieht: gar nicht so, als ob sie stechen könnte.

Sie hat es auch erdgeschichtlich später erst gelernt. Alles versumpft demnächst da unten, sagst du. Erschöpft, nachdem du die Hunde ausgeführt, gefüttert, eingekauft, ein bißchen gejätet hast, liegst du nackt in deinem Glashäuschen und liest Krimis: das Feriengefühl...

Kommst du? Zum Schwimmen ist es ungeheuer schön jetzt –

Der See ist schon angenehm warm, im leichten Dunst, dann schwimmst du durch dieses glimmende Silberpapier auf den Magischen Berg am anderen Ufer zu, der sich, übergossen von Licht, fast auflöst: wie in einem Traum...

Was träumst *du*? Wie lebst *du*? *Wann* kommst du?

Wo soll ich da anfangen – doch meist komme ich ohnehin nicht weit, mit meinem stockenden Anfang: da droht schon das Wasser für deine Spaghetti überzukochen, da hat dir schon wieder eines dieser Raubtiere treuherzig einen noch halb lebendigen Vogel vor die Füße gelegt, da läutet es an der Haustür.

See you... stöhnst du, abgehetzt und unterbrochen: ich will doch nicht allein hier zugewuchert werden.

So hatte ich dir nicht verraten, daß er schon angerufen hatte, früher als du: als es abrupt knackte in der Leitung; ich hätte dir

ja doch nicht ganz verschweigen können, woraus ich noch gar nicht recht erwacht bin – und das wäre gefährlich gewesen: Angst vor deinem Lachen, vor deinem Spott, schonungslos, in halben Sätzen; Angst vor Mißverständnissen, in diesem Durcheinander aus heiterer Verzweiflung...
Ich weiß doch nicht – nichts weiß ich.
Keine Ahnung.
Ich war noch nicht einmal dazugekommen, mich zu rasieren.
Etwas fehlte – nichts als die weißen Regale mit den vollen und halbleeren Fläschchen darauf, den angesammelten Toilettenartikeln über dem Waschbecken vor mir – als ich mich umdrehte, nachdem ich das Badewasser habe einlaufen lassen, eine Sekunde lang ratlos, die Zahnbürste in der einen, den Rasierapparat in der anderen Hand: bis ich begreife, was fehlt, und die Türen des Spiegelschränkchens schließe.

Ich bin immer zu früh.
Ich suchte Schatten, unter den roten Sonnenstoren des Café de la Paix, doch die Sonne stand zu schräg, Deckung in einem Hauseingang, aber auch da noch immer von weitem sichtbar, ausgestellt, allein auf dem Trottoir, während ich schließlich auf und ab ging, die Reihe der geparkten Mopeds entlang, die sich dicht aneinander drängen, windschief am Straßenrand – und mich schämte: weil ich zu früh war.
Ich weiß nie, was ich für ein Gesicht machen soll, wenn ich jemanden von weitem erkannt habe, selber auch sofort erkannt worden bin: während man aufeinander zugeht – ein paar hilflose Schritte lang. Plötzlich, aus den Laubenbogen der Schauplatzgasse um die Hausecke herum aus dem Dunkel auf das sonnige Trottoir herauskatapultiert, mit einer flatternden Bewegung, als hätte er sich verspätet und wäre schon ein gutes Stück gerannt, blieb er gar nicht erst stehen: verlangsamte bloß, ersparte uns damit eine unmögliche Begrüßung, auf offener Straße, und beschleunigte wieder, als ich mithielt: während er mich noch immer ansah, von der Seite her, als wolle er mir etwas ansehen: bei Tag.
Auch ich sah ihm nichts an – kein Lächeln – ohne ein Lächeln.

Er streckte mir bloß sein Eis-Cornet hin.
Ich mußte einfach mithalten.
Ich lasse mein Geländer los – springe, schnellend wie ein Fisch – und schwimme, mit kräftigen Zügen, quer zur Strömung, im Schmelzwasser von den Bergen, der Flußmitte zu.
Ich muß mich hineinwerfen, allein, wenn der Schmerz unerträglich wird.
Warum hast *du* mich, erstmals seit sieben Jahren, auf meiner Wiese am Fluß besucht?
Auf dieser Wiese hat man zuviele Bekannte, sagtest du immer, mit Recht übrigens: und miedest diese Wiese jahrelang.
Die Bekanntenkreise überschneiden sich, undurchschaubar: die ganze Stadt breitet sich hier aus, in der kurzen heftigen Zeit des Hochsommers; Nester aus bunten Tüchern, leuchtend im Grün – ein Paar, ein Grüppchen, Vereinzelte, die sogenannte große Familie aus dem Altstadtkeller, die nun auch ich vom Sehen her kenne und die sich immer im Zentrum lagert, vor den drei schlanken Pappeln: doch die Zwischenräume sind zu klein geworden; man sieht nicht mehr, wer noch dazugehört, wer neu dazugestoßen ist, wer nur zufällig in den Bannkreis des großen Gelächters geraten ist, das von der auffälligsten aller Gruppen über die ganze Wiese bis zu uns dringt: laut, lustig, schamlos, forciert, absichtlich. Man hört diesem Gelächter die Spannung an, die es lösen soll und stattdessen nur steigert: Ausbrüche, mit zu hoher Stimme, aus Angst vor den Explosionen der Stille.
Es gibt natürlich viel schlimmere Wörter für dieses farbigste von allen Nestern...
Doch *er* fehlte.
Nebeneinander auf unseren Badetüchern liegend, in der Sonne, am äußersten Rand der Bühne, starrten wir in die Menge der nackten Körper, bei stockenden Gesprächen, in halben Sätzen. Du hattest deine Raubtiere für eine Weile eingesperrt – und ich gab mir alle Mühe, dir nicht zuviel zu verraten.
Es ist alles zu grell, im Mittagslicht, ohne Dunst, der dämpft; das Trapez der Rückenlinien, wiegende Hüften – auch hier tragen sie jetzt diese abgeschnittenen Hosen, ausgefranst, satt,

aus blankem Jeansstoff: der Rest ist nackt und, im Vergleich, unwesentlich; Turnhosen, Kopfhörer, wenn sie liegen, während sie alles, was sie an sich haben, wiegen im Rhythmus der lautlosen Musik, geborgen in ihrem akustischen Raum; auch hier sah ich nun plötzlich Einzelheiten, den Thorax, den Brustkorb, die Front der Oberkörper: kräftig, bei geübten Schwimmern; den Wall der Brustmuskeln, mit den dunkleren Brustwarzen auf den Kuppen, den Panzer der Bauchmuskeln, vom Flußwasser glänzend, auf weite Distanz, wenn das Gesicht noch nichts ist: verschwommen und sehr jung – fremd; höchstens flüchtig bekannt: auch schon gesehen.

Ganz konnte ich es dir doch nicht verschweigen.

Ein kleiner Freak, aus deinem Keller, fragst du: und gibst dir Mühe, mich nicht anzuschauen – gelassen.

Er ist niemandes Besitz, sagt er – gerade erst aufgetaucht dort unten, wie ich auch, scheu noch, aber, wie es scheint, doch schon in ein paar Hände gerannt; ein Durcheinander aus Vornamen, ohne Erklärungen, wie Chiffren; hastig und ängstlich, er ist mir fast davongelaufen: auf dem Weg zu mir.

Ein Flipper also, sagst du, den Bart in die Hand gestützt: un garçon fatal. Das ist ein Unterschied: Stevy, das war ein kleiner Freak, problemlos; die kleinen Flipper sind gefährlich; bist du endlich deinem Engel begegnet?

Ein flüchtiger Blick, von der Seite, rasch wieder verborgen hinter müden Lidern: I warn you; wenn man einen Engel küßt, verbrennt man sich die Lippen.

Doch ich ließ mich nicht beirren; ein Bauzeichnerlehrling in einem Architekturbüro, weil eine Dekorateurlehre angeblich zu riskant gewesen wäre, die Aussichten später zu brotlos, weil er gerne und gut zeichnet, weil aber die Kunstgewerbeschule erst recht nicht in Betracht kommt...

Ein proletarischer Engel also? Blöder Berufsberater, fandest, immerhin, auch du.

Er klagt ein bißchen, über den Lehrmeister, die Eltern, er schimpft eher, man kann ihm nur recht geben; ein Mund zum Maulen, sagte ich.

Fischmund oder Elchmaul?

Ich überhörte deinen zoologischen Vergleich, im Stimmengewirr, von den bunten Nestern; ich bin mir jedenfalls noch nie in meinem Leben so erwachsen vorgekommen, verantwortlich, hilfsbereit, behutsam fragend, ohne Ungeduld – doch er braucht, wie es scheint, gar keine Hilfe...

Rührend... Es dröhnte, laut, zu dicht neben mir, erschreckend und rücksichtslos in das Stimmengewirr hinein: Hast du ein Kind bekommen?

Es löschte alles aus – sogar das große Gelächter von weither.

Merkwürdig, sagte ich schließlich, nur um irgend etwas zu sagen, weil ich unser kameradschaftliches Schweigen nicht länger ertrug: merkwürdig, es scheint, als würde das Gedränge der Körper, hinter den drei Pappeln beim Schwimmbassin, immer dichter, immer höher, eine Flutwelle, die sich dort vorne flimmernd aufbäumt, und knapp bei uns am Rande der Wiese verebbt.

Eine optische Täuschung; auf die große Distanz, behauptest du, projiziert sich eben alles übereinander...

Kameradschaftlich: auch eines der schlimmeren Wörter, aus früherer Zeit; wir sind Kameraden geblieben – plötzlich sichtbar für jeden, der es sehen will.

Assortiert – fand eines *deiner* Blumenkinder, heranschwebend aus den unbestimmten Randzonen des vielfarbigen Nestes, ohne Respekt, anzüglich fast: es meinte die Farbe unserer Badehosen.

Komplementär wenigstens, hast du geantwortet, halbaufgerichtet, verlegen: Schau dir unsere Badetücher an. Leuchtend blau meins, leuchtend rot deins.

Dann saß es im Gras, eine Weile, das Kind, und äugte, mit Kontaktlinsen, aus Eitelkeit; stumm und zutraulich.

Doch du ertrugst es nicht lange – halbnackt in der prallen Sonne; du verzogst dich mit deinen Zeitungen, majestätisch zwischen den ausgebreiteten Tüchern herumirrend, auf die Holzpritschen, unter das schützende Blätterdach der Uferbäume, während ich liegen blieb: auf dem Bauch, mit ausgebreiteten Armen.

Ich mochte dir jetzt nicht nachlaufen – ich darf dir ja doch nichts verraten, nicht einmal, daß ich seit Tagen bloß warte.

Es ist alles zu nah; man braucht nur die Augen aufzuschlagen,

über das eigene Handgelenk hinweg: Haut – mit einem Braunschimmer erst, oder schon blankes Metall; das Flimmern der blonden Härchen; die Dunkelheit der Achselhöhle, zitternde Schulterblätter, Flanken ...
Ich wünsche dir dieses Starren nicht – als säße ich wieder hinter meinem Mückengitter, in der Zeit *nach* den Tornados: auf meinem komplementären Badetuch, aufrecht schließlich, mit angezogenen Knien; doch *er* wollte nicht auftauchen, aus dieser Flut.
Ich sah *dich*, von weitem, im Halbschatten: auf dem Rand der Holzpritsche hockend, am Uferweg, der flußaufwärts führt, beide Arme auf die Schenkel gelegt, deine Zeitungen in der Hand, ohne zu lesen, starrst du auf die niedrige Hecke, hinter der silbern der Fluß glitzert.
Zu groß und zu schwer: nackt; nur dein Kopf bewegt sich manchmal, flink, flußaufwärts: Rücken, Bubenrücken, dreieckig, kompakt, breit und kräftig, hochaufgeschossen: dicht beieinander über den Asphalt tänzelnd, so daß die Badehosen anfangen zu flattern wie Fähnchen: weiß, schwarz, knallrot, violett, orange, grün, ägäisblau, königspurpur ...
Ein Flimmern im Auge, sagst du.
Auch ich hatte es nicht mehr lange ertragen; auf meinem Weg in den Fluß setzte ich mich eine Weile zu dir in den Schatten, doch du mochtest nicht mitkommen: die Strömung war dir zu stark, das Wasser zu kalt, Angst vor dem Kreislaufschock und dem Landen; ich bin doch eher, sagtest du, mit einem Seitenblick und einem versteckten Lächeln im Bärtchen: ein Schwimmer in stilleren Gewässern.
See you ...?
So hast du dich verabschiedet – und ich gebe mich der starken Strömung hin, ohne Bewegung, allein wieder, längst süchtig: auf dem Rücken, mit ausgebreiteten Armen.
Hoch über mir teilt der Betonbalken den Himmel, als hinge die Brücke in der Luft. Zwischen den vier Strichen der schlanken Kandelaber stehen zwei Buben unter der Sonne, dicht nebeneinander, die Arme auf das Stahlgeländer gelegt – keine Gesichter im Gegenlicht, nur Körperformen; sie blicken dem Fluß nach, während allmählich, hinter ihren Rücken, die Baumwip-

fel des Waldes emporwachsen, der Wald auf dem Hügel, eine Wiese am Waldrand, das Dorf: dichtgedrängt finstere, braune, spitzgieblige Dächer.
Die Tafel, die an Drahtseilen quer über dem Fluß hängt, löscht das Bild einen Augenblick lang aus: Letzte Landemöglichkeit...
Nur die vier Kandelaber sind übriggeblieben auf der Brücke, nichts als häßliche Striche im Himmel, bei Tag, vor dem bewaldeten Hügel im Hintergrund.
Dann brauche ich bloß noch die Hand auszustrecken, und die Strömung trägt mich an Land.

Ich bleibe jedesmal stehen und blicke zum Himmel, wenn ich das Sirren der Flügelschläge höre: kaum ein Geräusch, nur die Luft fängt laut an zu vibrieren.
Aufgescheucht aus dem Schutze irgendeines Schilfufers – eine leichte Beute in der Lücke zwischen dem Wald der Vorgärten – müssen sie mein Quartier überfliegen: offenes Gelände, auf dem Weg von ihrem Tagesplatz zu ihrem Schlafplatz in den Tümpeln und Teichen am Fluß; klassisch gestaffelt, die Hälse gestreckt, alle Kraft in den Flügeln, nichts als Anstrengung: den plumpen, braunen Körper mit der größtmöglichen Geschwindigkeit wieder in Sicherheit zu bringen, in irgendein Ufergebüsch.
Auch der Himmel hält, einen Augenblick lang, den Atem an.
Auf die zarten Wölkchen, die sich gegen Abend hinter den Hügeln versammeln, über den Bäumen am Ende meiner Straße, ist kein Verlaß; ich war eben vors Haus getreten und auf dem Treppenabsatz stehengeblieben, zwischen den beiden Zierakazien, die den Eingang flankieren, die Gießkanne in der Hand.
Es wird nicht regnen.
Ich habe die Gießkanne einfach fallen lassen.
Es knackte noch in der Leitung, als ich abhob.
Ich hatte doch bis sieben Uhr gewartet; die Wohnzimmerfenster standen weit offen; die Haustüre war nur angelehnt; es hatte bloß dreimal geläutet.
Das Schrillen der Klingel hallt noch an den Zimmerwänden nach.

Es ist *seine* Zeit; er weiß natürlich, daß er sich nicht anzumelden braucht, gewöhnt, höchstens mit Leuten zu telephonieren, die seine Stimme kennen und auf nichts anderes gewartet haben. Ich hebe spätestens beim zweiten Läuten ab, melde mich, im Tonfall einer Frage, wie immer, dann verschlägt mir dieses Ciao die Sprache. Er wartet – ich frage kopflos irgend etwas, damit er nicht wieder aufhängt – er antwortet, dann wartet er schon wieder. Er bricht immer wieder ab, als getraue er sich nicht zu sprechen, wie jemand, der bedroht ist, das aber nur in verschlüsselter Form mitteilen kann.
Er braucht keine Hilfe; es ist nichts; ein kleinlautes Tschüß am Ende, von weither schon.
Ein eingelöstes Versprechen bloß, nach langer Zeit. Ich gehe abends nie vor sieben Uhr aus dem Haus; dann muß er am Familientisch sitzen – hochaufgeschossen, verstockt, stumm, denke ich – und kann mich nicht anrufen.
Ich kann es nicht einfach vergessen; das wahrscheinlich wertlose, aber ziemlich schwere Metall baumelt unter dem Hemd gegen die Brust, bei jeder Bewegung. Während ich vor meinem Telephontischchen sitze, spiele ich mit dem feinen silbernen Kettchen, das auf der nackten Haut des Halses ungewohnt scheuert – nur in den Mund nehme ich es nicht, wie er sein Goldkettchen, das ihm schon ein anderer geschenkt hat: gedankenverloren über die Unterlippe gelegt...
Eine verbotene Geste.
Plötzlich hatte er mir die Faust hingestreckt, im Gehen, mitten auf dem neuen, häßlichen Steg, der zwischen den beiden hohen Brücken über die Aare führt, dort, wo der Fluß, gestaut von der Stromschwelle, sich zu einem Becken ausweitet.
Gib deine Hand her!
Er hatte schon länger in seiner zu engen Hosentasche herumgekramt: der Taschentuchzipfel hing heraus, ein Schnurende, Schlüssel, anderes klingelte leise – während er neben mir ging, vor dem Hintergrund der Altstadt auf dem Hügel und dem weitausholenden Bogen der Kirchenfeldbrücke, auf der die Straßenbahnen, die Autos, die Leute am Himmel vorbeiziehen, wie Seiltänzer über der Uferlandschaft – als hätte er nur noch auf den richtigen Augenblick gewartet.

Als ich meinen Arm zurückzog und die Faust öffnete, glänzte ein Silberstück darin – ich steckte es rasch weg, in die Hosentasche, beschämt und verlegen: nichts zum Tauschen...
Wir waren allein auf der Brücke.
Man muß doch etwas tauschen dabei, fiel mir ein, aus einer Zeit, da ich etwa so alt war wie er jetzt: die Badehosen oder einen Blutstropfen zumindest; die Erinnerung, ich weiß, kam aus dem flaschengrünen Fluß.
Forget it!
Manchmal, vor meinem Telephontischchen sitzend, während ich warte, ziehe ich das schwere Metall schon halbwegs aus dem Hemd hervor, als glaubte ich tatsächlich noch an Märchen...
Dich anrufen?

Du winkst bloß ab – ich höre dich kräftig ausatmen, aufschnaufen, wie nach einer überwundenen Anstrengung: angelangt auf dem Berggipfel.
Darauf sollte die *Todesstrafe* stehen, sagst du müde – in deinem aufgeheizten Glashäuschen, in den Bademantel gehüllt, die Füße auf den Schemel gelegt, die Flasche Meursault auf dem Tisch.
Das hält man doch lebendigen Leibes gar nicht aus... Ich weiß, es darf nicht sein; ich bin schließlich dein Heilmittel dagegen, zuverlässig bis jetzt, als Gast, in der Ferienzeit.
Das Haus und der Garten gehören uns; wir brauchen keine Rücksicht mehr zu nehmen und tragen kaum Kleider, Badehosen höchstens, den Trainingsanzug oder den Bademantel, manchmal, an den heißen Tagen, stehst du noch splitternackt in der Gutsküche, während du uns das Essen zubereitest, Teigwaren meist, ein bißchen klagend und schimpfend: über die Ordnung deiner Frau. Ich leiste dir Gesellschaft, in deinem Ohrensessel; wir sitzen nackt beieinander, auf den verwirrten Gartenmöbeln, im Schatten der alten Linden, die dein Glashäuschen vor der Sonne abschirmen.
Der See glitzert durch das Blattwerk der Birken und Weiden, unter der Bergspitze am Himmel, die sich im wechselnden Tageslicht ständig verändert.

Sonst ändert sich hier wenig – bloß die Bäume wachsen, von Jahr zu Jahr, die Winden und Kletterrosen an den Mäuerchen wuchern, die Hecken, Büsche, Sträucher werden immer üppiger, und die Wildrebe an der Südseite deckt bald die ganze Hauswand zu; deiner Loggia fehlen wieder ein paar Scheiben mehr, geborsten in den letzten Föhnstürmen. Daß ich hier fast zuhause bin, in der Sommerferienzeit, fällt mir ein, wenn ich den verirrten Ast des Wacholders vor dem Glashäuschen sehe und mich an den Vergleich erinnere, der mir schon im Vorjahr eingefallen war: wie ein ausgestreckter Arm... Hier darf ich immer wieder dein Bub sein – ein paar Tage lang; manchmal wird mir schon schwindlig, in der letzten Wärme des Tages, bei schläfrigen Berührungen, während die Birken am Ufer eindunkeln und ein Jet, in der Sonne noch, einen rötlichen Strich durch den Abendhimmel zieht: vor Schmerz.
Ich muß mich jedesmal zuerst wieder daran gewöhnen – an diesen alten Schmerz, an den leisen Ruf der Unken, vom Teich her, an das vertraute Geräusch des Abendwindes in den Bäumen, an das Gelächter der Eichelhäher im Geäst und an den unbestimmten, süßlichen Geruch dieser Wildnis: das weißt du. Als wäre ich wirklich dein Bub, dein Kind, nichts anderes und der einzige, gewöhnst du mich behutsam, du akklimatisierst mich – indem du mich zunächst einmal abfüllst: systematisch, mit Meursault den Tag hindurch, mit dem schweren alten Bordeaux, später, in der Nacht – bis auch ich die befristete Zeit und die nahe Zivilisation vergesse.
Nur der Sonnenstand, das Wetter und unsere einfachen Wünsche bestimmen den Tagesablauf; gegen Abend, wenn die Hitze abflaut und wir beide wieder ein bißchen erwachen, spazieren wir, jeder sein Glas in der Hand, auf den schmalen, labyrinthisch gewundenen Kieswegen, durch die Wildnis deiner Frau, den sanft abfallenden Hang hinunter, sachte auf die schon dunklen Bäume zu: wenn die Sonne genau auf der Bergspitze am anderen Ufer steckt; man sieht nur noch die Ränder des Berges, bläulich, geometrisch, ein Dreieck über den Wipfeln: jedes Jahr fällt mir wieder der Sinai ein, der alte Bund; dann möchte ich diesen Berg wegnehmen und nachsehen, wie es dahinter ausschaut.

Es geht rasch – nachher hat er seine Schrunden wieder, bleiern.
Dann ist viel Licht hinter dem Berg, rubinrot, mit orangen Schäfchenwolken darin, über den kleineren, weiter entfernten Bergkegeln – eine Vulkanlandschaft am anderen Ufer, im leichten Dunst, zartfarben, wie in der letzten Sequenz der Space Odyssey.
Der Himmel über dem See ist schon türkisblau, während, weit weg, ein unbestimmter Raubvogel kreist, ein Schwan mit lärmigen Flügelschlägen auf der glatten Wasseroberfläche startet, es allmählich finster wird und rasch abkühlt.
Wenn ich zu frösteln anfange, hüllst du meinen Körper in deinen Bademantel, wie in eine Decke.
Die Eichelhäher kichern nur noch leise im Geäst.
Die Bäume, den Garten, das Haus im Rücken, nebeneinander auf der Bank über dem See, warten wir beide, verdämmernd im Finstern – auf nichts: als hätte die Zeit den Atem angehalten und als hätte unsere Geschichte auf der Kanzel dieses Stegs stillgestanden: nichts als ein sehr starkes Erinnerungsgefühl, bis in die Fingerspitzen hinein, wie in jenen Träumen, in denen man einzig weiß: Hier war ich schon einmal.

Ich will es doch am *lebendigen* Leib – nicht bloß das bißchen Gefieder an der Seele.
Ich fange schon an, in meiner Wohnung herumzulaufen, von einem Zimmer ins andere, Amok ein wenig, gegen Abend: während ich auch warte – auf *ihn*.
Es war *unser* Spaziergang – es gibt eben keinen anderen, der wegführt, aus der Stadt. Wir waren geflüchtet, auf dem Weg flußaufwärts am anderen Ufer, vor den Familienspaziergängern, die uns aus dem Tierpark entgegenkamen mit ihren Kinderwagen: schaukelnd wie majestätische Droschken.
Erst, als sie sich vereinzelt und verlaufen hatten, jenseits des Tierparks, wo der Wald anfängt, im Naturschutzgebiet, ruhten wir eine Weile aus: am Rande der erdbraunen Tümpel, in denen sich auch der Fluß ausruht. Überflutete Baumwurzeln, die Baumkronen reichten bis ins Wasser hinab, die Sporen aus Beton waren keine feste Grenze mehr.

In den Tümpeln hatte auch er, als Kind, schwimmen gelernt.
Der Fluß, mit seinem Hochwasser, füllte die Glunken neu auf.
Wir standen nebeneinander, allein, abseits des Weges, und getrauten uns nicht, einander zu berühren. Ihm fiel ein Spiel ein, das alte Spiel, das jedem Kind beim Anblick eines Wasserspiegels einfällt.
Er versuchte, über die braunen Tümpel hinweg, das silbrige Band des Flusses zu erreichen – es ist schwieriger auf einem Fluß, weil man die Strömung mitberücksichtigen muß, aber wenn es gelingt, so schnellt der Kiesel wilder als auf einem See, noch am Schluß hochgespickt von einer kleinen Welle, bevor ihn das Wasser verschluckt; springt der Stein, sieht es so aus, als halte man ihn noch eine Weile mit erhobenem Arm an einem unsichtbaren Faden – mißlingt der Wurf, so erschrickt man: eine abrupt abgebrochene Bewegung.
Ich hatte rasch genug, von meinen verschluckten Steinen.
Er hatte eine ganze Handvoll gesammelt und bombardierte den Fluß: mit einer knappen Bewegung aus der Hüfte heraus, die durch seinen Körper vibrierte, während er ausholte, alle Kraft in die Fingerspitzen schleuderte, den Rückstoß in den Knien federnd auffing, ohne Atem zu holen, mit offenem Mund, auf den strömenden Wasserspiegel konzentriert: bis die Steinchen in seiner Hand aufgebraucht waren; noch im Schwung des letzten Wurfes drehte er sich mir zu, lächelnd wie beim Erwachen – und gleich wieder weg, als dürfe die Schleuderbewegung nie aufhören, während er stolpernd zu Boden ging: um weiterzusuchen nach dem nächsten Stein. Doch der eignete sich nicht; sah eigentlich gar nicht aus wie ein Stein, ein Stück gebrannte Erde eher, flach nur auf der einen Seite, steil gewölbt auf der anderen, glattgeschliffen, fingerbeerengroß.
Was ist das?
Auffällig war bloß die Farbe – dunkel rotbraun, mit Haarrissen darin.
Sieht aus wie ein geronnener Tropfen, fand ich – während wir einander den Kiesel aus den Fingern nahmen, ihn drehten, befühlten: und beide nicht wußten, wie dieser Stein hieß.
Auch er mag Steine – er hat eine ganze Sammlung zuhause:

aber den schenke ich dir, beschloß er, und streckte mir den Stein hin.
Ich hatte, bis zum Abend, den richtigen Namen gefunden.
Die Oberfläche ist kühl – der Nabelstein riecht nach nichts, schmeckt nach nichts.
Es gibt doch Völker, die auch dort Schmuck tragen, bunte Halbedelsteine, als müßten sie die Narbe der Geburt zugleich schützen, verstecken und schön machen – war mir eingefallen, während wir beide verwundert den Fremdkörper betrachteten, der tatsächlich nicht aussah wie ein Stein: als wüchse ihm ein kleines Teufelshörnchen aus der Mitte seines Bauches.
Ich mußte sie rasch freilecken, die verheilte Wunde. Auch er war am Ende abermals geflüchtet.
Müde, nach unserem langen Spaziergang und der kurzen Nacht, brauchte er einen Kaffee, nein, nicht bei mir, sondern in einem bestimmten Straßencafé: das ich eigentlich nur als Stammlokal alleinstehender Frauen und Männer kannte, spezialisiert auf Torten, Kuchen und Eis.
Was willst du dort – im Samstagnachmittagsrummel der Familien und Touristen?
Es schien eine Übereinkunft gewesen zu sein – eine feste Gewohnheit zumindest, die stärker war als seine Scheu; schon die beiden kleinen Kellner hatte er begrüßt wie alte Bekannte: ein Pärchen, in ihren identischen schwarzen Gilets, das ich vom Sehen kannte, von raschen Begrüßungen, im sogenannten ersten Stock und, natürlich, auch im Keller.
Doch ich war hier ein Begleiter am falschen Ort, ich mag Torten und Kuchen nicht besonders; er hingegen schien sich auszukennen, in den feinen Unterschieden zwischen den einzelnen Früchtekuchen, vertraut im Kreise der sogenannten großen Familie, bei ihrem gewohnten Samstagstreff: eine Verschwörung aus lauter Vornamen, in den unmöglichen Koseformen, die in dieser Stadt gebräuchlich sind, Chiffren, mit denen ich nichts anzufangen wußte.
Auch Dani schien plötzlich unruhig, unsicher, als wisse er nicht recht, ob er mich nun eigentlich hatte vorführen oder mich doch lieber hätte verstecken wollen: vor seinen offenbar weitgereisten, mit ihren Autoschlüsseln klimpernden BMW-Fah-

rern und ihren stattlichen Knaben, mit denen ich nichts gemein haben möchte: keinen fernen Kontinent, keine Sehnsucht, keine Sucht.

Willst du ein Stück? Mit einem raschen Blick schob er mir seinen Teller zu, als hätte er meine philisterhaften Gedanken erraten.

Auch er hatte jetzt keine Lust auf einen Sonntagsausflug, nach Zürich natürlich, mit dem ganzen, heiteren Grüppchen.

Wollen wir gehen? Dani gähnte, Dani schlief schon fast, Dani litt, für alle sichtbar, an einem großen Erschöpfungsanfall, aus Gründen, die er seinen BMW-Fahrern gar nicht verschwieg – während mir nur noch ein Problem blieb: Gibt man einem Kellner, den man duzt, ein besonders großes Trinkgeld – oder gar keines?

Ich mußte ihn, auf dem Weg zu mir, einholen; erst jenseits des Platzes ließ er mich wieder neben sich hergehen; das letzte Stück, den Hügel hinunter, rannten wir fast.

Endlich brauchte er nicht mehr zu flüchten, ausgestreckt auf meinem samtroten Sofa, die Augen verborgen in der Dunkelheit seiner Armbeuge.

Doch lange mochte er mich nicht schon wieder auf meinem silbrigen Saharateppich bloß knien sehen: versöhnt mit meinem sperrigen Erbstück. Du bist nicht mein Privatbesitz, versprach ich ihm – und das war bestimmt ein Fehler.

Er will doch, daß man ihm nachläuft, ihn einfängt und festhält, mein Bub – fest, nicht bloß an den Rändern der Haut, zur raschen Beruhigung, sondern mit dem ganzen Körper, ohne Hast, am ganzen Leib: *überall.*

Ein Glas Orangensaft in der Hand, nackt im Nachmittagsdämmerlicht, spazierte er durch meine Wohnung, die im Sommer angenehm kühl ist. So, als hätte er nachts, scheu und unruhig vor Erwartung und Angst, noch nichts wahrgenommen in der spärlichen Beleuchtung der Spotlights, besichtigte er neugierig meine Lebensräume bei Tag.

Sind das Poster?

Hinter meinem Schreibtisch, zwischen dem Drehstuhl und der Wand stehend, im Arbeitszimmer, das schon wieder im Schat-

ten lag, verdunkelt von der üppigen Baumkrone vor dem Fenster, die der untergehenden Sonne im Weg ist, hatte er mich zwischen den Riesenkakteen nicht gleich erkannt.
Er schaute mich bloß an, über die Schulter hinweg, als wolle er mir noch immer nicht ganz glauben, stumm, als wüßte er, daß ich jetzt ziemlich viel erzählen müßte, würde er weiterfragen.
Dafür blieb keine Zeit mehr; so legte ich ihm bloß meine Stirn in den Nacken.
Er hatte sich ohnehin verspätet, und daheim gab es sein Lieblingsessen; doch er wollte, daß ich ihn noch ein Stück weit begleite: quer über alle Straßenkreuzungen, über die Inseln der Haltestellen auf dem Bahnhofplatz hinweg, Haken schlagend zwischen den geparkten Motorrädern hindurch – bis er von weitem seinen Bus sah, zu rennen anfing und mir, in der Bewegung des Abdrehens schon, zuwinkte, halb umgewandt, halb weggewandt: heim, zu den gebratenen Hühnchen – während ich verlangsamte, zurückblieb und umkehrte. Hinter den Altstadthäusern versank die Sonne und tauchte die Gassen in ihr schmerzhaftes Licht, während die jungen Leute am Feierabend langsam ihre offenen weißen Sportwagen spazierenführten, lärmig ihre schweren Motorräder, flüchtig die bunten Mopeds.

Ich starrte nur noch – wieder an meinem Schreibtisch sitzend schließlich, zwischen deinen Bildern, vor der stillen Quartierstraße in meinem Fenster, lange nach Feierabend: als säße ich hinter meinem Mückengitter, in der Zeit *vor* den Tornados.
Es hatte wohl keinen Sinn mehr, noch länger bloß auf die Einlösung eines Versprechens zu warten, jeden Abend...

Von außen sieht man nichts, hört man nichts; man geht langsam unter den Laubenbogen stadtabwärts, zwingt sich, vor dem einen oder anderen Schaufenster stehenzubleiben, betrachtet das zu blank geputzte Silber, die zu gut restaurierten, lackglänzenden Kommoden in den Auslagen und versucht, Kopien von Originalen zu unterscheiden, zum Zeitvertreib, gegen die Ungeduld: natürlich bin ich immer zu früh.

Plötzlich huscht ein ungenaues Spiegelbild vor den Antiquitäten vorbei – die bekannte Gangart, rasch, wie zu einer Verabredung, flüchtig: um ja nicht zu zögern und im letzten Moment doch noch umzukehren; die Uniform, mit dem weißen Gürtel aus Kunststoff, der, über die Schnalle hinaus, neben dem Hosenladen der engen Jeans baumelt: irgendein Disco-Boy – eine Spur zu erwachsen und darum verkleidet.
Die Absätze klappern auf dem Asphalt, verhallend, unter den Arkaden, abwärts. Man wird sich eine Viertelstunde später wiederbegegnen, unvermeidlich: ohne sich beeilen zu müssen. So bleibe ich noch ein paarmal stehen, verwechsle die Stile, lasse mich vom Glanz des Lacks irreführen und finde Fälschungen schön – ein dankbares Opfer. Lauter Antiquariate, alles für die Wohnungseinrichtung – und darunter die zweckentfremdeten Kellergewölbe, mit sibyllinischen Anschriften, deren Bedeutung nur diejenigen kennen, die in diese Keller hineingehören.
Bloß bei den Keller*theatern* sieht man auf den ersten Blick, woran man ist.
Am Ende, knapp vor der Brücke, darf auch ich nicht mehr stehenbleiben und zögern: ich habe jdesmal Angst – auf den steilen Steinstufen über dem dunklen Schacht, der fast senkrecht unter den Boden führt, die beiden braunen Holzläden ohne Namen oder Bezeichnung, aufgeklappt wie zwei Hände mit nach innen gekehrten Handflächen, könnten über meinem Kopf zuschlagen.
Erst, wenn man mit einem Ruck des ganzen Körpers die Tür aufstößt, hört man, daß das rhythmische Stampfen aus dem Erdinneren Musik ist.
Da muß sogar ich mich bücken.
Diesen Schritt, ich weiß es inzwischen, kannst du nicht tun – hier müßtest du deine Identität preisgeben; du wirst als Mitglied registriert, in einer vertraulichen Kartei.
Ich verstehe deine Angst – auf Berndeutsch tönt alles Zweideutige ein bißchen eindeutiger als auf kalifornisch, am Ende der Welt: an der Kasse schon das komplizenhafte Lächeln und die distanzlosen Randbemerkungen der Eingeweihten, Vereinskameraden eben, die unter sich bleiben und hier zuhause sind.

Hier gibt es allerdings keinen Stempel – bloß einen Kassabon, als Gutschein für das erste Getränk.
Ungeduld – während ich das Jäckchen aufhänge und schon durch den Schlitz des Vorhanges, vor dem letzten Eingang, ins Innere äuge, ob ich sein Gesicht sehe: und nur den hungrigen Blicken derjenigen begegne, die sich schon eingerichtet haben; ein Spießrutenlauf am Stammtisch der älteren Mitglieder vorbei, scheu grüßend, zwischen den Tischen im schmalen Gewölbe hindurch zielsicher flüchtend zur Bar.
Die Musik wird lauter; wäre er hier, müßte er schon da unten sein, im tiefer gelegenen Gewölbe – wo man nicht mehr miteinander reden, nur noch tanzen und sich mit Gesten verständigen kann: wo man einander berühren muß, wenn man sich etwas zu sagen hat.
Kein Schuppen eben – vom Ausmaß einer Fabrikhalle – ein Keller bloß, eng, verwinkelt, immer überfüllt.
Ungeduldig – zwischen den besetzten Barhockern, mit dem Getränkebon winkend – versuche ich, die Aufmerksamkeit von Antoinette, der eben nicht Antoine oder wenigstens Toni heißt, auf mich zu ziehen; natürlich mag er seinen Spitznamen, der wohl aus einer anderen Zeit an ihm hängenblieb, als seine Schläfen noch nicht grau waren, gar nicht – nicht mehr jedenfalls.
Ich muß, bevor ich der Musik folgend, eintauchen kann, zuerst etwas zu trinken haben – gegen die Angst, ihm plötzlich, schon auf den Treppenstufen, zu begegnen, gegen die Angst, schon wieder einen ganzen Abend vergeblich zu warten. Doch Antoinette schwebt – einen himmelblauen, tief ausgeschnittenen Pullover auf der gebräunten Haut, mit den Armbändern, den goldenen Armspangen an den Handgelenken klimpernd – hinter der langen Theke hierhin und dorthin, zwischen seinem Weißweinglas, seinen Freunden und seinen Gästen, nuancenreich grüßend, mit der Würde der Prominenz, die ihre Gunst verteilt, abgestuft; kein Barmann – die perfekte Darstellung eines Barmannes: auf einem Luxusliner zum Beispiel, ein langjähriges Mitglied, das man in jedem Falle begrüßen muß, bevor man etwas zu trinken bekommt.
Er streckt mir die Hand entgegen, über die Fläschchen und die

Gläser auf der Theke hinweg, wie zum Handkuß, die Brust vorgewölbt, den Kopf erhoben, mit derselben ironisch respektvollen Distanz, mit der ich ihn begrüße.
Er ist nicht launisch – es sieht nur so aus; er enerviert sich plötzlich – zwischen der Geschirrspülmaschine, dem Regal mit den Flaschen, dem lärmigen, gierigen Gedränge vor der Theke; dann scheint er einen Augenblick lang nichts mehr wahrzunehmen – er grüßt nicht mehr, er hört nichts mehr, er kämpft nur noch: mit den Gläsern, mit den Flaschen, mit der zischenden, dampfenden Kaffeemaschine und vor allem mit sich selber; sein Gesicht ist hart, grau, versteint. Dann muß, natürlich, ein Mißgeschick passieren – ein Kaffeelöffel, als hätte sich das Ding selbständig gemacht, es springt ihm aus den Händen, glitzernd, wirbelnd, bevor es, endlich, fällt: Mit einer erzürnten, schwungvollen, verzweifelten Drehung des Körpers geht er zu Boden – und hat sich, wenn er wieder über der Theke auftaucht, das verhexte Ding im Griff, aufgefangen: groß, würdig, huldvoll wendet er sich seinen aufgegeilten Gästen zu und füllt sie ab, wie gewünscht – ganz Antoinette eben.
Dani – er war schon da, bevor ich begriffen hatte, daß er kam, über die Stufen fliegend, zwischen den Tischen hindurch, den ausgestreckten Armen und Händen, die ihn begrüßen wollten, entkommen: in einem weißen Matrosenanzug mit blauen Borten. Er saß eine Weile mir gegenüber, zu nah, in der unentschiedenen Beleuchtung, an einem zu kleinen Tischchen, abwesend und unansprechbar: ein Brustbild, das aus der Zeit gefallen war, mit diesen kleinen blauen Ankern auf dem Kragen.
Ich fürchtete, würde ich nichts sagen, er würde plötzlich verschwinden.
Gefällt es dir? Er zupfte an seinem weiten weißen Ärmel und erwachte für einen Augenblick.
Ich zupfte an meinem Kettchen am Hals – zum Beweis. Er maulte: die Eltern hatten ihm Zürich verboten, für zwei Wochenenden, mit der Drohung, das Taschengeld zu sperren.
Was willst du denn jedes Wochenende in Zürich?
Siebenundzwanzig – sein Idealalter – mit einem listigen Lächeln und einem rasch prüfenden Blick: Das macht dir doch nichts?
Er ist noch immer niemandes Besitz, sagt er.

Er mochte von nichts anderem reden, so hörte ich eben zu, denn solange er sprach, konnte er wenigstens nicht einfach verschwinden.
Er hatte zum ersten Mal einen Joint geraucht. Ist das schlimm, fragt er mich. Sein Freund raucht regelmäßig: die Lungen machen manchmal einen seltsamen Lärm, und das Herz schlägt plötzlich wild; sie liegen beieinander, rauchen, hören Musik – er kann es nicht beschreiben.
Dann schweigt er wieder, die Augen gesenkt, und ich weiß nicht, ob er meinen lauen Beruhigungsversuchen zuhört.
Vielleicht springe ich einmal vom Münsterturm. Als letztes wenigstens fliegen, möchte er; glaubst du, man spürt noch etwas, wenn man auf dem Kopfsteinpflaster landet?
Da müßtest du schon ein Flugzeug nehmen, um lange genug zu fallen und noch im Flug das Bewußtsein zu verlieren...
Ich hoffte, er würde mir glauben.
Doch lange ertrug er es nicht, an dem zu kleinen Tischchen, an dem alle vorbeizogen, während ihm der eine oder andere zärtlich die Hand auf die Schulter legte: oder, mit zu groben Fingern, durch sein Haar fuhr.
Abtuben, sagt *er* – das Sprachbild muß, denke ich, von den aufflatternden Haustauben kommen.
Unter dem Gewölbebogen, auf der Treppe schon, die hinabführt, war er, noch bevor ich ihm hätte folgen können, in eine fremde Umarmung gelaufen... Er entwand sich, fand es nicht mehr lustig; er war ja bloß hier, weil er nicht dort sein durfte; heim, mit dem Teddybären schlafen, sagte er schmollend, während er schon flüchtete, sichtbar für alle, rasch zwischen den Hindernissen hindurch, zum hellen Torbogen des Ausganges, weiß: wie ihn wohl sein neuer Freund eingekleidet hatte.
Auch Antoinette blickte ihm nach: Was, um Gottes willen, willst du mit diesem Tadzio anfangen?
Flüchten – in den finsteren Raum, wo man nicht mehr reden muß, nur noch schreien kann.

Lauter giftig fluoreszierende Kelche ringsum; die hohen Gläser mit den Drinks oder dem Mineralwasser leuchten eisblau in den Händen, obwohl das Licht ständig wechselt.

Nur mein Wein ist bloß dunkler geworden, schwarzrot. Ich stehe eine Weile unter dem Gewölbebogen auf der Treppe, zwischen anderen unbekannten Beobachtern, gegen das Gemäuer gelehnt, mein Glas in der Hand, über den Köpfen auf der Tanzfläche: in den Peitschenhieben der neuesten Hits.
Eine diffuse Bewegung, von oben gesehen, in der Verkürzung der Sicht, nur Bruchteile von Körpern, aufblitzende Augen; auf den schwarzen Stufen des Amphitheaters jenseits hocken Zuschauer, ermüdete Tänzer, locker verteilt, nichts als dunkle Silhouetten, während der Kommandant in seiner gläsernen Kanzel das Gewölbe in Finsternis taucht, rhythmisch von blauen Blitzen durchzuckt.
Man wird vom Gedränge auf dieser Treppe immer wieder an die Wand gedrückt, während man seinen Platz behauptet, den Ausblick zwischen anderen, die sich plötzlich vor mir aufbauen, breit, rücksichtslos, zu zweit: jeder einen Eiskelch in der Hand.
Manchmal möchte auch ich mit olympischen Blitzen um mich schmeißen: gezielt.
Der Zorn wächst plötzlich; diese Knaben haben keinen Geschmack, buhlen um einen, bloß weil er sein Fett in schwarzes Leder verpackt, so daß es aussieht, als wären es Muskeln; sie uniformieren sich selber: mit dem schwarzledernen Faschomützchen, nickelbeschlagen, oder mit den lockeren weißen Blousons ohne Ärmel, je nachdem, was sie möchten und sein wollen; sie tun verzückt oder entfesselt, sie lachen lärmend, kichern affektiert – es gibt Gesichter, schöne Gesichter, junge Gesichter, die grundlos meinen Zorn steigern: schön dumm, kreischend vorbeigeflitzt – abwärts in die Finsternis.
Ich stehe da, am Gemäuer, im unbestimmten Geruch, der aus diesem Gewölbe aufsteigt, und weiß nicht wohin mit dem plötzlichen Zorn: wenn einer, rücksichtslos vor Aufregung, seinen eisblauen Kelch in der Hand, im Vorbeigehen auf der Treppe gegen mein Glas mit dem schwarzroten Saft stößt und es nicht einmal merkt – mich gar nicht wahrnimmt – geblendet und taub.
Die Lichtblitze, weiß ins Stockfinstere, verwandeln die Tanzfläche in einen Film, der bald reißt: die Bewegungen sind er-

starrt, Sekundenbruchteile lang, zusammenhanglos, zerhackt im Rhythmus der Peitschenhiebe, grell aufleuchtende Posen, während die Schwerkraft aufgehoben scheint – viel Haar, nackte Arme, verrenkt ausgestreckt in die Finsternis, schwebende Körperteile, Torsos, verstümmelt, geköpft, gekreuzigt, gerädert, gehenkt, gevierteilt, zwischen Dunkelheit und Licht, verklärt in der Qual, verdammt in der Lust, erlöst – ein Gesicht: wächsern weiß wie eine Maske vor der schwarzen Wand, das Bärtchen in die Hand gestützt, mit müden Augenlidern – abgelöscht; im hintersten Winkel, auf der obersten Stufe.
In der Finsternis, geblendet von den Blitzen, taub von den Detonationen, auf unsichtbarem Boden, mein Glas umklammernd, mit dem Rücken zur Tanzfläche, kämpfte ich mich durch zu dem obersten Zuschauerrang des Amphitheaters.
Qu'est-ce qu'on fait? Es dröhnte, unter dem weichen, ausgefransten Pullover, in deiner Brust.

Windlicht

Es ist *dein* Zimmer – geräumig, wohnlich und warm, trotz der spärlichen, nur funktionalen Möblierung, im Licht der kleinen Nachttischlampe; wenig Bilder an den Wänden, gut plaziert: das Aquarell von Sam Francis, farbig am Rand, weiß in der Mitte, über der Kommode, wo eigentlich ein Spiegel hingehört.

Dein Milieu du Monde – wer hier ist, ist bei dir.

Ich schmeiße das letzte Fetzchen Stoff in die Ecke, auf den ledernen Sessel, und lege mich zu dir, in deine massive, altmodische Bettstatt, wie in einen Nachen: ein urzeitlicher Holzkahn, mit den nach außen geschwungenen Laden, ein archaisches Totenschiff – weiblich, matriarchal, mit dem Sternenhimmel der Bettdecke, aus bunten Seidenfetzen.

Du schlägst die Decke weit zurück, sorgfältig; du füllst uns die Gläser, auf dem Nachttischchen, mit Wein; du drehst an den Knöpfen des Transistorradios, bis du gefunden hast, was wir jetzt brauchen: bis zwischen den knisternden Stimmen und den sich überlagernden Tonfolgen aus dem Äther der richtige Sender einrastet.

Hier bin ich immer wieder dein Bub, seit Jahren, ohne Widerstand, hingestreckt unter der wasserfarbenen, psychedelischen, vieläugigen Maske eines dankbaren Schützlings auf dem welligen Papier an der hohen Wand, bei offenem Fenster; man sieht nichts mehr in der Dunkelheit draußen – man hört nur noch den See, von weither, den Wind, die Bäume und den leisen, monotonen Ruf der Unken.

Du hast mich schon überzeugt, behutsam, tagelang, über die Jahre hinweg, auf ausgedehnten Spaziergängen ohne Hast, hier braucht es nicht mehr viel – im sanften Schauer deines Bärtchens auf meiner Haut – bis mir bald schwindlig wird, ausgestreckt auf dem Rücken: die psychedelische Maske hängt zu hoch, die Zimmerwand ist zu hoch, die Sonne aus schon bröckelndem Stuck an der Decke schwebt zu hoch, die weiße Bildmitte ist zu leer, es ist zu still – zum Schreien.

Jetzt darf auch ich – dann muß ich rasch mein Gesicht bei dir verbergen.
Es wird kühl, die Berührungen werden schläfrig, bis wir einander, ohne es zu spüren, mühelos bei den gewohnten Geräuschen, allmählich vergessen.

Geborgen hinter den Uferbüschen, die das Land gegen den See behaupten, unter dem silbrigen Blätterdach der Birken, an eurem Bohlentisch am Rande der kleinen Wiese, bei unserer ersten Flasche Meursault, könnte ich vergessen, daß ich hier bloß ein Gast auf Zeit bin – ein Eindringling eben: doch die Hunde, diese findigen Tiere, merken es wohl und geben es zu, mit instinktiver Offenheit.
Sie beschnuppern mich noch immer, lächelnd, argwöhnisch, und ich werbe um ihr Vertrauen: Ich streichle sie nicht, ich strecke ihnen bloß den Handrücken hin und warte geduldig, bis sie ihn lecken, zum Beweis. Ich mag sie nämlich, die Hunde – solange sie mich mögen. Doch ich tue auf deinem Grundstück keinen Schritt allein und fühle mich immer ein bißchen bewacht, wenn du außer Sichtweite bist: Sie gehen nicht weg, und ich bleibe sitzen, ohne unüberlegte Bewegung, bis du zurückkommst.
Der Meursault euphorisiert, wir trinken ihn langsam, vom späten Vormittag an, gekühlt im Wassereimer, aber nicht kalt – man wird heiter und übermütig davon. Natürlich zierte ich mich zunächst ein wenig, überrascht von deiner Idee; doch warum sollte ich mich vor dir noch schämen, nach der ersten Flasche Wein, auf allen Seiten geschützt von der Vegetation: so spielte ich mit.
Du hast einen ganzen Film verbraucht, mit der neuen elektronisch gesteuerten Kamera, für künstlerisch wertvolle Schwarzweißmotive: vor den mannshohen Büschen im Hintergrund, zwischen dem Liguster, auf den Stufen des Stegs, der sich im Gebüsch zu verlieren scheint, vor den hellen Stämmen der Birken im Halbschatten – Ganzbilder und Ausschnitte, mit viel Natur und mit viel Haar, auf Distanz und von sehr nah, nicht ganz nackt, aber fast: wegen des Photogeschäftes in der Stadt.

Eigentlich war es mir schon völlig egal, ob du die Bilder entwickeln lassen würdest oder nicht – ich gefiel mir, vor deiner raffinierten Linse, als Photomodell, viel besser als vor jedem Spiegel, während du, mit diesem diskreten, nervösen, aufregenden Geräusch, vor mir in die Hocke gingst und in die Knie.
Ein heimliches Vorspiel fast...
Eigentlich brauchen wir hier nicht auf die Finsternis zu warten.
Neben dir liegend, wage auch ich, meine Badehosen auszuziehen, das letzte Stück Stoff – ich habe nirgends sonst auf der Welt je splitternackt in der Natur herumgelegen: träge von der Sonnenwärme, benommen vom Wein, auf eine schläfrige Art geil von der eigenen Nacktheit, unter deinem zärtlichen Blick, mit dem versteckten Lächeln im Bart, bei faulen Berührungen, zufrieden, ohne Ungeduld und Absicht, auf der Kanzel des Stegs, deiner Insel im See: ein Floß, wenn man mit den Füßen zum Gebüsch auf dem Bauch liegt und, das Kinn in die Hände gestützt, in den See hinausblickt, irregeführt von den langgezogenen, flachen Wellen, die, gleichmäßig und auch träge, plätschernd gegen unsere Kommandobrücke ziehen.
Doch der blaue Berg am anderen Ufer, ohne Felsen und Schrunden, im leichten Dunst, bleibt immer gleich weit weg.
Die Hunde schlafen, im Halbschatten der Büsche, als Wächter.
Daß du keinen Ehering mehr trägst, hätte ich nicht gesehen, hättest du es mir nicht gezeigt: der Finger schwoll plötzlich an, rheumatisch wohl, Angst, den Ring nie mehr ausziehen zu können...
Ich hatte mein Kettchen bald auf dem Nachttisch liegen lassen, weil es unpraktisch ist, wenn man den ganzen Tag lang halbnackt herumläuft.
Die süße Erotik des Katholizismus, fandest du: Sankt Christophoros, das Heilige Kind im Arm – rührend.
Ich habe dir dann doch einige Details zuviel erzählt, neben dir ausgestreckt, nackt, versöhnlich, widerstandslos und heiter: das Süßliche und das Pikante, Kleinigkeiten bloß; Sommersprossen, ein ganzes Mosaik, über der Schulterlinie; Flaum überall, samtweich und golden, aschblond oder silberblond;

sein rastloser Mund – Fisch eher, an der Rute – eine raffinierte Art, Bettücher zu schonen...

Da hättest *du* dich fast verschluckt – an deinem eigenen Gelächter, gutartig und verständnisvoll diesmal, verzeihend, ohne mich zu erschrecken: Wenn du einmal ins Wasser gehst, dann, weil du zuviel ausgeplaudert hast – aber du warst mir fast dankbar dafür, ein Vertrauensbeweis.

Wenn *ich* einmal ins Wasser gehe, dann, weil ich zuviel verschweige, sagst du, lachend noch immer.

Man kann hier alles sagen, zwischen den Wänden aus Gebüsch und Bäumen gibt es nicht einmal ein Echo: die schrundigen Felswände der Berge jenseits sind zu weit weg.

Alles versinkt: als wäre von dem Gefühl nur noch die Geilheit übriggeblieben, unstillbar plötzlich, schmerzhaft, bleiern, brennend in der Hitze der Sonne auf den rauhen Planken des Stegs, zwischen dem Silbergrün der Baumkronen, dem Dunkelgrün der Büsche, dem Blaugrün des Sees: lau, weich, mit dem kühlen Luftzug darin, von den Fischen, von den Wellen, vom Grund her, wenn man sich hineinsinken läßt.

Ich muß mich hineinwerfen, mich abstoßen, hinausschwimmen, mit kräftigen Bewegungen, während der See rasch tiefer wird, auf den blauen Berg zu, jenseits, flimmernd im leichten Dunst wie eine Lichtspiegelung: Nur noch Konturen, geometrisch und künstlich – von den kleineren Kegeln der Vulkanlandschaft sieht man fast nichts mehr – halb verborgen vom dunklen Wald am Ende des Sees die Bergkette der Voralpen, stählern grau, mit steil abfallenden Felswänden, eine Mauer im Himmel.

Knapp unter der Oberfläche blinken Fischschwärme: und tauchen weg.

Klein geworden thronst du auf der Bank, hoch über dem See, vor dem Gebüsch, das dir über den Kopf gewachsen ist: kein Garten mehr, kein Haus mehr, nur diese lückenlose Mauer aus Gebüsch; eine schaukelnde, verwackelte Figur, die weiß inmitten des Blattgrüns schwebt, das sich im Blaugrün der Uferzonen spiegelt, während ich wieder näher heranschwimme – so, als wartetest du, verdoppelt und verschwommen, splitternackt inmitten des Grüns, bis die Vegetation dich verschluckt.

Die Natur ist geduldig, behauptest *du* – ein zwiespältiger Satz, finde *ich*.
Nur die Bank ist übriggeblieben, leer vor dem Gebüsch, wenn ich wieder auf der glitschigen Holztreppe gelandet bin.
Dieser Steg, der nirgends hinzuführen scheint, nur ins Gebüsch, ist eine Auftrittsrampe für Epiphanien – auch die Hunde waren wieder erwacht: knapp nebeneinander, wollig weiß, lächelnd mit rosa Zungen, unbeweglich im dunklen Torbogen der Büsche, hinter denen der Weg sich in der Wildnis des Gartens verliert.
Sie hatten auf dich gewartet – eine königliche Erscheinung, deinen Bademantel umgelegt, einen Photoapparat umgehängt.
Du hast sie gleich photographiert, die Hunde, schwarzweiß, mit der neuen Elektronik; mich wieder, mit der Polaroidkamera diesmal; auf den Knien, ziemlich am Rand, so, daß ich schon fürchtete, du würdest mir in den See fallen, hast du die leere Bank als Schattenriß vor dem anderen Ufer photographiert, polaroid, schwarzweiß, mit dem alten, bewährten Apparat, im blauen Licht des späten Nachmittags, bei zunehmendem Dunst und der zweiten Flasche Meursault, zum Aperitif.
Willst du eigentlich die ganze Welt ablichten – dein ganzes Reich?
Alles versinkt.
Oder sind das längst schon deine Gedanken?

Die Wildrebe an der Südwand hat die Loggia schon erreicht und sucht mit ihren Ranken nach Lücken im Glas; die Bäume am Ufer stehen da und dunkeln ein, unter der bleiernen, schrundigen Bergspitze; das Licht ist schon fern, rubinrot jenseits, der Himmel über dem See ist violett; ich sitze am Holztisch in deinem Glashäuschen, das Weinglas in Griffweite, und lasse es Nacht werden: während du Eßwaren vor mich hinstellst, Käse, Brot, den biologischen Salat, und die Hunde durch die Wildnis streifen.
Jeden Abend ...
Ich kann hier, außerhalb der Klostermäuerchen, die dein Grundstück eingrenzen, keinen Schritt tun, ohne dich: ange-

wiesen auf deinen Wagen, deine Einfälle, deinen Tagesrhythmus; ich könnte nicht einmal wegschwimmen.
Ich gebe mich hin – längst nicht mehr nur nachts, nicht mehr bloß bei dir, auch im Gebüsch, in der Hitze, in der abflauenden Wärme, wenn es abkühlt, gegen Abend. Ich lasse mich abfüllen, schon vom späten Vormittag an, mit Meursault.
Jetzt kannst du auch mich, datiert, in deine Kartonschachtel stecken; du hast mir, im Schein dieses flackernden zischenden Windlichtes auf dem Holztisch, den ganzen Inhalt deiner Schachtel gezeigt: deine Familie natürlich, deine Tochter, deine Frau, beide lächelnd, sphinxhaft, skeptisch; dein Sohn, das Gesicht versteckt hinter dem Vorhang aus Haar; zufällige Gäste, ein Kind auf einem Surfbrett, genau vor der Kanzel des Stegs, in winzigen weißen Badehöschen, unter einem blauen Segel; schon kein Kind mehr – schwarzbraun, trainiert, unter einer blutroten Fahne – ein unerwarteter Besuch vom anderen Ufer.
Ich wollte doch nicht allein hier zuwuchern, sagst du, lächelnd noch immer.
Unschuldig – schließlich läuft hier in der Ferienzeit jedermann halb nackt herum.
Haare und Haut – olivefarben, sagst *du*, Schlafaugen, Mandelaugen, silberblond, goldbraun, mit einem chemischen Blaustich; doch du brauchst gar nichts mehr zu sagen, ich sehe es selber, im Flackern des Windlichtes: bei mir, bei anderen, immer dieselben harmlosen kleinen Einzelheiten, auf die auch du stehst.
Wie wir alle.
Jetzt stöhne *ich* auf, jetzt winke *ich* ab, so genau will ich es gar nicht mehr wissen: mit dem Datum auf dem schmalen weißen Rähmchen.
Eine kostspielige Sucht, sagst du: es sei vor allem das unverwechselbare Geräusch, auf das man süchtig werde, dieses merkwürdige Summen, sehr mechanisch. Es ist vor allem ein Trick, das wenigstens habe ich gleich begriffen; jeder zufällige Besucher wird mindestens zweimal abgelichtet, bei Tag oder bei Nacht, mit Blitz oder ohne. Neugierig über das weiße Rähmchen auf dem dunklen Holztisch gebeugt, habe auch ich

keine Zeit mehr für Posen, gespannt auf das eigene Bild, das im giftig schwarz-grünen Nebel allmählich Konturen gewinnt.
Da sagt das Bild mehr aus über das Motiv als über den Photomanen.
Der Spieltrieb als Alibi? Heimliche Abbilder, gleich massenweiße, als Heilmittel und Ersatz?
Die Todesstrafe, ich weiß, verlangst du einzig für dich – es darf eben *nie* wahr sein.

Die Bäume am Ufer und die Sträucher im Garten sind plötzlich voll Licht, die Büsche sind Tiere, ein Wald aus Masken, mit Augen aus Feuer, zerfetzt, an den Rändern, vom Föhn.
Der Sturm stürzt sich von den Bergen in den See und fährt ins Geäst dieser Wildnis, bis die geborstenen Scheiben anfangen zu singen.
Du hast das Windlicht angezündet, gegen die alte Finsternis vor unserem Glashäuschen, doch so wird es bloß schlimmer, als brenne das ganze Haus und der Garten; warum es außerdem *zischt,* in unregelmäßigen Abständen, das Wachs, habe ich erst mit der Zeit begriffen.
Vor diesem Flackern kann man nicht einmal mehr die Augen verbergen; es blinzelt noch zwischen den Fingern hindurch.
Qu'est-ce qu'on fait?

Ich hatte flüchten wollen vor den wuchernden Reben, dem aufkommenden Föhnsturm, deinen heimlichen Abbildern, dem Flackern des Windlichtes, diesen zischenden Grillpartys im Wachs, vor dem Ruf der Geburtshelferkröten und dem Klirren der geborstenen Scheiben im Wind, vor dem Feuer in den Bäumen, dem Wald aus Masken und überhaupt: meinetwegen ins Dorf, das längst keines mehr ist, lieber nicht in die Dorfbeiz, sondern in unsere gewohnte Pizzeria des Strandhotels.
Vor dem versammelten Gemeinderat aus verkauften Bauern an ihrem runden Stammtisch, die gemeinsam aushecken, wie sie sich am besten weiterverkaufen können, habe natürlich auch ich Angst – in unserer Pizzeria war, schien mir, viel Per-

sonal übriggeblieben: eigentlich nur Personal, das Personal aus allen anderen Seehotels – lauter Kellner an der Bartheke, Arbeitskollegen aus dem Süden, heiter, am Ende der Saison.
Es blieb uns noch ein Wochenende.
Die Spaghetti Carbonara gab es nicht mehr, nur Steaks: ein amerikanisches Steak also.
Neben uns saß ein Seglerpaar – die einzigen Gäste außer uns – zwei ältere Herren in weißen Strickjacken: die sie einander gegenseitig gestrickt haben, hast du mir zugeflüstert, durch dein Bärtchen.
Sie redeten beide den Dialekt meiner Vaterstadt.
Seit wann, fragte der eine den anderen, mit einem diskreten Blick auf mich, tragen denn hier alle jungen Männer Schnäuze?
Wir waren zu schnell fertig, mit unserem amerikanischen Steak; ziemlich sauer, der Chianti, fandest auch du.
Wenigstens die Musikbox lief – Gloria, Hallelujah, Follow Me und Funky Town, natürlich – das mußte ja sein, du hast gewählt.
Viel zu leise – Vielleicht kann man sie lauter stellen – Laß nur: sonst wird es bloß *zu* laut.
Qu'est-ce qu'on fait?
Ein bißchen herumhängen, sagst du – auf der Strandpromenade herumhängen.
Ein seltsames Dorf, finde ich, mit einer Strandpromenade; die Betonklötze der Hotels verschandeln das Ufer; am Hang über der zu breiten Durchgangsstraße stehen die Bauernhöfe – richtige Bauernhöfe, bis zum Wald.
Die Straße hinaufschlendern bis zum Jachthafen, die Straße wieder hinabschlendern bis zur kleinen Bucht, eine andere als diese Durchgangsstraße gibt es in diesem denaturierten Straßendorf nicht.
Auf dem Damm, zum Aufreißen, beim Jachthafen, waren wir allein; die letzten Jachten der Dauergäste schaukelten klingelnd im aufkommenden Sturm; das Wasser war nichts als ein schwarzes Loch ohne Lichtspiegelung.
Den nächsten, dem wir begegnen, nehmen wir mit, ja?
Nein – eine absurde Idee, fand ich, hier.

Es war ohnehin keiner da: kein kleiner Surfer, kein Kellner; nicht einmal ein Bauernbub zum Heimnehmen, sagst du: ganz traurig.
Du gehst, wie überall, zielsicher voraus, die Hände in den Hosentaschen, selbstbewußt in eine bestimmte Richtung, als würdest du einem Einfall folgen, so daß man dir einfach nachläuft, bis man auf einmal merkt, daß du nur gehst – geradeaus, bis es nicht mehr weitergeht.
Du warst stehengeblieben, eine dunkle, massige Gestalt vor dem schwarzen See: Qu'est-ce qu'on fait?
Hier hat man ja nicht einmal eine Aussicht. Ich habe genug herumgehangen, auf deinem Pier, am Ende der Welt, am Stillen Ozean, in den großen Städten, an einem toten Binnenmeer, in einem toten Tal, auf dem Ölberg: Ich möchte, sagte ich, zum Schluß wenigstens eine Aussicht, am Ende dieser Ferienzeit.
Ich folgte dir, knapp in deinem Windschatten, auf den schmalen Weglein, zwischen den finsteren Höfen am Hang, in denen kleine Fensterchen heimelig leuchten: Die Hunde, ich weiß, haben sie absichtlich scharf gemacht, indem sie sie an die Kette legen.
Am Ende: die dunklen Betonklötze einer Panzersperre, zu beiden Seiten des Weges.
Es gibt nichts Urschweizerischeres als eine Panzersperre vor dem Wald, an irgendeinem Hang.
Wir standen nebeneinander im zunehmenden Wind, während der See schon zu toben anfing, unter den Peitschenhieben des Föhnsturmes, der in ihn hineinfuhr: lärmig, mit unsichtbaren Wellen, vor dem schwarzen Ufer jenseits, an dem, verloren unter dem Schatten des Berges, winzige Lichtlein glimmten.
Eine kochende Brühe, Teer oder Lava...
Wir standen beide bloß still, die Hände in den Hosentaschen, geduckt gegen den Sturm: der sogar dich fast umwarf.
Mir graust es.
Was denn? Schief hast du mich angeschaut, in Deckung hinter nichts, mit einem verborgenen Lächeln.
Alles.
Du bist doch sonst nicht so ungenau.
Diese Nacht graust mir – dieses tosende Black Hole graust mir –

der schwarze Himmel graust mir – der schwarze Berg graust mir – die verlorenen Lichter grausen mir – dieses gespaltene Dorf graust mir – die scharfen Hunde grausen mir – mir graut es, nachtschwarz.
Ich mußte dich schon anbrüllen, bei diesem Lärm in der Luft, während das Grausen durch mich hindurchfuhr, wie der Wind durch die Bäume.
Du brauchst jetzt, befandest du, während du mir deine Hand auf die Schulter legtest, als wolltest du mich festhalten oder verhaften: etwas Starkes, zur Besänftigung.
Ein Weibchen, rot, aus dem Libanon, dreijährig.
Du kennst das Versteck.

Ich schaute deinen schwerfälligen Händen zu, im Flackern des Windlichtes, geschützt in deinem Glashäuschen vor dem Sturm; ich könnte es auch nicht besser – ich kann es überhaupt nicht – so überließ ich es dir. Bricht man den Filter ab, reißt das Zigarettenpapier ein, die Tabakfäden bleiben am Rand hängen, die winzigen Krümel hüpfen im Falz, dann bröselt die Hälfte daneben, in die Schrunden des Tisches. Stevys pelziges Pfeifchen fehlte uns: Ich mußte lächeln über die Ungeschicklichkeit, die uns manchmal verbindet.
Doch schließlich brannte der Joint.
Nach den ersten tiefen Zügen wurde, mit dem sanft einsetzenden Schwindelgefühl, zunächst einmal bloß das Flackern stärker, das gehört dazu: wir hatten es wohl beide erwartet; es löschte bald den Hintergrund aus, die Bäume, die Fratzen in den Bäumen, die zerfetzten Ränder, die Augen aus Licht.
Stark und sanft zugleich, der versteckte Stoff deines großen, schusseligen Jungen – wie sein Gesicht, wenn er, weggeschickt, am Familientisch sitzt und, mit halboffenem Mund, etwas sieht: als starre auch er schon in ein unsichtbares Feuer, ohne Lächeln.
Alles tauchte weg, vor diesem Traumgesicht eine Weile, in die Finsternis hinter der Flamme, die wuchs und mit ihren Zungen das Glas zu belecken schien, vielfach gespiegelt.
Raucht ihr wenigstens gelegentlich zusammen? Eine freundliche Vorstellung: Ich mußte abermals lächeln.

Ringsum brannte es, wärmend, während wir geschützt vor dem schwülen Wind in dieser Festung aus Feuer und Glas saßen: wie der Skorpion im Kreis. Auch du hattest angefangen zu lodern, ausfransend an den Rändern, als würdest du wachsen, mit flammendem Bart, rötlich und taghell.
Keine Angst: dieses Haus, diese Bäume ringsum, diese verwitterten Gartenmöbel, diese eisigen Hunde zu deinen Füßen, dachte ich, sind ja da zum Verbrennen...
Keine Angst: ich mag dieses brennende Traumgesicht mit glänzender Haut, glühenden Wangen, loderndem Haar, ein halbwüchsiges Gesicht – weich, wild, ungeformt: schmelzend, über den Flammen.
Keine Angst, keine Nacht mehr; die Luft ringsum brannte. Es schien ansteckend zu sein: von allen Seiten flatterten sie heran, zielsicher auf den weißen Tümpel aus Wachs zu, der aufzischte, mit kleinen Blasen, wenn sie landeten – alle wollten sie landen, alle auf einmal, gierig und süchtig, plump, torkelnd, kleine Jumbos: besoffen vom Licht; ein heiteres Gedränge...
Sanft fing es an, als leichtes Stupsen gegen mein Zwerchfell, von tief innen; doch es wurde rasch stärker, stoßend, als säße in meinem Bauch, knapp über der Narbe der Geburt, ein unartiges Kind, das kräftig mit seinem Kopf gegen den antiken Sitz meiner Seele rannte – ein entfesseltes Kind, das anfing, in meinem Bauch zu tanzen, wild, wütend, nicht mehr zu zähmen: bis es aus mir herausbrach.
Ich lag nackt in deinem Totennachen, unter der wasserfarbenen, vieläugigen Maske deines dankbaren Schützlings, unter der zerbröckelnden Sonne aus Gips an der Decke, dem spiegelnden Bild mit der leeren Mitte gegenüber – und sah, was mit meinem Unterleib geschah, spürte aber deine Hände nicht mehr, deine Zunge nicht, nicht den leisesten Schauer deines Bärtchens: nichts spürte ich mehr dort, ich schaute bloß zu, so, als begänne ich erst über dem Nabel, und da tanzte ein Alb, und der Alb wollte nicht aufhören zu toben... Ich hörte es selber: es schrie, es stöhnte, es heulte – es kam von weither, gewaltig, überschäumend...
Ohne jedes Gefühl.
Findest du das so furchtbar lächerlich? Du konntest nicht mitla-

chen – aber du hättest mich erschlagen können: es hätte nicht aufgehört; du konntest mich schütteln, am ganzen Leib: es änderte nichts; du konntest mich ohrfeigen: ich spürte es nicht; du konntest mich würgen, mit beiden Händen an meinem nackten Hals, knapp über mir, die Augen weit aufgerissen, die Lippen blutleer, mit zitterndem Bart, stumm: ich wehrte mich nicht; du hättest mich erwürgen können – es erstickte bloß: abgelöscht; ich spürte das Wasser auf meine Brust tröpfeln: erwachend.
Es zerfiel.
Tief in mir heulte es noch, lautlos, schmerzhaft brennend in der Leere, während der Föhnsturm am Haus rüttelte, und auch die Hunde im Gang heulten.
Du konntest nicht einmal mehr weinen am Ende.

Ich hatte bloß noch Angst – ich konnte gar nicht einschlafen vor Angst. Kaum hatte ich das Nachttischlämpchen ausgeknipst, in der muffigen Finsternis des fremden Bubenzimmers, kam die Angst wieder. Ich horchte bei offener Tür zum Gang hin – nichts, nur der Ruf der Unken im abflauenden Wind.
Kein Flackern mehr.
Der Feuerlöscher hängt neben der Haustür.
Ich mußte das Nachttischlämpchen immer wieder anschalten.
Das Fenster, ebenerdig auf der Nordseite, ist zu klein und vergittert, der Fensterladen steht nur einen Spalt weit offen; die Decke, bröckelnd auch hier, ist zu nah, zu tief; zuviel undefinierbares Gerümpel, eine typische Unordnung; ein Mast, Seile, Segeltuch, das Surfbrett deines Jungen, in die Ecke gestellt, bis er heimkommt; Poster an allen Wänden, farbige Photographien, aus Zeitschriften, festgemacht mit Reißnägeln.
Aufrecht im schmalen Bett deines Sohnes sitzend, versuchte ich, die Segel auf seinen Bildern zu zählen.
Die schlanke Silhouette einer kleinen Jacht, vor der untergehenden Sonne – ein weißer Dreimaster: eine einfache Sehnsucht; der Wald aus bunten Stoffen, auf dem dritten Bild, irritierte mich.
Vielleicht hätte ich doch bis zum Morgengrauen auf deinem Bettrand sitzen bleiben sollen, im Dunkeln...

Du mochtest *nichts* mehr sehen.
Kein Vordergrund, kein Hintergrund; ein Durcheinander aus roten und blauen Segeln, die sich überlappen: wieviele Boote?
Ein alter Trick, um endlich einschlafen zu können.
Doch es half nichts. *Meine* Sehnsucht würde schon am Elementarsten scheitern: zuviele Seile...
Ich kann mich ja *selber* nicht aufhängen...
Du hattest nicht einmal mehr Tränen für dich übrig – auf dem Bauch liegend, nackt im Schein der Nachttischlampe: klagend.
Auch ich war plötzlich viel zu nüchtern, neben deinem erschöpften Leib hockend, in diesem kahlen Zimmer, das viel zu spärlich möbliert ist, zu hoch, trostlos: unter dem bröckelnden Stuck.
Ich löschte das Licht.
Ich kannte doch deine Geschichte – das Übliche.
Jugendfreundschaften: heimlich, sehnsüchtig, stumm, voll Angst.
Nur eine Phase...
Flucht aus der Melancholie in die Ehe, in einen möglichst bürgerlichen Beruf.
Die Sehnsucht erwacht wieder – in jedem Falle – ohne Gnade – als Sucht: getarnt als Spiel.
Das Spiel wird zu aufwendig, zu riskant, bei zu hohem Einsatz, nichts als traurige Wiederholung auf die Dauer: bloß süchtig eben – ein ständiges Kreisen um den unerfüllbaren Wunsch.
Die Zeiten sind günstiger geworden. Der Wunsch war nicht mehr ganz unmöglich. Die feste Freundin wäre im Grunde gefährlicher...
Ich war schon da, im richtigen Augenblick, ich mußte nicht erst eingeführt werden: ein dankbarer Schützling, mit den passenden Eigenschaften, verschwiegen, diskret, gut zum Verreisen, bürgerlich genug im Innern, anhänglich und folgsam.
Es durfte ja nie wahr sein – nur im Gebüsch, im Finstern, in den Liegeräumen, weit weg, unter Vorwänden, in der Ferienzeit, unstillbar – klagst du: fahl glänzend im unbestimmten

Licht der Nacht, wenn sich die Augen allmählich gewöhnen, ein monströser Leib, der sich undeutlich auflöst an den Rändern.
Töte mich – mich gibt es ja längst nicht mehr; töte mich, bitte, jetzt – lieber hier sterben als in irgendeinem Park, im Gebüsch, im Regen: mit einem Stellmesser oder mit einem Handkantenschlag ins Genick; die *letzte* Zärtlichkeit – der flinke diebische Griff einer unsichtbaren Hand nach dem Portemonnaie, das rasch, mit einem letzten Streicheln, aus der Gesäßtasche verschwindet...
Das spürt man noch – hoffst du.
Dann ist Schluß – dann hört das endlich auf.
Töte mich – ich kann nicht mehr spielen.
Ich schwieg, auf deiner Bettkante, versuchte alle meine gnadenlosen Gedanken zu vergessen und dich stumm zu beruhigen, bis die Klage leiser wurde, dein Leib sich löste in der Entspannung, und ich glaubte, du wärest eingeschlafen.
Ich kann dich doch nicht erlösen, nicht jetzt, rasch, auf diese Art, nicht ich: so zog ich mich zurück, leise, und schloß die Tür.
Ich hörte nichts mehr.
Es war ein Wachtraum, der mich erschreckte – deine Traumgestalt, die sich auch schon bei mir einschlich, mit dem Stellmesser, dem Handkantenschlag, dem letzten, flinken, zärtlichen Griff.
Das Zeitungsbild fiel mir ein: schmuddelig, klein, blöd und verständnislos grinsend, gedungen wahrscheinlich, ein zufälliger Geselle, ein Bäckergeselle glaube ich, ich erinnerte mich vage.
Kein Traum.
Bleibt *nur* das?
Die falsche Sehnsucht.
Die Angst verdämmert gegen Morgen, als der schmale Spalt im Fenster grau wird; sobald man begriffen hat, daß das große blaue Segel das eigene ist, das Segel, unter dem der Photograph mitfährt, löst sich das Vexierbild auf.
Es müssen drei sein, drei Boote mit farbigen Segeln.

Die Bäume sind wieder Bäume und harren im Morgenlicht, bei Windstille, auf den Tag; Dunst über dem stahlgrauen Wasser; ein einzelnes Fischerboot weit draußen, ruhend, leer – kein Fischer. Die Sonne: eine bleiche, zerfranste Scheibe; kein Ufer – nur die Bergspitze im Himmel, bleiern und schrundig, über dem Wasser, dem Fischerboot und dem Dunst.
Ich war vorzeitig zurückgeschwommen, im eisigen Wasser, und wartete auf der Kanzel des Stegs, in deinem Bademantel, flankiert von den Hunden, bis auch du genug hättest und zurückkämst. Du schwimmst jedesmal weit hinaus, rasch, mit kräftigen Zügen in den Dunst hinein, auf das andere Ufer zu, das man noch nicht sieht – eine breite, leuchtende Schulter, ein kleiner, schwarzer Kopf.
Keine Schwäne in Sicht – keine Eichelhäher im Geäst, die lachen.
Ich mußte mich überwinden, so früh mit dir schwimmen zu gehen – verschlafen noch, unsicher, in diesem dicken, viel zu langen, geliehenen Bademantel, die Rockschöße raffend, gefolgt von den Hunden, hinter deiner nackten, geduckten Gestalt, auf dem schmalen Kiesweg, zwischen den Hecken abwärts, durch die Mauer aus Gebüsch, über den wackligen Steg, auf die Kanzel voll Möwendreck: schreiend fliegen sie auf.
Als schritte ich zu meiner *eigenen* Hinrichtung.
Du wolltest noch immer nicht landen – ich sah dich nicht mehr: nur Wasser, das Boot, ruhend im Dunst.
Keine Spiegelung auf der Oberfläche.
Es ist ja nicht wahr – es kann dir doch nicht ernst sein: hinausschwimmen, bis man untergeht; ich hätte dir nicht nachschwimmen können, ich hätte dich nicht gefunden, zwischen Wasser und Dunst, und wäre auch untergegangen.
Du willst doch gar nicht untergehen, bloß wegschwimmen: endlich.
Und ich? In meinem geborgten Königsmantel... allein auf meiner verdreckten Kanzel... mit diesen fremden, majestätischen Hunden... Da standest du vor mir, in den seichten Uferzonen, still, bis zur Brust im Wasser, unter der ausgefransten Sonne, das Gesicht in die Hände gelegt: ohne Bewegung.

Gerhard Roth

Am Abgrund
Roman. 174 S. Ln.

die autobiographie des albert einstein
Kurzromane. Fischer Taschenbuch Band 5070

Circus Saluti
Erzählungen. Collection S. Fischer Band 2321

Der große Horizont
Fischer Taschenbuch Band 2082

Landläufiger Tod
Roman. 295 S. Ln.
Dorfchronik zum »Landläufigen Tod«
Collection S. Fischer Band 2340

Lichtenberg Sehnsucht Dämmerung
Theaterstücke. Fischer Taschenbuch Band 7068

Menschen Bilder Marionetten
Prosa, Kurzromane, Stücke. 453 S. Ln.

Ein neuer Morgen
Roman. 161 S. Ln.
(auch lieferbar als Fischer Taschenbuch Band 2107)

Schöne Bilder beim Trabrennen
Fischer Taschenbuch Band 5400

Der Stille Ozean
Roman. 247 S. Ln.
(auch lieferbar als Fischer Taschenbuch Band 5413)

Winterreise
Roman. 192 S. Ln.
(auch lieferbar als Fischer Taschenbuch Band 2094)

S. Fischer · Fischer Taschenbuch Verlag

fi 131/5

Hermann Burger

Als Autor auf der Stör
Collection S. Fischer
Fischer Taschenbuch Band 2353

Blankenburg
Erzählungen. 181 Seiten. Leinen S. Fischer

Diabelli
Erzählungen. Collection S. Fischer
Fischer Taschenbuch Band 2309

Die Künstliche Mutter
Roman. 267 Seiten. Leinen S. Fischer und
Collection S. Fischer
Fischer Taschenbuch Band 5962

Die allmähliche Verfertigung der Idee beim Schreiben
Frankfurter Poetik-Vorlesung
Collection S. Fischer
Fischer Taschenbuch Band 2348

Ein Mann aus Wörtern
Collection S. Fischer
Fischer Taschenbuch Band 2334

Kirchberger Idyllen
Collection S. Fischer
Fischer Taschenbuch Band 2314

Schilten
Roman. Fischer Taschenbuch Band 2086

S. Fischer · Fischer Taschenbuch Verlag

fi 186/4

Joseph Zoderer

Das Glück beim Händewaschen
Roman. Band 5440

Das Glück beim Händewaschen kann nur empfinden, wer die Welt der Gehorsamen, Sauberen, Fleißigen und Leistungsfähigen zu der seinen macht. Wieviel verdrängt, zerschlagen und abgetötet werden muß auf dem Weg in dieses Glück, beschreibt Joseph Zoderer in minutiösen Bildern vom Leben eines Internatszöglings, den es nach 1945 in das von Patres geführte »Haus der Regel« verschlagen hat.

Lontano
Roman. Band 5998

Ein Mann wird von seiner Frau verlassen, Katastrophe und Katharsis der Trennung finden statt. Die Sehnsucht nach Ferne (Lontano) und der Wunsch, so frei zu sein wie Mena, seine Frau, die ihn verlassen konnte, aber auch die Furcht vor dem Sterben der krebskranken Mutter, lassen Zoderers in den eigenen »Schmerzegoismus« vertieften Helden in das Land der unbegrenzten Möglichkeiten fliehen.

Die Walsche
Roman. Band 5441

»Zoderer geht es um den Konflikt von Heimat und Fremde, um das Spannungsverhältnis von Südtirolern und Italienern. Er deckt auf, wie fragwürdig die Ursprünglichkeit und die Umstände sein können, von denen sich Heimatgefühle nähren. Er demontiert die idyllische Anschauung eines Bergbauerndorfes, indem er die angestammte Roheit der Bewohner ans Licht bringt und den modernen Schwindel beschreibt, der dem Tourismus zuliebe die alten Fassaden restauriert. Der Autor zeigt am Schicksal einer jungen Frau, daß sich heimisch und zu Hause fühlen ein kaum erreichbarer Zustand inneren Erlebens ist.«

Frankfurter Allgemeinen Zeitung

Fischer Taschenbuch Verlag

fi 603/1